Collection folio junior

Étonnant **Jules Verne**! Né à Nantes en plein XIXe siècle, en 1828, il invente le genre du roman scientifique, dans lequel l'information inédite, mêlée aux situations les plus audacieuses, abonde.

Après ses études secondaires, il entreprend une thèse de droit qu'il achèvera malgré la tentation de la littérature – tentation à laquelle il finira par céder, pour notre grand plaisir. Agent de change le jour, il se documente, la nuit, sur les mathématiques, la physique, la géographie, la botanique, afin de construire son œuvre.

Sa rencontre avec Hetzel sera décisive: ce grand éditeur, enthousiasmé par les manuscrits de Jules Verne, lui propose un contrat propre à stimuler l'ardeur de l'auteur de *Vingt Mille Lieues sous les mers.* Quatre-vingts romans ou longues nouvelles paraîtront ainsi: *Voyage au centre de la Terre, Les Enfants du capitaine Grant, Le Tour du monde en quatre-vingts jours, Michel Strogoff, L'Ile mystérieuse...* La science, aux yeux de Jules Verne, est une science apprivoisée, mais elle est aussi la plus grande aventure de son siècle. Ce naïf, cet émouvant mélange de connaissances, de bricolage ingénieux, de fulgurantes visions futuristes nous fait toujours rêver.

Jules Verne est mort à Amiens en 1905.

Jame's Prunier est né le 25 avril 1959 à Oran, en Algérie. Il étudie le dessin à l'École de l'image, à Épinal, puis aux beaux-arts de Nancy où il réside actuellement. Pour Gallimard Jeunesse, il illustre Joseph Kessel (*Une balle perdue*) en 1982. C'est le début d'une collaboration déjà longue, des séries documentaires (Découvertes), aux collections littéraires: Folio Junior, Lecture Junior et Chefs-d'œuvre universels. Après avoir publié une *Histoire de l'aviation* dans la série Découvertes Cadet, il a été nommé Peintre officiel de l'air en 1992.

Vingt Mille Lieues sous les Mers
Riou

ISBN : 2-07-051432-3
Loi n° 49-956 du 16 juillet 1949
sur les publications destinées à la jeunesse

Dépôt légal : mars 2005
1er dépôt légal dans la même collection : septembre 1994
N° d'édition : 136956 - N° d'impression : 72831
Imprimé en France sur les presses de la Société Nouvelle Firmin-Didot

Jules Verne

Vingt mille lieues sous les mers

I. Tour du monde sous-marin

Illustrations de Neuville et Riou

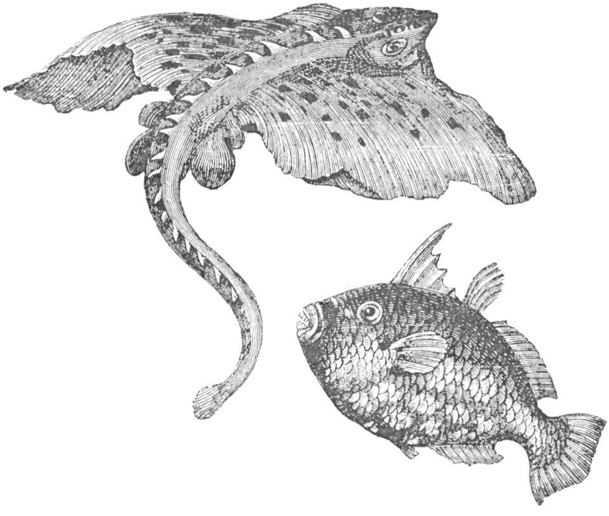

Gallimard

L'auteur ayant quelquefois donné de fausses indications dans l'établissement des points de longitude et de latitude, les lecteurs intéressés par les notions géographiques auraient pu être induits en erreur. L'éditeur a donc de lui-même rectifié les inexactitudes.

I
Un écueil fuyant

L'année 1866 fut marquée par un événement bizarre, un phénomène inexpliqué et inexplicable que personne n'a sans doute oublié. Sans parler des rumeurs qui agitaient les populations des ports et surexcitaient l'esprit public à l'intérieur des continents, les gens de mer furent particulièrement émus. Les négociants, armateurs, capitaines de navires, skippers et masters de l'Europe et de l'Amérique, officiers des marines militaires de tous pays, et, après eux, les gouvernements des divers Etats des deux continents, se préoccupèrent de ce fait au plus haut point.

En effet, depuis quelque temps, plusieurs navires s'étaient rencontrés sur mer avec « une chose énorme », un objet long, fusiforme, parfois phosphorescent, infiniment plus vaste et plus rapide qu'une baleine.

Les faits relatifs à cette apparition, consignés aux divers livres de bord, s'accordaient assez exactement sur la structure de l'objet ou de l'être en question, la vitesse inouïe de ses mouvements, la puissance surprenante de sa locomotion, la vie particulière dont il semblait doué. Si c'était un cétacé, il surpassait en volume tous ceux que la science avait classés jusqu'alors. Ni Cuvier, ni Lacépède, ni M. Dumeril, ni M. de Quatrefages n'eussent admis l'existence d'un tel monstre — à moins de l'avoir vu, ce qui s'appelle vu de leurs propres yeux de savants.

A prendre la moyenne des observations faites à diverses reprises — en rejetant les évaluations timides qui assignaient à cet objet une longueur de deux cents pieds, et en repoussant les opinions exagérées qui le disaient large d'un mille et long de trois —, on pouvait affirmer, cependant, que cet être phénoménal dépassait de beaucoup toutes les dimensions admises jusqu'à ce jour par les ichtyologistes — s'il existait toutefois.

Or, il existait, le fait en lui-même n'était plus niable, et, avec ce penchant qui pousse au merveilleux la cervelle humaine, on comprendra l'émotion produite dans le monde entier par cette surnaturelle apparition. Quant à la rejeter au rang des fables, il fallait y renoncer.

En effet, le 20 juillet 1866, le steamer *Governor Higginson,* de Calcutta and Burnach Steam Navigation Company, avait rencontré cette masse mouvante à cinq milles dans l'est des côtes de l'Australie. Le capitaine Baker se crut, tout d'abord, en présence d'un écueil inconnu ; il se disposait même à en déterminer la situation exacte, quand deux colonnes d'eau, projetées par l'inexplicable objet, s'élancèrent en sifflant à cent cinquante pieds dans l'air. Donc, à moins que cet écueil ne fût soumis aux expansions intermittentes d'un geyser, le *Governor Higginson* avait affaire bel et bien à quelque mammifère aquatique, inconnu jusque-là, qui rejetait par ses évents des colonnes d'eau, mélangées d'air et de vapeur.

Pareil fait fut également observé le 23 juillet de la même année, dans les mers du Pacifique, par le *Cristobal Colon,* de West India and Pacific Steam Navigation Company. Donc, ce cétacé extraordinaire pouvait se transporter d'un endroit à un autre avec une vélocité surprenante, puisque, à trois jours d'intervalle, le *Gover-*

nor Higginson et le *Cristobal Colon* l'avaient observé en deux points de la carte séparés par une distance de plus de sept cents lieues marines.

Quinze jours plus tard, à deux mille lieues de là, l'*Helvetia*, de la Compagnie nationale, et le *Shannon*, du Royal Mail, marchant à contrebord dans cette portion de l'Atlantique comprise entre les Etats-Unis et l'Europe, se signalèrent respectivement le monstre par 42° 15' de latitude nord, et 60° 35' de longitude à l'ouest du méridien de Greenwich. Dans cette observation simultanée, on crut pouvoir évaluer la longueur minimum du mammifère à plus de trois cent cinquante pieds anglais [1], puisque le *Shannon* et l'*Helvetia* étaient de dimension inférieure à lui, bien qu'ils mesurassent cent mètres de l'étrave à l'étambot. Or, les plus vastes baleines, celles qui fréquentent les parages des îles Aléoutiennes, le Kulammak et l'Umgullick, n'ont jamais dépassé la longueur de cinquante-six mètres — si même elles l'atteignent.

Ces rapports arrivés coup sur coup, de nouvelles observations faites à bord du transatlantique *Le Pereire,* un abordage entre *l'Etna,* de la ligne Iseman, et le monstre, un procès-verbal dressé par les officiers de la frégate française *La Normandie,* un très sérieux relèvement obtenu par l'état-major du commodore Fitz-James à bord du *Lord Clyde,* émurent profondément l'opinion publique. Dans les pays d'humeur légère, on plaisanta le phénomène, mais les pays graves et pratiques, l'Angleterre, l'Amérique, l'Allemagne, s'en préoccupèrent vivement.

Partout dans les grands centres, le monstre devint à la mode ; on le chanta dans les cafés, on le bafoua dans les journaux, on le joua sur les théâtres. Les canards eurent là une belle occasion de pondre des œufs de toute couleur. On vit réapparaître dans les journaux — à court de copie — tous les êtres imaginaires et gigantesques, depuis la baleine blanche, le terrible

1. Environ 106 mètres. Le pied anglais n'est que de 30,40 centimètres.

« Moby Dick » des régions hyperboréennes, jusqu'au Kraken démesuré, dont les tentacules peuvent enlacer un bâtiment de cinq cents tonneaux et l'entraîner dans les abîmes de l'océan. On reproduisit même les procès-verbaux des temps anciens, les opinions d'Aristote et de Pline, qui admettaient l'existence de ces monstres, puis les récits norvégiens de l'évêque Pontoppidan, les relations de Paul Heggede, et enfin les rapports de M. Harrington, dont la bonne foi ne peut être soupçonnée, quand il affirme avoir vu, étant à bord du *Castillan*, en 1857, cet énorme serpent qui n'avait jamais fréquenté jusqu'alors que les mers de l'ancien *Constitutionnel.*

Alors éclata l'interminable polémique des crédules et des incrédules dans les sociétés savantes et les journaux scientifiques. La « question du monstre » enflamma les esprits. Les journalistes qui font profession de science, en lutte avec ceux qui font profession d'esprit, versèrent des flots d'encre pendant cette mémorable campagne ; quelques-uns même, deux ou trois gouttes de sang, car du serpent de mer, ils en vinrent aux personnalités les plus offensantes.

Six mois durant, la guerre se poursuivit avec des chances diverses. Aux articles de fond de l'Institut géographique du Brésil, de l'Académie royale des sciences de Berlin, de l'Association britannique, de l'Institution smithsonienne de Washington, aux discussions de *The Indian Archipelago,* du *Cosmos* de l'abbé Moigno, des *Mittheilungen* de Petermann, aux chroniques scientifiques des grands journaux de la France et de l'étranger, la petite presse ripostait avec une verve intarissable. Ses spirituels écrivains parodiant un mot de Linné, cité par les adversaires du monstre, soutinrent en effet que « la nature ne faisait pas de sots », et ils adjurèrent leurs contemporains de ne point donner un démenti à la nature, en admettant l'existence des Krakens, des serpents de mer, des « Moby Dick » et autres élucubrations de marins en délire. Enfin, dans un article d'un journal satirique très redouté, le plus aimé de ses rédacteurs, brochant sur le tout, poussa au monstre, comme Hippolyte, lui porta un dernier coup, et l'acheva au milieu d'un éclat de rire universel. L'esprit avait vaincu la science.

Pendant les premiers mois de l'année 1867, la question parut être enterrée, et elle ne semblait pas devoir renaître, quand de nouveaux faits furent portés à la connaissance du public. Il ne s'agit plus alors d'un problème scientifique à résoudre, mais bien d'un danger réel, sérieux, à éviter. La question prit une tout autre face. Le monstre redevint îlot, rocher, écueil, mais écueil fuyant, indéterminable, insaisissable.

Le 5 mars 1867, le *Moravian*, de Montreal Ocean Company, se trouvant pendant la nuit par 27° 30' de latitude et 72° 15' de longitude, heurta de sa hanche de tribord un roc qu'aucune carte ne marquait dans ces parages. Sous l'effort combiné du vent et de ses quatre cents chevaux-vapeur, il marchait à la vitesse de treize nœuds. Nul doute que sans la qualité supérieure de sa coque, le *Moravian*, ouvert au choc, ne se fût englouti avec les deux cent trente-sept passagers qu'il ramenait du Canada.

L'accident était arrivé vers cinq heures du matin, lorsque le jour commençait à poindre. Les officiers de quart se précipitèrent à l'arrière du bâtiment. Ils examinèrent l'océan avec la plus scrupuleuse attention. Ils ne virent rien, si ce n'est un fort remous qui brisait à trois encablures, comme si les nappes liquides eussent été violemment battues. Le relèvement du lieu fut exactement pris, et le *Moravian* continua sa route sans avaries apparentes. Avait-il heurté une roche sous-marine, ou quelque énorme épave d'un naufrage ? on ne put le savoir ; mais, examen fait de sa carène dans les bassins de radoub, il fut reconnu qu'une partie de la quille avait été brisée.

Ce fait, extrêmement grave en lui-même, eût peut-être été oublié comme tant d'autres, si, trois semaines après, il ne se fut reproduit dans des conditions identiques. Seulement, grâce à la nationalité du navire victime de ce nouvel abordage, grâce à la réputation de la compagnie à laquelle ce navire appartenait, l'événement eut un retentissement immense.

Personne n'ignore le nom du célèbre armateur anglais Cunard. Cet intelligent industriel fonda, en 1840, un service postal entre Liverpool et Halifax, avec trois navires en bois et à roues d'une force de quatre cents chevaux, et d'une jauge de onze cent soixante-deux tonneaux. Huit ans après, le matériel de la Compagnie s'accroissait de quatre navires de six cent cinquante chevaux et de dix-huit cent vingt tonnes, et, deux ans plus tard, de deux autres bâtiments supérieurs en puissance et en tonnage. En 1853, la compagnie Cunard, dont le privilège pour le transport des dépêches venait d'être renouvelé, ajouta successivement à son matériel l'*Arabia,* le *Persia,* le *China,* le *Scotia,* le *Java,* le *Russia,* tous navires de première marche, et les plus vastes qui, après le *Great Eastern,* eussent jamais sillonné les mers. Ainsi donc, en 1867, la Compagnie possédait douze navires, dont huit à roues et quatre à hélices.

Si je donne ces détails très succincts, c'est afin que chacun sache bien quelle est l'importance de cette compagnie de transports maritimes, connue du monde entier pour son intelligente gestion. Nulle entreprise de navigation transocéanienne n'a été conduite avec plus d'habileté ; nulle affaire n'a été couronnée de plus de succès. Depuis vingt-six ans, les navires Cunard ont traversé deux mille fois l'Atlantique, et jamais un voyage n'a été manqué, jamais un retard n'a eu lieu, jamais ni une lettre, ni un homme, ni un bâtiment n'ont été perdus. Aussi les passagers choisissent-ils encore, malgré la concurrence puissante que lui fait la France, la ligne Cunard de préférence à toute autre, ainsi qu'il appert d'un relevé fait sur les documents officiels des dernières années. Ceci dit, personne ne s'étonnera du retentissement que provoqua l'accident arrivé à l'un de ses plus beaux steamers.

Le 13 avril 1867, la mer étant belle, la brise maniable,

le *Scotia* se trouvait par 15° 12' de longitude et 45° 37' de latitude. Il marchait avec une vitesse de treize nœuds quarante-trois centièmes sous la poussée de ses mille chevaux-vapeur. Ses roues battaient la mer avec une régularité parfaite. Son tirant d'eau était alors de six mètres soixante-dix centimètres, et son déplacement de six mille six cent vingt-quatre mètres cubes.

A quatre heures dix-sept minutes du soir, pendant le lunch des passagers réunis dans le grand salon, un choc, peu sensible, en somme, se produisit sur la coque du *Scotia,* par sa hanche et un peu en arrière de la roue de bâbord.

Le *Scotia* n'avait pas heurté, il avait été heurté, et plutôt par un instrument tranchant ou perforant que contondant. L'abordage avait semblé si léger que personne ne s'en fût inquiété à bord, sans le cri des caliers qui remontèrent sur le pont en s'écriant :

« Nous coulons ! nous coulons ! »

Tout d'abord, les passagers furent très effrayés ; mais le capitaine Anderson se hâta de les rassurer. En effet, le danger ne pouvait être imminent. Le *Scotia,* divisé en sept compartiments par des cloisons étanches, devait braver impunément une voie d'eau.

Le capitaine Anderson se rendit immédiatement dans la cale. Il reconnut que le cinquième compartiment avait été envahi par la mer, et la rapidité de l'envahissement prouvait que la voie d'eau était considérable. Fort heureusement, ce compartiment ne renfermait pas les chaudières, car les feux se fussent subitement éteints.

Le capitaine Anderson fit stopper immédiatement, et l'un des matelots plongea pour reconnaître l'avarie. Quelques instants après, on constatait l'existence d'un trou large de deux mètres dans la carène du steamer. Une telle voie d'eau ne pouvait être aveuglée, et le *Scotia,* ses roues à demi noyées, dut continuer ainsi son voyage. Il se trouvait alors à trois cents milles du cap Clear, et après trois jours d'un retard qui inquiéta vivement Liverpool, il entra dans les bassins de la Compagnie.

Hildebrand

Les ingénieurs procédèrent alors à la visite du *Scotia,* qui fut mis en cale sèche. Ils ne purent en croire leurs yeux. A deux mètres et demi au-dessous de la flottaison s'ouvrait une déchirure régulière, en forme de triangle isocèle. La cassure de la tôle était d'une netteté parfaite, et elle n'eût pas été frappée plus sûrement à l'emporte-pièce. Il fallait donc que l'outil perforant qui l'avait produite fût d'une trempe peu commune — et après avoir été lancé avec une force prodigieuse, ayant ainsi percé une tôle de quatre centimètres, il avait dû se retirer de lui-même par un mouvement rétrograde et vraiment inexplicable.

Tel était ce dernier fait, qui eut pour résultat de passionner à nouveau l'opinion publique. Depuis ce moment, en effet, les sinistres maritimes qui n'avaient pas de cause déterminée furent mis sur le compte du monstre. Ce fantastique animal endossa la responsabilité de tous ces naufrages, dont le nombre est malheureusement considérable ; car sur trois mille navires dont la perte est annuellement relevée au Bureau Veritas, le chiffre des navires à vapeur ou à voiles, supposés perdus corps et biens par suite d'absence de nouvelles, ne s'élève pas à moins de deux cents !

Or, ce fut le « monstre » qui, justement ou injustement, fut accusé de leur disparition, et, grâce à lui, les communications entre les divers continents devenant de plus en plus dangereuses, le public se déclara et demanda catégoriquement que les mers fussent enfin débarrassées et à tout prix de ce formidable cétacé.

II
Le pour et le contre

A l'époque où ces événements se produisirent, je revenais d'une exploration scientifique entreprise dans les mauvaises terres du Nebraska, aux Etats-Unis. En ma qualité de professeur suppléant au Muséum d'histoire naturelle de Paris, le gouvernement français m'avait joint à cette expédition. Après six mois passés dans le Nebraska, chargé de précieuses collections, j'arrivai à New York vers la fin de mars. Mon départ pour la France était fixé aux premiers jours de mai. Je m'occupais donc, en attendant, de classer mes richesses minéralogiques, botaniques et zoologiques, quand arriva l'incident du *Scotia*.

J'étais parfaitement au courant de la question à l'ordre du jour, et comment ne l'aurais-je pas été ? J'avais lu et relu tous les journaux américains et européens sans être plus avancé. Ce mystère m'intriguait. Dans l'impossibilité de me former une opinion, je flottais d'un extrême à l'autre. Qu'il y eût quelque chose, cela ne pouvait être douteux, et les incrédules étaient invités à mettre le doigt sur la plaie du *Scotia*.

A mon arrivée à New York, la question brûlait. L'hypothèse de l'îlot flottant, de l'écueil insaisissable, soutenue par quelques esprits peu compétents, était absolument abandonnée. Et, en effet, à moins que cet écueil n'eût une machine dans le ventre, comment pouvait-il se déplacer avec une rapidité si prodigieuse ?

De même fut repoussée l'existence d'une coque flottante, d'une énorme épave, et toujours à cause de la rapidité du déplacement.

Restaient donc deux solutions possibles de la question, qui créaient deux clans très distincts de partisans : d'un côté, ceux qui tenaient pour un monstre d'une force colossale ; de l'autre, ceux qui tenaient pour un bateau « sous-marin » d'une extrême puissance motrice.

Or, cette dernière hypothèse, admissible après tout, ne put résister aux enquêtes qui furent poursuivies dans les deux mondes. Qu'un simple particulier eût à sa disposition un tel engin mécanique, c'était peu probable. Où et quand l'eût-il fait construire, et comment aurait-il tenu cette construction secrète ?

Seul, un gouvernement pouvait posséder une pareille machine destructive, et, en ces temps désastreux où "homme s'ingénie à multiplier la puissance des armes de guerre, il était possible qu'un Etat essayât à l'insu des autres ce formidable engin. Après les chassepots, les torpilles, après les torpilles, les béliers sous-marins, puis, — la réaction. Du moins, je l'espère.

Mais l'hypothèse d'une machine de guerre tomba encore devant la déclaration des gouvernements. Comme il s'agissait là d'un intérêt public, puisque les communications transocéaniennes en souffraient, la franchise des gouvernements ne pouvait être mise en doute. D'ailleurs, comment admettre que la construction de ce bateau sous-marin eût échappé aux yeux du public? Garder le secret dans ces circonstances est très difficile pour un particulier, et certainement impossible pour un Etat dont tous les actes sont obstinément surveillés par les puissances rivales.

Donc, après enquêtes faites en Angleterre, en France, en Russie, en Prusse, en Espagne, en Italie, en Amérique, voire même en Turquie, l'hypothèse d'un Monitor sous-marin fut définitivement rejetée.

Le monstre revint donc à flot, en dépit des incessantes plaisanteries dont le lardait la petite presse et, dans cette voie, les imaginations se laissèrent bientôt aller aux plus absurdes rêveries d'une ichtyologie fantastique.

A mon arrivée à New York, plusieurs personnes m'avaient fait l'honneur de me consulter sur le phénomène en question. J'avais publié en France un ouvrage in-quarto en deux volumes intitulé : *Les Mystères des grands fonds sous-marins*. Ce livre, particulièrement goûté du monde savant, faisait de moi un spécialiste dans cette partie assez obscure de l'histoire naturelle. Mon avis me fut demandé. Tant que je pus nier la réalité du fait, je me renfermai dans une absolue négation. Mais bientôt, collé au mur, je dus m'expliquer catégoriquement. Et même, « l'honorable Pierre Aronnax, professeur au

Muséum de Paris », fut mis en demeure par le *New York Herald* de formuler une opinion quelconque.

Je m'exécutai. Je parlai, faute de pouvoir me taire. Je discutai la question sous toutes ses faces, politiquement et scientifiquement, et je donne ici un extrait d'un article très nourri que je publiai dans le numéro du 30 avril.

« Ainsi donc, disais-je, après avoir examine une à une les diverses hypothèses, toute autre supposition étant rejetée, il faut nécessairement admettre l'existence d'un animal marin d'une puissance excessive.

« Les grandes profondeurs de l'océan nous sont totalement inconnues. La sonde n'a su les atteindre. Que se passe-t-il dans ces abîmes reculés ? Quels êtres habitent et peuvent habiter à douze ou quinze milles au-dessous de la surface des eaux ? Quel est l'organisme de ces animaux ? On saurait à peine le conjecturer.

« Cependant, la solution du problème qui m'est soumis peut affecter la forme du dilemme.

« Ou nous connaissons toutes les variétés d'êtres qui peuplent notre planète, ou nous ne les connaissons pas.

« Si nous ne les connaissons pas toutes, si la nature a encore des secrets pour nous en ichtyologie, rien de plus acceptable que d'admettre l'existence de poissons ou de cétacés, d'espèces ou même de genres nouveaux, d'une organisation essentiellement « fondrière », qui habitent les couches inaccessibles à la sonde, et qu'un événement quelconque, une fantaisie, un caprice, si l'on veut, ramène à de longs intervalles vers le niveau supérieur de l'océan.

« Si, au contraire, nous connaissons toutes les espèces vivantes, il faut nécessairement chercher l'animal en question parmi les êtres marins déjà catalogués, et dans ce cas, je serais disposé à admettre l'existence d'un *Narval géant*.

« Le narval vulgaire ou licorne de mer atteint souvent une longueur de soixante pieds. Quintuplez, décuplez même cette dimension, donnez à ce cétacé une force proportionnelle à sa taille, accroissez ses armes offensives, et vous obtenez l'animal voulu. Il aura les proportions déterminées par les officiers du *Shannon,* l'instrument exigé par la perforation du *Scotia,* et la puissance nécessaire pour entamer la coque d'un steamer.

« En effet, le narval est armé d'une sorte d'épée d'ivoire, d'une hallebarde, suivant l'expression de certains naturalistes. C'est une dent principale qui a la dureté de l'acier. On a trouvé quelques-unes de ces dents implantées dans le corps des baleines que le narval attaque toujours avec succès. D'autres ont été arrachées, non sans peine, de carènes de vaisseaux qu'elles avaient percées d'outre en outre, comme un foret perce un tonneau. Le musée de la Faculté de médecine de Paris possède une de ces défenses longue de deux mètres vingt-cinq centimètres, et large de quarante-huit centimètres à sa base !

« Eh bien ! supposez l'arme dix fois plus forte, et l'animal dix fois plus puissant, lancez-le avec une rapidité de vingt milles à l'heure, multipliez sa masse par sa vitesse, et vous obtenez un choc capable de produire la catastrophe demandée.

« Donc, jusqu'à plus amples informations, j'opinerais pour une licorne de mer, de dimensions colossales, armée, non plus d'une hallebarde, mais d'un véritable éperon comme les frégates cuirassées ou les « rams » de guerre, dont elle aurait à la fois la masse et la puissance motrice.

« Ainsi s'expliquerait ce phénomène inexplicable — à moins qu'il n'y ait rien, en dépit de ce qu'on a entrevu, vu, senti et ressenti, ce qui est encore possible ! »

Ces derniers mots étaient une lâcheté de ma part ; mais je voulais jusqu'à un certain point couvrir ma dignité de professeur, et ne pas trop prêter à rire aux Américains, qui rient bien, quand ils rient. Je me réservais une échappatoire. Au fond, j'admettais l'existence du « monstre ».

Mon article fut chaudement discuté, ce qui lui valut un grand retentissement. Il rallia un certain nombre de partisans. La solution qu'il proposait, d'ailleurs, laissait libre carrière à l'imagination. L'esprit humain se plaît à ces conceptions grandioses d'êtres surnaturels. Or la mer est précisément leur meilleur véhicule, le seul milieu où ces géants — près desquels les animaux terrestres, éléphants ou rhinocéros, ne sont que des nains — puissent se produire et se développer. Les masses liquides transportent les plus grandes espèces connues de mammifères, et peut-être recèlent-elles des mollusques d'une incomparable taille, des crustacés effrayants à contempler, tels que seraient des homards de cent mètres ou des crabes pesant deux cents tonnes ! Pourquoi non ? Autrefois, les animaux terrestres, contemporains des époques géologiques, les quadrupèdes, les quadrumanes, les reptiles, les oiseaux étaient construits sur des gabarits gigantesques. Le Créateur les avait jetés dans un moule colossal que le temps a réduit peu à peu. Pourquoi la mer, dans ses profondeurs ignorées, n'aurait-elle pas gardé ces vastes échantillons de la vie d'un autre âge, elle qui ne se modifie jamais, alors que le noyau terrestre change presque incessamment ? Pourquoi ne cacherait-elle pas dans son sein les dernières variétés de ces espèces titanesques, dont les années sont des siècles, et les siècles des millénaires ?

Mais je me laisse entraîner à des rêveries qu'il ne m'appartient plus d'entretenir ! Trêve à ces chimères que le temps a changées pour moi en réalités terribles. Je le répète, l'opinion se fit alors sur la nature du phénomène, et le public admit sans conteste l'existence d'un être prodigieux qui n'avait rien de commun avec les fabuleux serpents de mer.

Mais si les uns ne virent là qu'un problème purement scientifique à résoudre, les autres, plus positifs, surtout en Amérique et en Angleterre, furent d'avis de purger l'océan de ce redoutable monstre, afin de rassurer les communications transocéaniennes. Les journaux industriels et commerciaux traitèrent la question principalement à ce point de vue. La *Shipping and Mercantile Gazette*, le *Lloyd*, le *Paquebot*, la *Revue maritime et coloniale*, toutes les feuilles dévouées aux compagnies d'assurances qui menaçaient d'élever le taux de leurs primes, furent unanimes sur ce point.

L'opinion publique s'étant prononcée, les Etats de l'Union se déclarèrent les premiers. On fit à New York les préparatifs d'une expédition destinée à poursuivre le narval. Une frégate de grande marche, l'*Abraham Lincoln*, se mit en mesure de prendre la mer au plus tôt. Les arsenaux furent ouverts au commandant Farragut, qui pressa activement l'armement de sa frégate.

Précisément, et ainsi que cela arrive toujours, du moment que l'on se fut décidé à poursuivre le monstre, le monstre ne reparut plus. Pendant deux mois, personne n'en entendit parler. Aucun navire ne le rencontra. Il semblait que cette licorne eût connaissance des complots qui se tramaient contre elle. On en avait tant causé, et même par le câble transatlantique ! Aussi les plaisants prétendaient-ils que cette fine mouche avait arrêté au passage quelque télégramme dont elle faisait maintenant son profit.

Donc, la frégate armée pour une campagne lointaine et pourvue de formidables engins de pêche, on ne savait plus où la diriger. Et l'impatience allait croissant, quand, le 3 juin, on apprit qu'un steamer de la ligne de San Francisco de Californie à Shanghaï avait revu l'animal, trois semaines auparavant, dans les mers septentrionales du Pacifique.

L'émotion causée par cette nouvelle fut extrême. On n'accorda pas vingt-quatre heures de répit au commandant Farragut. Ses vivres étaient embarqués. Ses soutes regorgeaient de charbon. Pas un homme ne manquait à son rôle d'équipage. Il n'avait qu'à allumer ses fourneaux, à chauffer, à démarrer ! On ne lui eût pas pardonné une demi-journée de retard ! D'ailleurs, le commandant Farragut ne demandait qu'à partir.

Trois heures avant que l'*Abraham Lincoln* ne quittât

le *pier* [1] de Brooklyn, je reçus une lettre libellée en ces termes :

Monsieur Aronnax, professeur au Muséum de Paris,
Fifth Avenue Hotel.

New York.

Monsieur,

*Si vous voulez vous joindre à l'expédition de l'*Abraham Lincoln, *le gouvernement de l'Union verra avec plaisir que la France soit représentée par vous dans cette entreprise. Le commandant Farragut tient une cabine à votre disposition.*

Très cordialement, votre
J.B HOBSON,
Secrétaire de la Marine.

III
Comme il plaira à monsieur

Trois secondes avant l'arrivée de la lettre de J.B. Hobson, je ne songeais pas plus à poursuivre la licorne qu'à tenter le passage du Nord-Ouest. Trois secondes après avoir lu la lettre de l'honorable secrétaire de la marine, je comprenais enfin que ma véritable vocation, l'unique but de ma vie, était de chasser ce monstre inquiétant et d'en purger le monde.

Cependant, je revenais d'un pénible voyage, fatigué, avide de repos. Je n'aspirais plus qu'à revoir mon pays, mes amis, mon petit logement du Jardin des Plantes, mes chères et précieuses collections ! Mais rien ne put me retenir. J'oubliai tout, fatigues, amis, collections, et j'acceptai sans plus de réflexion l'offre du gouvernement américain.

1. Sorte de quai spécial à chaque bâtiment.

« D'ailleurs, pensai-je, tout chemin ramène en Europe, et la licorne sera assez aimable pour m'entraîner vers les côtes de France ! Ce digne animal se laissera prendre dans les mers d'Europe — pour mon agrément personnel — et je ne veux pas rapporter moins d'un demi-mètre de sa hallebarde d'ivoire au Muséum d'histoire naturelle. »

Mais, en attendant, il me fallait chercher ce narval dans le nord de l'océan Pacifique ; ce qui, pour revenir en France, était prendre le chemin des antipodes.

« Conseil ! » criai-je d'une voix impatiente.

Conseil était mon domestique. Un garçon dévoué qui m'accompagnait dans tous mes voyages ; un brave Flamand que j'aimais et qui me le rendait bien ; un être flegmatique par nature, régulier par principe, zélé par habitude, s'étonnant peu des surprises de la vie, très adroit de ses mains, apte à tout service, et, en dépit de son nom, ne donnant jamais de conseils — même quand on ne lui en demandait pas.

A se frotter aux savants de notre petit monde du Jardin des Plantes, Conseil en était venu à savoir quelque chose. J'avais en lui un spécialiste, très ferré sur la classification en histoire naturelle, parcourant avec une agilité d'acrobate toute l'échelle des embranchements, des groupes, des classes, des sous-classes, des ordres, des familles, des genres, des sous-genres, des espèces et des variétés. Mais sa science s'arrêtait là. Classer, c'était sa vie, et il n'en savait pas davantage. Très versé dans la théorie de la classification, peu dans la pratique, il n'eût pas distingué, je crois, un cachalot d'une baleine ! Et cependant, quel brave et digne garçon !

Conseil, jusqu'ici et depuis dix ans, m'avait suivi partout où m'entraînait la science. Jamais une réflexion de lui sur la longueur ou la fatigue d'un voyage. Nulle objection à boucler sa valise pour un pays quelconque, Chine ou Congo, si éloigné qu'il fût. Il allait là comme ici, sans en demander davantage. D'ailleurs d'une belle santé qui défiait toutes les maladies ; des muscles solides, mais pas de nerfs, pas l'apparence de nerfs — au moral, s'entend.

Ce garçon avait trente ans, et son âge était à celui de son maître comme quinze est à vingt. Qu'on m'excuse de dire ainsi que j'avais quarante ans.

Seulement, Conseil avait un défaut. Formaliste enragé, il ne me parlait jamais qu'à la troisième personne — au point d'en être agaçant.

« Conseil ! » répétai-je, tout en commençant d'une main fébrile mes préparatifs de départ.

Certainement, j'étais sûr de ce garçon si dévoué. D'ordinaire, je ne lui demandais jamais s'il lui convenait ou non de me suivre dans mes voyages ; mais cette fois, il s'agissait d'une expédition qui pouvait indéfiniment se prolonger, d'une entreprise hasardeuse, à la poursuite d'un animal capable de couler une frégate comme une coque de noix ! Il y avait là matière à réflexion, même pour l'homme le plus impassible du monde ! Qu'allait dire Conseil ?

« Conseil ! » criai-je une troisième fois.

Conseil parut.

« Monsieur m'appelle ? dit-il en entrant.

— Oui, mon garçon. Prépare-moi, prépare-toi. Nous partons dans deux heures.

— Comme il plaira à monsieur, répondit tranquillement Conseil.

— Pas un instant à perdre. Serre dans ma malle tous mes ustensiles de voyage, des habits, des chemises, des chaussettes, sans compter, mais le plus que tu pourras, et hâte-toi !

— Et les collections de monsieur ? fit observer Conseil.

— On s'en occupera plus tard.

— Quoi ! les archiotherium, les hyracotherium, les oréodons, les chéropotamus et autres carcasses de mon sieur ?

— On les gardera à l'hôtel.

— Et le babiroussa vivant de monsieur ?

— On le nourrira pendant notre absence. D'ailleurs,

je donnerai l'ordre de nous expédier en France notre ménagerie.

— Nous ne retournons donc pas à Paris ? demanda Conseil.

— Si... certainement..., répondis-je évasivement, mais en faisant un crochet.

— Le crochet qui plaira à monsieur.

— Oh ! ce sera peu de chose ! Un chemin un peu moins direct, voilà tout. Nous prenons passage sur l'*Abraham Lincoln.*

— Comme il conviendra à monsieur, répondit paisiblement Conseil.

— Tu sais, mon ami, il s'agit du monstre... du fameux narval... Nous allons en purger les mers !... L'auteur d'un ouvrage in-quarto en deux volumes sur *Les Mystères des grands fonds sous-marins* ne peut se dispenser de s'embarquer avec le commandant Farragut. Mission glorieuse, mais... dangereuse aussi ! On ne sait pas où l'on va ! Ces bêtes-là peuvent être très capricieuses ! Mais nous irons quand même ! Nous avons un commandant qui n'a pas froid aux yeux !...

— Comme fera monsieur, je ferai, répondit Conseil.

— Et songes-y bien ! car je ne veux rien te cacher. C'est là un de ces voyages dont on ne revient pas toujours !

— Comme il plaira à monsieur. »

Un quart d'heure après, nos malles étaient prêtes. Conseil les avait faites en un tour de main, et j'étais sûr que rien ne manquait, car ce garçon classait les chemises et les habits aussi bien que les oiseaux et les mammifères.

L'ascenseur de l'hôtel nous déposa au grand vestibule de l'entresol. Je descendis les quelques marches qui conduisaient au rez-de-chaussée. Je réglai ma note à ce vaste comptoir toujours assiégé par une foule considérable. Je donnai l'ordre d'expédier pour Paris (France) mes ballots d'animaux empaillés et de plantes desséchées.

Je fis ouvrir un crédit suffisant au babiroussa, et, Conseil me suivant, je sautai dans une voiture.

Le véhicule à vingt francs la course descendit Broadway jusqu'à Union Square, suivit Fourth Avenue jusqu'à sa jonction avec Bowery Street, prit Katrin Street et s'arrêta au trente-quatrième pier. Là, le Katrin ferry-boat nous transporta, hommes, chevaux et voiture, à Brooklyn, la grande annexe de New York, située sur la rive gauche de la rivière de l'Est, et en quelques minutes, nous arrivions au quai près duquel l'*Abraham Lincoln* vomissait par ses deux cheminées des torrents de fumée noire.

Nos bagages furent immédiatement transportés sur le pont de la frégate. Je me précipitai à bord. Je demandai le commandant Farragut. Un des matelots me conduisit sur la dunette, où je me trouvai en présence d'un officier de bonne mine qui me tendit la main.

« Monsieur Pierre Aronnax ? me dit-il.

— Lui-même, répondis-je. Le commandant Farragut ?

— En personne. Soyez le bienvenu, monsieur le professeur. Votre cabine vous attend. »

Je saluai, et laissant le commandant aux soins de son appareillage, je me fis conduire à la cabine qui m'était destinée.

L'*Abraham Lincoln* avait été parfaitement choisi et aménagé pour sa destination nouvelle. C'était une frégate de grande marche, munie d'appareils surchauffeurs, qui permettaient de porter à sept atmosphères la tension de sa vapeur. Sous cette pression, l'*Abraham Lincoln* atteignait une vitesse moyenne de dix-huit milles et trois dixièmes à l'heure, vitesse considérable, mais cependant insuffisante pour lutter avec le gigantesque cétacé.

Les aménagements intérieurs de la frégate répondaient à ses qualités nautiques. Je fus très satisfait de ma cabine, située à l'arrière, qui s'ouvrait sur le carré des officiers.

« Nous serons bien ici, dis-je à Conseil.

— Aussi bien, n'en déplaise à monsieur, répondit

Conseil, qu'un bernard-l'hermite dans la coquille d'un buccin. »

Je laissai Conseil arrimer convenablement nos malles, et je remontai sur le pont afin de suivre les préparatifs de l'appareillage.

A ce moment, le commandant Farragut faisait larguer les dernières amarres qui retenaient l'*Abraham Lincoln* au pier de Brooklyn. Ainsi donc, un quart d'heure de retard, moins même, et la frégate partait sans moi, et je manquais cette expédition extraordinaire, surnaturelle, invraisemblable, dont le récit véridique pourra bien trouver cependant quelques incrédules.

Mais le commandant Farragut ne voulait perdre ni un jour ni une heure pour rallier les mers dans lesquelles l'animal venait d'être signalé. Il fit venir son ingénieur.

« Sommes-nous en pression ? lui demanda-t-il.

— Oui, monsieur, répondit l'ingénieur.

— *Go ahead* », cria le commandant Farragut.

A cet ordre, qui fut transmis à la machine au moyen d'appareils à air comprimé, les mécaniciens firent agir la roue de la mise en train. La vapeur siffla en se précipitant dans les tiroirs entrouverts. Les longs pistons horizontaux gémirent et poussèrent les bielles de l'arbre. Les branches de l'hélice battirent les flots avec une rapidité croissante, et l'*Abraham Lincoln* s'avança majestueusement au milieu d'une centaine de ferry-boats et de *tenders* [1] chargés de spectateurs, qui lui faisaient cortège.

Les quais de Brooklyn et toute la partie de New York qui borde la rivière de l'Est étaient couverts de curieux. Trois hurrahs, partis de cinq cent mille poitrines, éclatèrent successivement. Des milliers de mouchoirs s'agitèrent au-dessus de la masse compacte et saluèrent l'*Abraham Lincoln* jusqu'à son arrivée dans les eaux de l'Hudson, à la pointe de cette presqu'île allongée qui forme la ville de New York.

1. Petits bateaux à vapeur qui font le service des grands steamers.

Alors, la frégate, suivant du côté de New Jersey l'admirable rive droite du fleuve toute chargée de villas, passa entre les forts qui la saluèrent de leurs plus gros canons. L'*Abraham Lincoln* répondit en amenant et en hissant trois fois le pavillon américain, dont les trente-neuf étoiles resplendissaient à sa corne d'artimon ; puis, modifiant sa marche pour prendre le chenal balisé qui s'arrondit dans la baie intérieure formée par la pointe de Sandy Hook, il rasa cette langue sablonneuse où quelques milliers de spectateurs l'acclamèrent encore une fois.

Le cortège des *boats* et des *tenders* suivait toujours la frégate, et il ne la quitta qu'à la hauteur du *light-boat* dont les deux feux marquent l'entrée des passes de New York.

Trois heures sonnaient alors. Le pilote descendit dans son canot, et rejoignit la petite goélette qui l'attendait sous le vent. Les feux furent poussés ; l'hélice battit plus rapidement les flots ; la frégate longea la côte jaune et basse de Long Island, et, à huit heures du soir, après avoir perdu dans le nord-ouest les feux de Fire Island, elle courut à toute vapeur sur les sombres eaux de l'Atlantique.

IV
Ned Land

Le commandant Farragut était un bon marin, digne de la frégate qu'il commandait. Son navire et lui ne faisaient qu'un. Il en était l'âme. Sur la question du cétacé, aucun doute ne s'élevait dans son esprit, et il ne permettait pas que l'existence de l'animal fût discutée à son bord. Il y croyait comme certaines bonnes femmes croient au Léviathan — par foi, non par raison. Le monstre existait, il en délivrerait les mers, il l'avait juré. C'était une sorte de chevalier de Rhodes, un Dieudonné

de Gozon, marchant à la rencontre du serpent qui désolait son île. Ou le commandant Farragut tuerait le narval, ou le narval tuerait le commandant Farragut. Pas de milieu.

Les officiers du bord partageaient l'opinion de leur chef. Il fallait les entendre causer, discuter, disputer, calculer les diverses chances d'une rencontre, et observer la vaste étendue de l'océan. Plus d'un s'imposait un quart volontaire dans les barres de perroquet, qui eût maudit une telle corvée en toute autre circonstance. Tant que le soleil décrivait son arc diurne, la mâture était peuplée de matelots auxquels les planches du pont brûlaient les pieds, et qui n'y pouvaient tenir en place ! Et cependant, l'*Abraham Lincoln* ne tranchait pas encore de son étrave les eaux suspectes du Pacifique.

Quant à l'équipage, il ne demandait qu'à rencontrer la licorne, à la harponner, à la hisser à bord, à la dépecer. Il surveillait la mer avec une scrupuleuse attention. D'ailleurs, le commandant Farragut parlait d'une certaine somme de deux mille dollars, réservée à quiconque, mousse ou matelot, maître ou officier, signalerait l'animal. Je laisse à penser si les yeux s'exerçaient à bord de l'*Abraham Lincoln*.

Pour mon compte, je n'étais pas en reste avec les autres, et je ne laissais à personne ma part d'observations quotidiennes. La frégate aurait eu cent fois raison de s'appeler l'*Argus*. Seul entre tous, Conseil protestait par son indifférence touchant la question qui nous passionnait, et détonnait sur l'enthousiasme général du bord.

J'ai dit que le commandant Farragut avait soigneusement pourvu son navire d'appareils propres à pêcher le gigantesque cétacé. Un baleinier n'eût pas été mieux armé. Nous possédions tous les engins connus, depuis le harpon qui se lance à la main, jusqu'aux flèches barbelées des espingoles et aux balles explosives des canardières. Sur le gaillard d'avant s'allongeait un canon perfectionné, se chargeant par la culasse, très épais de parois, très étroit d'âme, et dont le modèle doit figurer à l'Exposition universelle de 1867. Ce précieux instrument, d'origine américaine, envoyait, sans se gêner, un projectile conique de quatre kilogrammes à une distance moyenne de seize kilomètres.

Donc, l'*Abraham Lincoln* ne manquait d'aucun moyen de destruction. Mais il avait mieux encore. Il avait Ned Land, le roi des harponneurs.

Ned Land était un Canadien, d'une habileté de main peu commune, et qui ne connaissait pas d'égal dans son périlleux métier. Adresse et sang-froid, audace et ruse, il possédait ces qualités à un degré supérieur, et il fallait être une baleine bien maligne, ou un cachalot singulièrement astucieux pour échapper à son coup de harpon.

Ned Land avait environ quarante ans. C'était un homme de grande taille — plus de six pieds anglais, — vigoureusement bâti, l'air grave, peu communicatif, violent parfois, et très rageur quand on le contrariait. Sa personne provoquait l'attention, et surtout la puissance de son regard qui accentuait singulièrement sa physionomie.

Je crois que le commandant Farragut avait sagement fait d'engager cet homme à son bord. Il valait tout l'équipage, à lui seul, pour l'œil et le bras. Je ne saurais le mieux comparer qu'à un télescope puissant qui serait en même temps un canon toujours prêt à partir.

Qui dit Canadien, dit Français, et, si peu communicatif que fût Ned Land, je dois avouer qu'il se prit d'une certaine affection pour moi. Ma nationalité l'attirait sans doute. C'était une occasion pour lui de parler, et pour moi d'entendre cette vieille langue de Rabelais qui est encore en usage dans quelques provinces canadiennes. La famille du harponneur était originaire de Québec, et formait déjà une tribu de hardis pêcheurs à l'époque où cette ville appartenait à la France.

Peu à peu, Ned prit goût à causer, et j'aimais à entendre le récit de ses aventures dans les mers polaires. Il racontait ses pêches et ses combats avec une grande poésie naturelle. Son récit prenait une forme épique, et

je croyais écouter quelque Homère canadien, chantant *l'Iliade* des régions hyperboréennes.

Je dépeins maintenant ce hardi compagnon, tel que je le connais actuellement. C'est que nous sommes devenus de vieux amis, unis de cette inaltérable amitié qui naît et se cimente dans les plus effrayantes conjonctures ! Ah ! brave Ned ! je ne demande qu'à vivre cent ans encore, pour me souvenir plus longtemps de toi !

Et maintenant, quelle était l'opinion de Ned Land sur la question du monstre marin ? Je dois avouer qu'il ne croyait guère à la licorne, et que, seul à bord, il ne partageait pas la conviction générale. Il évitait même de traiter ce sujet, sur lequel je crus devoir l'entreprendre un jour.

Par une magnifique soirée du 30 juin, c'est-à-dire trois semaines après notre départ, la frégate se trouvait à la hauteur du cap Blanc, à trente milles sous le vent des côtes patagonnes. Nous avions dépassé le tropique du Capricorne, et le détroit de Magellan s'ouvrait à moins de sept cents milles dans le sud. Avant huit jours, l'*Abraham Lincoln* sillonnerait les flots du Pacifique.

Assis sur la dunette, Ned Land et moi, nous causions de choses et d'autres, regardant cette mystérieuse mer dont les profondeurs sont restées jusqu'ici inaccessibles aux regards de l'homme. J'amenai tout naturellement la conversation sur la licorne géante, et j'examinai les diverses chances de succès ou d'insuccès de notre expédition. Puis, voyant que Ned me laissait parler sans trop rien dire, je le poussai plus directement.

« Comment, Ned, lui demandai-je, comment pouvez-vous ne pas être convaincu de l'existence du cétacé que nous poursuivons ? Avez-vous donc des raisons particulières de vous montrer si incrédule ? »

Le harponneur me regarda pendant quelques instants avant de répondre, frappa de sa main son large front par un geste qui lui était habituel, ferma les yeux comme pour se recueillir, et dit enfin :

« Peut-être bien, monsieur Aronnax.

— Cependant, Ned, vous, un baleinier de profession, vous qui êtes familiarisé avec les grands mammifères marins, vous dont l'imagination doit aisément accepter l'hypothèse de cétacés énormes, vous devriez être le dernier à douter en de pareilles circonstances !

— C'est ce qui vous trompe, monsieur le professeur, répondit Ned. Que le vulgaire croie à des comètes extraordinaires qui traversent l'espace, ou à l'existence de monstres antédiluviens qui peuplent l'intérieur du globe, passe encore, mais ni l'astronome, ni le géologue n'admettent de telles chimères. De même, le baleinier. J'ai poursuivi beaucoup de cétacés, j'en ai harponné un grand nombre, j'en ai tué plusieurs, mais si puissants et si bien armés qu'ils fussent, ni leurs queues, ni leurs défenses n'auraient pu entamer les plaques de tôle d'un steamer.

— Cependant, Ned, on cite des bâtiments que la dent du narval a traversés de part en part.

— Des navires en bois, c'est possible, répondit le Canadien, et encore, je ne les ai jamais vus. Donc, jusqu'à preuve contraire, je nie que baleines, cachalots ou licornes puissent produire un pareil effet.

— Ecoutez-moi, Ned...

— Non, monsieur le professeur, non. Tout ce que vous voudrez excepté cela. Un poulpe gigantesque, peut-être ?...

— Encore moins, Ned. Le poulpe n'est qu'un mollusque, et ce nom même indique le peu de consistance de ses chairs. Eût-il cinq cents pieds de longueur, le poulpe, qui n'appartient point à l'embranchement des vertébrés, est tout à fait inoffensif pour des navires tels que le *Scotia* ou l'*Abraham Lincoln*. Il faut donc rejeter au rang des fables les prouesses des Krakens ou autres monstres de cette espèce.

— Alors, monsieur le naturaliste, reprit Ned Land d'un ton assez narquois, vous persistez à admettre l'existence d'un énorme cétacé... ?

— Oui, Ned, je vous le répète avec une conviction

qui s'appuie sur la logique des faits. Je crois à l'existence d'un mammifère, puissamment organisé, appartenant à l'embranchement des vertébrés, comme les baleines, les cachalots ou les dauphins, et muni d'une défense cornée dont la force de pénétration est extrême.

— Hum ! fit le harponneur, en secouant la tête de l'air d'un homme qui ne veut pas se laisser convaincre.

— Remarquez, mon digne Canadien, repris-je, que si un tel animal existe, s'il habite les profondeurs de l'océan, s'il fréquente les couches liquides situées à quelques milles au-dessous de la surface des eaux, il possède nécessairement un organisme dont la solidité défie toute comparaison.

— Et pourquoi cet organisme si puissant ? demanda Ned.

— Parce qu'il faut une force incalculable pour se maintenir dans les couches profondes et résister à leur pression.

— Vraiment ? dit Ned qui me regardait en clignant de l'œil.

— Vraiment, et quelques chiffres vous le prouveront sans peine.

— Oh ! les chiffres ! répliqua Ned. On fait ce qu'on veut avec les chiffres !

— En affaires, Ned, mais non en mathématiques. Ecoutez-moi. Admettons que la pression d'une atmosphère soit représentée par la pression d'une colonne d'eau haute de trente-deux pieds. En réalité, la colonne d'eau serait d'une moindre hauteur, puisqu'il s'agit de l'eau de mer dont la densité est supérieure à celle de l'eau douce. Eh bien, quand vous plongez, Ned, autant de fois trente-deux pieds d'eau au-dessus de vous, autant de fois votre corps supporte une pression égale à celle de l'atmosphère, c'est-à-dire de kilogrammes par chaque centimètre carré de sa surface. Il suit de là qu'à trois cent vingt pieds cette pression est de dix atmosphères, de cent atmosphères à trois mille deux cents pieds, et de mille atmosphères à trente-deux mille pieds, soit deux lieues et demie environ. Ce qui équivaut à dire que si vous pouviez atteindre cette profondeur dans l'océan, chaque centimètre carré de la surface de votre corps subirait une pression de mille kilogrammes. Or, mon brave Ned, savez-vous ce que vous avez de centimètres carrés en surface ?

— Je ne m'en doute pas, monsieur Aronnax.

— Environ dix-sept mille.

— Tant que cela ?

— Et comme en réalité la pression atmosphérique est un peu supérieure au poids d'un kilogramme par centimètre carré, vos dix-sept mille centimètres carrés supportent en ce moment une pression de dix-sept mille cinq cent soixante-huit kilogrammes.

— Sans que je m'en aperçoive ?

— Sans que vous vous en aperceviez. Et si vous n'êtes pas écrasé par une telle pression, c'est que l'air pénètre à l'intérieur de votre corps avec une pression égale. De là un équilibre parfait entre la poussée intérieure et la poussée extérieure, qui se neutralisent, ce qui vous permet de les supporter sans peine. Mais dans l'eau, c'est autre chose.

— Oui, je comprends, répondit Ned, devenu plus attentif, parce que l'eau m'entoure et ne me pénètre pas.

— Précisément, Ned. Ainsi donc, à trente-deux pieds au-dessous de la surface de la mer, vous subiriez une pression de dix-sept mille cinq cent soixante-huit kilogrammes ; à trois cent vingt pieds, dix fois cette pression, soit cent soixante-quinze mille six cent quatre-vingts kilogrammes ; à trois mille deux cents pieds, cent fois cette pression, soit dix-sept cent cinquante-six mille huit cents kilogrammes ; à trente-deux mille pieds, enfin, mille fois cette pression, soit dix-sept millions cinq cent soixante-huit mille kilogrammes ; c'est-à-dire que vous seriez aplati comme si l'on vous retirait des plateaux d'une machine hydraulique !

— Diable ! fit Ned.

— Eh bien, mon digne harponneur, si des vertébrés, longs de plusieurs centaines de mètres et gros à proportion, se maintiennent à de pareilles profondeurs, eux dont la surface est représentée par des millions de centimètres carrés, c'est par milliards de kilogrammes qu'il faut estimer la poussée qu'ils subissent. Calculez alors quelle doit être la résistance de leur charpente osseuse et la puissance de leur organisme pour résister à de telles pressions !

— Il faut, répondit Ned Land, qu'ils soient fabriqués en plaques de tôle de huit pouces, comme les frégates cuirassées.

— Comme vous dites, Ned, et songez alors aux ravages que peut produire une pareille masse lancée avec la vitesse d'un express contre la coque d'un navire.

— Oui... en effet... peut-être, répondit le Canadien, ébranlé par ces chiffres, mais qui ne voulait pas se rendre.

— Eh bien, vous ai-je convaincu ?

— Vous m'avez convaincu d'une chose, monsieur le naturaliste, c'est que si de tels animaux existent au fond des mers, il faut nécessairement qu'ils soient aussi forts que vous le dites.

— Mais s'ils n'existent pas, entêté harponneur, comment expliquez-vous l'accident arrivé au *Scotia ?*

— C'est peut-être..., dit Ned hésitant.

— Allez donc !

— Parce que... ça n'est pas vrai ! » répondit le Canadien, en reproduisant sans le savoir une célèbre réponse d'Arago.

Mais cette réponse prouvait l'obstination du harponneur et pas autre chose. Ce jour-là, je ne le poussai pas davantage. L'accident du *Scotia* n'était pas niable. Le trou existait si bien qu'il avait fallu le boucher, et je ne pense pas que l'existence d'un trou puisse se démontrer plus catégoriquement. Or, ce trou ne s'était pas fait tout seul, et puisqu'il n'avait pas été produit par des roches sous-marines ou des engins sous-marins, il était nécessairement dû à l'outil perforant d'un animal.

Or, suivant moi, et pour toutes les raisons précédemment déduites, cet animal appartenait à l'embranchement des vertébrés, à la classe des mammifères, au groupe des pisciformes, et finalement à l'ordre des cétacés. Quant à la famille dans laquelle il prenait rang, baleine, cachalot ou dauphin, quant au genre dont il faisait partie, quant à l'espèce dans laquelle il convenait de le ranger, c'était une question à élucider ultérieurement. Pour la résoudre, il fallait disséquer ce monstre inconnu, pour le disséquer le prendre, pour le prendre le harponner — ce qui était l'affaire de Ned Land —, pour le harponner le voir — ce qui était l'affaire de l'équipage —, et pour le voir le rencontrer — ce qui était l'affaire du hasard.

V
A l'aventure !

Le voyage de l'*Abraham Lincoln,* pendant quelque temps, ne fut marqué par aucun incident. Cependant une circonstance se présenta, qui mit en relief la merveilleuse habileté de Ned Land, et montra quelle confiance on devait avoir en lui.

Au large des Malouines, le 30 juin, la frégate communiqua avec des baleiniers américains, et nous apprîmes qu'ils n'avaient eu aucune connaissance du narval. Mais l'un d'eux, le capitaine du *Monroe,* sachant que Ned Land était embarqué à bord de l'*Abraham Lincoln,* demanda son aide pour chasser une baleine qui était en vue. Le commandant Farragut, désireux de voir Ned Land à l'œuvre, l'autorisa à se rendre à bord du *Monroe.* Et le hasard servit si bien notre Canadien, qu'au lieu d'une baleine, il en harponna deux d'un coup double, frappant l'une droit au cœur, et s'emparant de l'autre après une poursuite de quelques minutes !

Décidément, si le monstre a jamais affaire au harpon

de Ned Land, je ne parierai pas pour le monstre.

La frégate prolongea la côte sud-est de l'Amérique avec une rapidité prodigieuse. Le 3 juillet, nous étions à l'ouvert du détroit de Magellan, à la hauteur du cap des Vierges. Mais le commandant Farragut ne voulut pas prendre ce sinueux passage, et manœuvra de manière à doubler le cap Horn.

L'équipage lui donna raison à l'unanimité. Et, en effet, était-il probable que l'on pût rencontrer le narval dans ce détroit resserré ? Bon nombre de matelots affirmaient que le monstre n'y pouvait passer, « qu'il était trop gros pour cela ! »

Le 6 juillet, vers trois heures du soir, l'*Abraham Lincoln,* à quinze milles dans le sud, doubla cet îlot solitaire, ce roc perdu à l'extrémité du continent américain, auquel des marins hollandais imposèrent le nom de leur ville natale, le cap Horn. La route fut donnée vers le nord-ouest, et le lendemain, l'hélice de la frégate battit enfin les eaux du Pacifique.

« Ouvre l'œil ! ouvre l'œil ! » répétaient les matelots de l'*Abraham Lincoln.*

Et ils l'ouvraient démesurément. Les yeux et les lunettes, un peu éblouis, il est vrai, par la perspective des deux mille dollars, ne restèrent pas un instant au repos. Jour et nuit, on observait la surface de l'océan, et les nyctalopes, dont la faculté de voir dans l'obscurité accroissait les chances de cinquante pour cent, avaient beau jeu pour gagner la prime.

Moi, que l'appât de l'argent n'attirait guère, je n'étais pourtant pas le moins attentif du bord. Ne donnant que quelques minutes aux repas, quelques heures au sommeil, indifférent au soleil ou à la pluie, je ne quittais plus le pont du navire. Tantôt penché sur les bastingages du gaillard d'avant, tantôt appuyé à la lisse de l'arrière, je dévorais d'un œil avide le cotonneux sillage qui blanchissait la mer jusqu'à perte de vue ! Et que de fois j'ai partagé l'émotion de l'état-major, de l'équipage, lorsque quelque capricieuse baleine élevait son dos noirâtre au-

dessus des flots. Le pont de la frégate se peuplait en un instant. Les capots vomissaient un torrent de matelots et d'officiers. Chacun, la poitrine haletante, l'œil trouble, observait la marche du cétacé. Je regardais, je regardais à en user ma rétine, à en devenir aveugle, tandis que Conseil, toujours flegmatique, me répétait d'un ton calme :

« Si monsieur voulait avoir la bonté de moins écarquiller ses yeux, monsieur verrait bien davantage ! »

Mais, vaine émotion ! L'*Abraham Lincoln* modifiait sa route, courait sur l'animal signalé, simple baleine ou cachalot vulgaire, qui disparaissait bientôt au milieu d'un concert d'imprécations !

Cependant, le temps restait favorable. Le voyage s'accomplissait dans les meilleures conditions. C'était alors la mauvaise saison australe, car le juillet de cette zone correspond à notre janvier d'Europe ; mais la mer se maintenait belle, et se laissait facilement observer dans un vaste périmètre.

Ned Land montrait toujours la plus tenace incrédulité ; il affectait même de ne point examiner la surface des flots en dehors de son temps de bordée — du moins quand aucune baleine n'était en vue. Et pourtant sa merveilleuse puissance de vision aurait rendu de grands services. Mais, huit heures sur douze, cet entêté Canadien lisait ou dormait dans sa cabine. Cent fois, je lui reprochai son indifférence.

« Bah ! répondait-il, il n'y a rien, monsieur Aronnax, et, y eût-il quelque animal, quelle chance avons-nous de l'apercevoir ? Est-ce que nous ne courons pas à l'aventure ? On a revu, dit-on, cette bête introuvable dans les hautes mers du Pacifique, je veux bien l'admettre ; mais deux mois déjà se sont écoulés depuis cette rencontre, et à s'en rapporter au tempérament de votre narval, il n'aime point à moisir longtemps dans les mêmes parages ! Il est doué d'une prodigieuse facilité de déplacement. Or, vous le savez mieux que moi, monsieur le professeur, la nature ne fait rien à contresens, et elle ne donnerait pas à un animal lent de sa nature la faculté de se mouvoir rapidement, s'il n'avait pas besoin de s'en servir. Donc, si la bête existe, elle est déjà loin ! »

A cela, je ne savais que répondre. Evidemment, nous marchions en aveugles. Mais le moyen de procéder autrement ? Aussi, nos chances étaient-elles fort limitées. Cependant, personne ne doutait encore du succès, et pas un matelot du bord n'eût parié contre le narval et contre sa prochaine apparition.

Le 20 juillet, le tropique du Capricorne fut coupé par 105° de longitude, et le 27 du même mois, nous franchissions l'équateur sur le cent dixième méridien. Ce relèvement fait, la frégate prit une direction plus décidée vers l'ouest, et s'engagea dans les mers centrales du Pacifique. Le commandant Farragut pensait, avec raison, qu'il valait mieux fréquenter les eaux profondes, et s'éloigner des continents ou des îles dont l'animal avait toujours paru éviter l'approche, « sans doute parce qu'il n'y avait pas assez d'eau pour lui ! » disait le maître d'équipage. La frégate passa donc au large des Pomotou, des Marquises, des Sandwich, coupa le tropique du Cancer par 132° de longitude, et se dirigea vers les mers de Chine.

Nous étions enfin sur le théâtre des derniers ébats du monstre ! Et, pour tout dire, on ne vivait plus à bord. Les cœurs palpitaient effroyablement, et se préparaient pour l'avenir d'incurables anévrismes. L'équipage entier subissait une surexcitation nerveuse, dont je ne saurais donner l'idée. On ne mangeait pas, on ne dormait plus. Vingt fois par jour, une erreur d'appréciation, une illusion d'optique de quelque matelot perché sur les barres, causaient d'intolérables douleurs, et ces émotions, vingt fois répétées, nous maintenaient dans un état d'éréthisme trop violent pour ne pas amener une réaction prochaine.

Et en effet, la réaction ne tarda pas à se produire. Pendant trois mois, trois mois dont chaque jour durait un siècle ! l'*Abraham Lincoln* sillonna toutes les mers septentrionales du Pacifique, courant aux baleines signalées, faisant de brusques écarts de route, virant subitement d'un bord sur l'autre, s'arrêtant soudain, forçant ou renversant sa vapeur, coup sur coup, au risque de déniveler sa machine, et il ne laissa pas un point inexploré des rivages du Japon à la côte américaine. Et rien ! rien que l'immensité des flots déserts ! rien qui ressemblât à un narval gigantesque, ni à un îlot sous-marin, ni à une épave de naufrage, ni à un écueil fuyant, ni à quoi que ce fût de surnaturel !

La réaction se fit donc. Le découragement s'empara d'abord des esprits, et ouvrit une brèche à l'incrédulité. Un nouveau sentiment se produisit à bord, qui se composait de trois dixièmes de honte contre sept dixièmes de fureur. On était « tout bête » de s'être laissé prendre à une chimère, mais encore plus furieux ! Les montagnes d'arguments entassés depuis un an s'écroulèrent à la fois, et chacun ne songea plus qu'à se rattraper, aux heures de repas ou de sommeil, du temps qu'il avait si sottement sacrifié.

Avec la mobilité naturelle à l'esprit humain, d'un excès on se jeta dans un autre. Les plus chauds partisans de l'entreprise devinrent fatalement ses plus ardents détracteurs. La réaction monta des fonds du navire, du poste des soutiers jusqu'au carré de l'état-major, et certainement, sans un entêtement très particulier du commandant Farragut, la frégate eût définitivement remis le cap au sud.

Cependant, cette recherche inutile ne pouvait se prolonger plus longtemps. L'*Abraham Lincoln* n'avait rien à se reprocher, ayant tout fait pour réussir. Jamais équipage d'un bâtiment de la marine américaine ne montra plus de patience et plus de zèle ; son insuccès ne saurait lui être imputé ; il ne restait plus qu'à revenir.

Une représentation dans ce sens fut faite au commandant. Le commandant tint bon. Les matelots ne cachèrent point leur mécontentement, et le service en souffrit. Je ne veux pas dire qu'il y eut révolte à bord, mais après une raisonnable période d'obstination, le commandant Farragut, comme autrefois Colomb, demanda trois jours de patience. Si dans le délai de trois jours, le monstre n'avait pas paru, l'homme de barre donnerait trois tours de roue, et l'*Abraham Lincoln* ferait route vers les mers européennes.

Cette promesse fut faite le 2 novembre. Elle eut tout d'abord pour résultat de ranimer les défaillances de l'équipage. L'océan fut observé avec une nouvelle attention. Chacun voulait lui jeter ce dernier coup d'œil dans lequel se résume tout le souvenir. Les lunettes fonctionnèrent avec une activité fiévreuse. C'était un suprême défi porté au narval géant, et celui-ci ne pouvait raisonnablement se dispenser de répondre à cette sommation « à comparaître » !

Deux jours se passèrent. L'*Abraham Lincoln* se tenait sous petite vapeur. On employait mille moyens pour éveiller l'attention ou stimuler l'apathie de l'animal, au cas où il se fût rencontré dans ces parages. D'énormes quartiers de lard furent mis à la traîne — pour la plus grande satisfaction des requins, je dois le dire. Les embarcations rayonnèrent dans toutes les directions autour de l'*Abraham Lincoln,* pendant qu'il mettait en panne, et ne laissèrent pas un point de mer inexploré. Mais le soir du 4 novembre arriva sans que se fût dévoilé ce mystère sous-marin.

Le lendemain, 5 novembre, à midi, expirait le délai de rigueur. Après le point, le commandant Farragut, fidèle à sa promesse, devait donner la route au sud-est, et abandonner définitivement les régions septentrionales du Pacifique.

La frégate se trouvait alors par 31° 15' de latitude nord et par 136° 42' de longitude est. Les terres du Japon nous restaient à moins de deux cents milles sous le vent. La nuit approchait. On venait de piquer huit heures. De gros nuages voilaient le disque de la lune, alors dans son premier quartier. La mer ondulait paisiblement sous l'étrave de la frégate.

En ce moment, j'étais appuyé à l'avant, sur le bastin-

gage de tribord. Conseil, posté près de moi, regardait devant lui. L'équipage, juché dans les haubans, examinait l'horizon qui se rétrécissait et s'obscurcissait peu à peu. Les officiers, armés de leur lorgnette de nuit, fouillaient l'obscurité croissante. Parfois le sombre océan étincelait sous un rayon que la lune dardait entre la frange de deux nuages. Puis, toute trace lumineuse s'évanouissait dans les ténèbres.

En observant Conseil, je constatai que ce brave garçon subissait tant soit peu l'influence générale. Du moins, je le crus ainsi. Peut-être, et pour la première fois, ses nerfs vibraient-ils sous l'action d'un sentiment de curiosité.

« Allons, Conseil, lui dis-je, voilà une dernière occasion d'empocher deux mille dollars.

— Que monsieur me permette de le lui dire, répondit Conseil, je n'ai jamais compté sur cette prime, et le gouvernement de l'Union pouvait promettre cent mille dollars, il n'en aurait pas été plus pauvre.

— Tu as raison, Conseil. C'est une sotte affaire, après tout, et dans laquelle nous nous sommes lancés trop légèrement. Que de temps perdu, que d'émotions inutiles ! Depuis six mois déjà, nous serions rentrés en France...

— Dans le petit appartement de monsieur, répliqua Conseil, dans le muséum de monsieur ! Et j'aurais déjà classé les fossiles de monsieur ! Et le babiroussa de monsieur serait installé dans sa cage du Jardin des Plantes, et il attirerait tous les curieux de la capitale !

— Comme tu dis, Conseil, et sans compter, j'imagine, que l'on se moquera de nous !

— Effectivement, répondit tranquillement Conseil, je pense que l'on se moquera de monsieur. Et, faut-il le dire... ?

— Il faut le dire, Conseil.

— Eh bien, monsieur n'aura que ce qu'il mérite !

— Vraiment !

— Quand on a l'honneur d'être un savant comme monsieur, on ne s'expose pas... »

Conseil ne put achever son compliment. Au milieu du silence général, une voix venait de se faire entendre. C'était la voix de Ned Land, et Ned Land s'écriait :

« Ohé ! la chose en question, sous le vent, par le travers à nous ! »

VI
A toute vapeur

A ce cri, l'équipage entier se précipita vers le harponneur, commandant, officiers, maîtres, matelots, mousses, jusqu'aux ingénieurs qui quittèrent leur machine, jusqu'aux chauffeurs qui abandonnèrent leurs fourneaux. L'ordre de stopper avait été donné, et la frégate ne courait plus que sur son erre.

L'obscurité était profonde alors, et quelque bons que fussent les yeux du Canadien, je me demandais comment il avait vu et ce qu'il avait pu voir. Mon cœur battait à se rompre.

Mais Ned Land ne s'était pas trompé, et tous, nous aperçûmes l'objet qu'il indiquait de la main.

A deux encablures de l'*Abraham Lincoln* et de sa hanche de tribord, la mer semblait être illuminée pardessous. Ce n'était point un simple phénomène de phosphorescence, et l'on ne pouvait s'y tromper. Le monstre, immergé à quelques toises de la surface des eaux, projetait cet éclat très intense, mais inexplicable, que mentionnaient les rapports de plusieurs capitaines. Cette magnifique irradiation devait être produite par un agent d'une grande puissance éclairante. La partie lumineuse décrivait sur la mer un immense ovale très allongé, au centre duquel se condensait un foyer ardent dont l'insoutenable éclat s'éteignait par dégradations successives.

« Ce n'est qu'une agglomération de molécules phosphorescentes, s'écria l'un des officiers.

— Non, monsieur, répliquai-je avec conviction. Jamais les pholades ou les salpes ne produisent une si puissante lumière. Cet éclat est de nature essentiellement électrique... D'ailleurs, voyez, voyez ! il se déplace ! il se meut en avant, en arrière ! il s'élance sur nous ! »

Un cri général s'éleva de la frégate.

« Silence ! dit le commandant Farragut. La barre au vent, toute ! Machine en arrière ! »

Les matelots se précipitèrent à la barre, les ingénieurs à leur machine. La vapeur fut immédiatement renversée, et l'*Abraham Lincoln,* abattant sur bâbord, décrivit un demi-cercle.

« La barre droite ! Machine en avant ! » cria le commandant Farragut.

Ces ordres furent exécutés, et la frégate s'éloigna rapidement du foyer lumineux.

Je me trompe. Elle voulut s'éloigner, mais le surnaturel animal se rapprocha avec une vitesse double de la sienne.

Nous étions haletants. La stupéfaction, bien plus que la crainte, nous tenait muets et immobiles. L'animal nous gagnait en se jouant. Il fit le tour de la frégate qui filait alors quatorze nœuds, et l'enveloppa de ses nappes électriques comme d'une poussière lumineuse. Puis il s'éloigna de deux ou trois milles, laissant une traînée phosphorescente comparable aux tourbillons de vapeur que jette en arrière la locomotive d'un express. Tout d'un coup, des obscures limites de l'horizon, où il alla prendre son élan, le monstre fonça subitement vers l'*Abraham Lincoln* avec une effrayante rapidité, s'arrêta brusquement à vingt pieds de ses préceintes, s'éteignit — non pas en s'abîmant sous les eaux, puisque son éclat ne subit aucune dégradation, — mais soudainement et comme si la source de son brillant effluve se fût subitement tarie ! Puis, il reparut de l'autre côté du navire, soit qu'il l'eût tourné, soit qu'il eût glissé sous sa coque. A chaque instant, une collision pouvait se produire, qui nous eût été fatale.

Cependant, je m'étonnais des manœuvres de la frégate.

Elle fuyait et n'attaquait pas. Elle était poursuivie, elle qui devait poursuivre, et j'en fis l'observation au commandant Farragut. Sa figure, d'ordinaire si impassible, était empreinte d'un indéfinissable étonnement.

« Monsieur Aronnax, me répondit-il, je ne sais à quel être formidable j'ai affaire, et je ne veux pas risquer imprudemment ma frégate au milieu de cette obscurité. D'ailleurs, comment attaquer l'inconnu, comment s'en défendre ? Attendons le jour et les rôles changeront.

— Vous n'avez plus de doute, commandant, sur la nature de l'animal ?

— Non, monsieur, c'est évidemment un narval gigantesque, mais aussi un narval électrique.

— Peut-être, ajoutai-je, ne peut-on pas plus l'approcher qu'un gymnote ou une torpille !

— En effet, répondit le commandant, et s'il possède en lui une puissance foudroyante, c'est à coup sûr le plus terrible animal qui soit jamais sorti de la main du Créateur. C'est pourquoi, monsieur, je me tiendrai sur mes gardes. »

Tout l'équipage resta sur pied pendant la nuit. Personne ne songea à dormir. L'*Abraham Lincoln,* ne pouvant lutter de vitesse, avait modéré sa marche et se tenait sous petite vapeur. De son côté, le narval, imitant la frégate, se laissait bercer au gré des lames, et semblait décidé à ne point abandonner le théâtre de la lutte.

Vers minuit, cependant, il disparut, ou, pour employer une expression plus juste, il « s'éteignit » comme un gros ver luisant. Avait-il fui ? Il fallait le craindre, non pas l'espérer. Mais à une heure moins sept minutes du matin, un sifflement assourdissant se fit entendre, semblable à celui que produit une colonne d'eau, chassée avec une extrême violence.

Le commandant Farragut, Ned Land et moi, nous étions alors sur la dunette, jetant d'avides regards à travers les profondes ténèbres.

« Ned Land, demanda le commandant, vous avez souvent entendu rugir des baleines ?

— Souvent, monsieur, mais jamais de pareilles baleines dont la vue m'ait rapporté deux mille dollars.

— En effet, vous avez droit à la prime. Mais, dites-moi, ce bruit n'est-il pas celui que font les cétacés rejetant l'eau par leurs évents ?

— Le même bruit, monsieur, mais celui-ci est incomparablement plus fort. Aussi ne peut-on s'y tromper. C'est bien un cétacé qui se tient là dans nos eaux. Avec votre permission, monsieur, ajouta le harponneur, nous lui dirons deux mots demain au lever du jour.

— S'il est d'humeur à vous entendre, maître Land, répondis-je d'un ton peu convaincu.

— Que je l'approche à quatre longueurs de harpon, riposta le Canadien, et il faudra bien qu'il m'écoute !

— Mais pour l'approcher, reprit le commandant, je devrai mettre une baleinière à votre disposition ?

— Sans doute, monsieur.

— Ce sera jouer la vie de mes hommes ?

— Et la mienne ! » répondit simplement le harponneur.

Vers deux heures du matin, le foyer lumineux reparut, non moins intense, à cinq milles au vent de l'*Abraham Lincoln.* Malgré la distance, malgré le bruit du vent et de la mer, on entendait distinctement les formidables battements de queue de l'animal, et jusqu'à sa respiration haletante. Il semblait qu'au moment où l'énorme narval venait respirer à la surface de l'océan, l'air s'engouffrait dans ses poumons, comme fait la vapeur dans les vastes cylindres d'une machine de deux mille chevaux.

« Hum ! pensai-je, une baleine qui aurait la force d'un régiment de cavalerie, ce serait une jolie baleine ! »

On resta sur le qui-vive jusqu'au jour, et l'on se prépara au combat. Les engins de pêche furent disposés le long des bastingages. Le second fit charger ces espingoles qui lancent un harpon à une distance de un mille, et de longues canardières à balles explosives dont la blessure est mortelle, même aux plus puissants animaux. Ned Land s'était contenté d'affûter son harpon, arme terrible dans sa main.

A six heures, l'aube commença à poindre, et avec les premières lueurs de l'aurore disparut l'éclat électrique du narval. A sept heures, le jour était suffisamment fait, mais une brume matinale très épaisse rétrécissait l'horizon et les meilleures lorgnettes ne pouvaient la percer. De là, désappointement et colère.

Je me hissai jusqu'aux barres d'artimon. Quelques officiers s'étaient déjà perchés à la tête des mâts.

A huit heures, la brume roula lourdement sur les flots, et ses grosses volutes se levèrent peu à peu. L'horizon s'élargissait et se purifiait à la fois.

Soudain, et comme la veille, la voix de Ned Land se fit entendre.

« La chose en question, par bâbord derrière ! » cria le harponneur.

Tous les regards se dirigèrent vers le point indiqué.

Là, à un mille et demi de la frégate, un long corps noirâtre émergeait d'un mètre au-dessus des flots. Sa queue, violemment agitée, produisait un remous considérable. Jamais appareil caudal ne battit la mer avec une telle puissance. Un immense sillage, d'une blancheur éclatante, marquait le passage de l'animal et décrivait une courbe allongée.

La frégate s'approcha du cétacé. Je l'examinai en toute liberté d'esprit. Les rapports du *Shannon* et de l'*Helvetia* avaient un peu exagéré ses dimensions, et j'estimai sa longueur à deux cent cinquante pieds seulement. Quant à sa grosseur, je ne pouvais que difficilement l'apprécier ; mais, en somme, l'animal me parut être admirablement proportionné dans ses trois dimensions.

Pendant que j'observais cet être phénoménal, deux jets de vapeur et d'eau s'élancèrent de ses évents, et montèrent à une hauteur de quarante mètres, ce qui me fixa sur son mode de respiration. J'en conclus définitivement qu'il appartenait à l'embranchement des vertébrés, classe des mammifères, sous-classe des monodelphiens, groupe des pisciformes, ordre des cétacés, famille... Ici, je ne pouvais encore me prononcer. L'ordre des cétacés comprend trois familles : les baleines, les cachalots et les dauphins, et c'est dans cette dernière que sont rangés les narvals. Chacune de ces familles se divise en plusieurs genres, chaque genre en espèces, chaque espèce en variétés. Variété, espèce, genre et famille me manquaient encore, mais je ne doutais pas de compléter ma classification avec l'aide du Ciel et du commandant Farragut.

L'équipage attendait impatiemment les ordres de son chef. Celui-ci, après avoir attentivement observé l'animal, fit appeler l'ingénieur. L'ingénieur accourut.

« Monsieur, dit le commandant, vous avez de la pression ?

— Oui, monsieur, répondit l'ingénieur.

— Bien. Forcez vos feux, et à toute vapeur ! »

Trois hurrahs accueillirent cet ordre. L'heure de la lutte avait sonné. Quelques instants après, les deux cheminées de la frégate vomissaient des torrents de fumée noire, et le pont frémissait sous le tremblotement des chaudières.

L'*Abraham Lincoln,* chassé en avant par sa puissante hélice, se dirigea droit sur l'animal. Celui-ci le laissa indifféremment s'approcher à une demi-encablure ; puis, dédaignant de plonger, il prit une petite allure de fuite, et se contenta de maintenir sa distance.

Cette poursuite se prolongea pendant trois quarts d'heure environ, sans que la frégate gagnât deux toises sur le cétacé. Il était donc évident qu'à marcher ainsi, on ne l'atteindrait jamais.

Le commandant Farragut tordait avec rage l'épaisse touffe de poils qui foisonnait sous son menton.

« Ned Land ? » cria-t-il.

Le Canadien vint à l'ordre.

« Eh bien, maître Land, demanda le commandant, me conseillez-vous encore de mettre mes embarcations à la mer ?

— Non, monsieur, répondit Ned Land, car cette bête-là ne se laissera prendre que si elle le veut bien.

— Que faire alors ?

— Forcer de vapeur si vous le pouvez, monsieur. Pour moi, avec votre permission, s'entend, je vais m'installer sur les sous-barbes de beaupré, et si nous arrivons à longueur de harpon, je harponne.

— Allez, Ned, répondit le commandant Farragut. Ingénieur, cria-t-il, faites monter la pression. »

Ned Land se rendit à son poste. Les feux furent plus activement poussés ; l'hélice donna quarante-trois tours à la minute, et la vapeur fusa par les soupapes. Le loch jeté, on constata que l'*Abraham Lincoln* marchait à raison de dix-huit milles cinq dixièmes à l'heure.

Mais le maudit animal filait aussi avec une vitesse de dix-huit milles cinq dixièmes.

Pendant une heure encore, la frégate se maintint sous cette allure, sans gagner une toise ! C'était humiliant pour l'un des plus rapides marcheurs de la marine américaine. Une sourde colère courait parmi l'équipage. Les matelots injuriaient le monstre, qui, d'ailleurs, dédaignait de leur répondre. Le commandant Farragut ne se contentait plus de tordre sa barbiche, il la mordait.

L'ingénieur fut encore une fois appelé.

« Vous avez atteint votre maximum de pression ? lui demanda le commandant.

— Oui, monsieur, répondit l'ingénieur.

— Et vos soupapes sont chargées ?...

— A six atmosphères et demie.

— Chargez-les à dix atmosphères. »

Voilà un ordre américain s'il en fut. On n'eût pas mieux fait sur le Mississippi pour distancer « une concurrence » !

« Conseil, dis-je à mon brave serviteur qui se trouvait près de moi, sais-tu bien que nous allons probablement sauter ?

— Comme il plaira à monsieur ! » répondit Conseil.

Eh bien ! je l'avouerai, cette chance, il ne me déplaisait pas de la risquer.

Les soupapes furent chargées. Le charbon s'engouffra

dans les fourneaux. Les ventilateurs envoyèrent des torrents d'air sur les brasiers. La rapidité de l'*Abraham Lincoln* s'accrut. Ses mâts tremblaient jusque dans leurs emplantures, et les tourbillons de fumée pouvaient à peine trouver passage par les cheminées trop étroites.

On jeta le loch une seconde fois.

« Eh bien ! timonier ? demanda le commandant Farragut.

— Dix-neuf milles trois dixièmes, monsieur.

— Forcez les feux. »

L'ingénieur obéit. Le manomètre marqua dix atmosphères. Mais le cétacé « chauffa » lui aussi, sans doute, car, sans se gêner, il fila ses dix-neuf milles et trois dixièmes.

Quelle poursuite ! Non, je ne puis décrire l'émotion qui faisait vibrer tout mon être. Ned Land se tenait à son poste, le harpon à la main. Plusieurs fois, l'animal se laissa approcher.

« Nous le gagnons ! nous le gagnons ! » s'écriait le Canadien.

Puis, au moment où il se disposait à frapper, le cétacé se dérobait avec une rapidité que je ne puis estimer à moins de trente milles à l'heure. Et même, pendant notre maximum de vitesse, ne se permit-il pas de narguer la frégate en en faisant le tour ! Un cri de fureur s'échappa de toutes les poitrines !

A midi, nous n'étions pas plus avancés qu'à huit heures du matin.

Le commandant Farragut se décida alors à employer des moyens plus directs.

« Ah ! dit-il, cet animal-là va plus vite que l'*Abraham Lincoln !* Eh bien ! nous allons voir s'il distancera ses boulets coniques. Maître, des hommes à la pièce de l'avant. »

Le canon de gaillard fut immédiatement chargé et braqué. Le coup partit, mais le boulet passa à quelques pieds au-dessus du cétacé, qui se tenait à un demi-mille.

« A un autre plus adroit ! cria le commandant, et

cinq cents dollars à qui percera cette infernale bête ! »

Un vieux canonnier à barbe grise — que je vois encore —, l'œil calme, la physionomie froide, s'approcha de sa pièce, la mit en position et visa longtemps. Une forte détonation éclata, à laquelle se mêlèrent les hurrahs de l'équipage.

Le boulet atteignit son but, il frappa l'animal, mais non pas normalement, et glissant sur sa surface arrondie, il alla se perdre à deux milles en mer.

« Ah ça ! dit le vieux canonnier, rageant, ce gueux-là est donc blindé avec des plaques de six pouces !

— Malédiction ! » s'écria le commandant Farragut.

La chasse recommença, et le commandant Farragut, se penchant vers moi, me dit :

« Je poursuivrai l'animal jusqu'à ce que ma frégate éclate !

— Oui, répondis-je, et vous aurez raison ! »

On pouvait espérer que l'animal s'épuiserait, et qu'il ne serait pas indifférent à la fatigue comme une machine à vapeur. Mais il n'en fut rien. Les heures s'écoulèrent, sans qu'il donnât aucun signe d'épuisement.

Cependant, il faut dire à la louange de l'*Abraham Lincoln* qu'il lutta avec une infatigable ténacité. Je n'estime pas à moins de cinq cents kilomètres la distance qu'il parcourut pendant cette malencontreuse journée du 6 novembre ! Mais la nuit vint et enveloppa de ses ombres le houleux océan.

En ce moment, je crus que notre expédition était terminée, et que nous ne reverrions plus jamais le fantastique animal. Je me trompais.

A dix heures cinquante minutes du soir, la clarté électrique réapparut, à trois milles au vent de la frégate, aussi pure, aussi intense que pendant la nuit dernière.

Le narval semblait immobile. Peut-être, fatigué de sa journée, dormait-il, se laissant aller à l'ondulation des lames ? Il y avait là une chance dont le commandant Farragut résolut de profiter.

Il donna ses ordres. L'*Abraham Lincoln* fut tenu

sous petite vapeur, et s'avança prudemment pour ne pas éveiller son adversaire. Il n'est pas rare de rencontrer en plein océan des baleines profondément endormies que l'on attaque alors avec succès, et Ned Land en avait harponné plus d'une pendant son sommeil. Le Canadien alla reprendre son poste dans les sous-barbes du beaupré.

La frégate s'approcha sans bruit, stoppa à deux encablures de l'animal, et courut sur son erre. On ne respirait plus à bord. Un silence profond régnait sur le pont. Nous n'étions pas à cent pieds du foyer ardent, dont l'éclat grandissait et éblouissait nos yeux.

En ce moment, penché sur la lisse du gaillard d'avant, je voyais au-dessous de moi Ned Land, accroché d'une main à la martingale, de l'autre brandissant son terrible harpon. Vingt pieds à peine le séparaient de l'animal immobile.

Tout d'un coup, son bras se détendit violemment, et le harpon fut lancé. J'entendis le choc sonore de l'arme, qui semblait avoir heurté un corps dur.

La clarté électrique s'éteignit soudain, et deux énormes trombes d'eau s'abattirent sur le pont de la frégate, courant comme un torrent de l'avant à l'arrière, renversant les hommes, brisant les saisines des dromes.

Un choc effroyable se produisit, et, lancé par-dessus la lisse, sans avoir le temps de me retenir, je fus précipité à la mer.

VII
Une baleine d'espèce inconnue

Bien que j'eusse été surpris par cette chute inattendue, je n'en conservai pas moins une impression très nette de mes sensations.

Je fus d'abord entraîné à une profondeur de vingt pieds environ. Je suis bon nageur, sans prétendre égaler Byron et Edgar Poe, qui sont des maîtres, et ce plongeon ne me fit point perdre la tête. Deux vigoureux coups de talon me ramenèrent à la surface de la mer.

Mon premier soin fut de chercher des yeux la frégate. L'équipage s'était-il aperçu de ma disparition ? L'*Abraham Lincoln* avait-il viré de bord ? Le commandant Farragut mettait-il une embarcation à la mer ? Devais-je espérer d'être sauvé ?

Les ténèbres étaient profondes. J'entrevis une masse noire qui disparaissait vers l'est, et dont les feux de position s'éteignirent dans l'éloignement. C'était la frégate. Je me sentis perdu.

« A moi ! à moi ! » criai-je, en nageant vers l'*Abraham Lincoln* d'un bras désespéré.

Mes vêtements m'embarrassaient. L'eau les collait à mon corps, ils paralysaient mes mouvements. Je coulais ! je suffoquais !...

« A moi ! »

Ce fut le dernier cri que je jetai. Ma bouche s'emplit d'eau. Je me débattis, entraîné dans l'abîme...

Soudain, mes habits furent saisis par une main vigoureuse, je me sentis violemment ramené à la surface de la mer, et j'entendis, oui, j'entendis ces paroles prononcées à mon oreille :

« Si monsieur veut avoir l'extrême obligeance de s'appuyer sur mon épaule, monsieur nagera beaucoup plus à son aise. »

Je saisis d'une main le bras de mon fidèle Conseil.

« Toi ! dis-je, toi !

— Moi-même, répondit Conseil, et aux ordres de monsieur.

— Et ce choc t'a précipité en même temps que moi à la mer ?

— Nullement. Mais étant au service de monsieur, j'ai suivi monsieur ! »

Le digne garçon trouvait cela tout naturel !

« Et la frégate ? demandai-je.

— La frégate ! répondit Conseil en se retournant sur le dos, je crois que monsieur fera bien de ne pas trop compter sur elle !

— Tu dis ?

— Je dis qu'au moment où je me précipitai à la mer, j'entendis les hommes de barre s'écrier : « L'hélice et « le gouvernail sont brisés... »

— Brisés ?

— Oui ! brisés par la dent du monstre. C'est la seule avarie, je pense, que l'*Abraham Lincoln* ait éprouvée. Mais, circonstance fâcheuse pour nous, il ne gouverne plus.

— Alors, nous sommes perdus !

— Peut-être, répondit tranquillement Conseil. Cependant, nous avons encore quelques heures devant nous, et en quelques heures, on fait bien des choses ! »

L'imperturbable sang-froid de Conseil me remonta. Je nageai plus vigoureusement ; mais, gêné par mes vêtements qui me serraient comme une chape de plomb, j'éprouvais une extrême difficulté à me soutenir. Conseil s'en aperçut.

« Que monsieur me permette de lui faire une incision », dit-il.

Et glissant un couteau ouvert sous mes habits, il les fendit de haut en bas d'un coup rapide. Puis, il m'en débarrassa lestement, tandis que je nageais pour tous deux.

A mon tour, je rendis le même service à Conseil, et nous continuâmes de « naviguer » l'un près de l'autre.

Cependant, la situation n'en était pas moins terrible. Peut-être notre disparition n'avait-elle pas été remarquée, et l'eût-elle été, la frégate ne pouvait revenir sous le vent à nous, étant démontée de son gouvernail. Il ne fallait donc compter que sur ses embarcations.

Conseil raisonna froidement dans cette hypothèse et fit son plan en conséquence. Etonnante nature ! ce flegmatique garçon était là comme chez lui !

Il fut donc décidé que notre seule chance de salut étant d'être recueillis par les embarcations de l'*Abraham Lincoln*, nous devions nous organiser de manière à les attendre le plus longtemps possible. Je résolus alors de diviser nos forces afin de ne pas les épuiser simultanément, et voici ce qui fut convenu : pendant que l'un de nous, étendu sur le dos, se tiendrait immobile, les bras croisés, les jambes allongées, l'autre nagerait et le pousserait en avant. Ce rôle de remorqueur ne devait pas durer plus de dix minutes, et, nous relayant ainsi, nous pouvions surnager pendant quelques heures, et peut-être jusqu'au lever du jour.

Faible chance ! mais l'espoir est si fortement enraciné au cœur de l'homme ! Puis, nous étions deux. Enfin, je l'affirme — bien que cela paraisse improbable —, si je cherchais à détruire en moi toute illusion, si je voulais « désespérer », je ne le pouvais pas !

La collision de la frégate et du cétacé s'était produite vers onze heures du soir environ. Je comptais donc sur huit heures de nage jusqu'au lever du soleil. Opération rigoureusement praticable, en nous relayant. La mer, assez belle, nous fatiguait peu. Parfois, je cherchais à percer du regard ces épaisses ténèbres que rompait seule la phosphorescence provoquée par nos mouvements. Je regardais ces ondes lumineuses qui se brisaient sur ma main et dont la nappe miroitante se tachait de plaques livides. On eût dit que nous étions plongés dans un bain de mercure.

Vers une heure du matin, je fus pris d'une extrême fatigue. Mes membres se raidirent sous l'étreinte de crampes violentes. Conseil dut me soutenir, et le soin de notre conservation reposa sur lui seul. J'entendis bientôt haleter le pauvre garçon ; sa respiration devint courte et pressée. Je compris qu'il ne pouvait résister longtemps.

« Laisse-moi ! laisse-moi ! lui dis-je.

— Abandonner monsieur ! jamais ! répondit-il. Je compte bien me noyer avant lui ! »

En ce moment, la lune apparut à travers les franges d'un gros nuage que le vent entraînait dans l'est. La surface de la mer étincela sous ses rayons. Cette bienfaisante lumière ranima nos forces. Ma tête se redressa. Mes regards se portèrent à tous les points de l'horizon. J'aperçus la frégate. Elle était à cinq milles de nous, et ne formait plus qu'une masse sombre, à peine appréciable. Mais d'embarcations, point !

Je voulus crier. A quoi bon, à pareille distance ! Mes lèvres gonflées ne laissèrent passer aucun son. Conseil put articuler quelques mots, et je l'entendis répéter à plusieurs reprises :

« A nous ! à nous ! »

Nos mouvements un instant suspendus, nous écoutâmes. Et, fut-ce un de ces bourdonnements dont le sang oppressé emplit l'oreille, mais il me sembla qu'un cri répondait au cri de Conseil.

« As-tu entendu ? murmurai-je.

— Oui ! oui ! »

Et Conseil jeta dans l'espace un nouvel appel désespéré.

Cette fois, pas d'erreur possible ! Une voix humaine répondait à la nôtre ! Etait-ce la voix de quelque infortuné, abandonné au milieu de l'océan, quelque autre victime du choc éprouvé par le navire ? Ou plutôt une embarcation de la frégate ne nous hélait-elle pas dans l'ombre ?

Conseil fit un suprême effort, et, s'appuyant sur mon épaule, tandis que je résistais dans une dernière convulsion, il se dressa à demi hors de l'eau et retomba épuisé.

« Qu'as-tu vu ?

— J'ai vu... murmura-t-il, j'ai vu... mais ne parlons pas... gardons toutes nos forces !... »

Qu'avait-il vu ? Alors, je ne sais pourquoi, la pensée du monstre me vint pour la première fois à l'esprit !... Mais cette voix cependant ?... Les temps ne sont plus où les Jonas se réfugient dans le ventre des baleines !

Pourtant, Conseil me remorquait encore. Il relevait parfois la tête, regardait devant lui, et jetait un cri de reconnaissance auquel répondait une voix de plus en plus rapprochée. Je l'entendais à peine. Mes forces étaient à bout ; mes doigts s'écartaient ; ma main ne me fournissait plus un point d'appui ; ma bouche, convulsivement ouverte, s'emplissait d'eau salée ; le froid m'envahissait. Je relevai la tête une dernière fois, puis, je m'abîmai...

En cet instant, un corps dur me heurta. Je m'y cramponnai. Puis, je sentis qu'on me retirait, qu'on me ramenait à la surface de l'eau, que ma poitrine se dégonflait, et je m'évanouis...

Il est certain que je revins promptement à moi, grâce à de vigoureuses frictions qui me sillonnèrent le corps. J'entrouvris les yeux...

« Conseil ! murmurai-je.

— Monsieur m'a sonné ? » répondit Conseil.

En ce moment, aux dernières clartés de la lune qui s'abaissait vers l'horizon, j'aperçus une figure qui n'était pas celle de Conseil, et que je reconnus aussitôt.

« Ned ! m'écriai-je.

— En personne, monsieur, et qui court après sa prime ! répondit le Canadien.

— Vous avez été précipité à la mer au choc de la frégate ?

— Oui, monsieur le professeur, mais plus favorisé que vous, j'ai pu prendre pied presque immédiatement sur un îlot flottant.

— Un îlot ?

— Ou, pour mieux dire, sur notre narval gigantesque.

— Expliquez-vous, Ned.

— Seulement, j'ai bientôt compris pourquoi mon harpon n'avait pu l'entamer et s'était émoussé sur sa peau.

— Pourquoi, Ned, pourquoi ?

— C'est que cette bête-là, monsieur le professeur, est faite en tôle d'acier ! »

Il faut ici que je reprenne mes esprits, que je revivifie mes souvenirs, que je contrôle moi-même mes assertions.

Les dernières paroles du Canadien avaient produit

un revirement subit dans mon cerveau. Je me hissai rapidement au sommet de l'être ou de l'objet à demi immergé qui nous servait de refuge. Je l'éprouvai du pied. C'était évidemment un corps dur, impénétrable, et non pas cette substance molle qui forme la masse des grands mammifères marins.

Mais ce corps dur pouvait être une carapace osseuse, semblable à celle des animaux antédiluviens, et j'en serais quitte pour classer le monstre parmi les reptiles amphibies, tels que les tortues ou les alligators.

Eh bien ! non ! Le dos noirâtre qui me supportait était lisse, poli, non imbriqué. Il rendait au choc une sonorité métallique, et, si incroyable que cela fût, il semblait, que dis-je, il était fait de plaques boulonnées.

Le doute n'était pas possible ! L'animal, le monstre, le phénomène naturel qui avait intrigué le monde savant tout entier, bouleversé et fourvoyé l'imagination des marins des deux hémisphères, il fallait bien le reconnaître, c'était un phénomène plus étonnant encore, un phénomène de main d'homme.

La découverte de l'existence de l'être le plus fabuleux, le plus mythologique, n'eût pas, au même degré, surpris ma raison. Que ce qui est prodigieux vienne du Créateur, c'est tout simple. Mais trouver tout à coup, sous ses yeux, l'impossible mystérieusement et humainement réalisé, c'était à confondre l'esprit !

Il n'y avait pas à hésiter cependant. Nous étions étendus sur le dos d'une sorte de bateau sous-marin, qui présentait, autant que j'en pouvais juger, la forme d'un immense poisson d'acier. L'opinion de Ned Land était faite sur ce point. Conseil et moi, nous ne pûmes que nous y ranger.

« Mais alors, dis-je, cet appareil renferme en lui un mécanisme de locomotion et un équipage pour le manœuvrer ?

— Evidemment, répondit le harponneur, et néanmoins, depuis trois heures que j'habite cette île flottante, elle n'a pas donné signe de vie.

— Ce bateau n'a pas marché ?

— Non, monsieur Aronnax. Il se laisse bercer au gré des lames, mais il ne bouge pas.

— Nous savons, à n'en pas douter, cependant, qu'il est doué d'une grande vitesse. Or, comme il faut une machine pour produire cette vitesse et un mécanicien pour conduire cette machine, j'en conclus... que nous sommes sauvés.

— Hum ! » fit Ned Land d'un ton réservé.

En ce moment, et comme pour donner raison à mon argumentation, un bouillonnement se fit à l'arrière de cet étrange appareil, dont le propulseur était évidemment une hélice, et il se mit en mouvement. Nous n'eûmes que le temps de nous accrocher à sa partie supérieure qui émergeait de quatre-vingts centimètres environ. Très heureusement sa vitesse n'était pas excessive.

« Tant qu'il navigue horizontalement, murmura Ned Land, je n'ai rien à dire. Mais s'il lui prend la fantaisie de plonger, je ne donnerais pas deux dollars de ma peau ! »

Moins encore, aurait pu dire le Canadien. Il devenait donc urgent de communiquer avec les êtres quelconques renfermés dans les flancs de cette machine. Je cherchai à sa surface une ouverture, un panneau, un « trou d'homme », pour employer l'expression technique ; mais les lignes de boulons, solidement rabattues sur la jointure des tôles, étaient nettes et uniformes.

D'ailleurs, la lune disparut alors, et nous laissa dans une obscurité profonde. Il fallut attendre le jour pour aviser aux moyens de pénétrer à l'intérieur de ce bateau sous-marin.

Ainsi donc, notre salut dépendait uniquement du caprice des mystérieux timoniers qui dirigeaient cet appareil, et, s'ils plongeaient, nous étions perdus ! Ce cas excepté, je ne doutais pas de la possibilité d'entrer en relation avec eux. Et, en effet, s'ils ne faisaient pas eux-mêmes leur air, il fallait nécessairement qu'ils revinssent de temps en temps à la surface de l'océan pour

renouveler leur provision de molécules respirables. Donc, nécessité d'une ouverture qui mettait l'intérieur du bateau en communication avec l'atmosphère.

Quant à l'espoir d'être sauvé par le commandant Farragut, il fallait y renoncer complètement. Nous étions entraînés vers l'ouest, et j'estimai que notre vitesse, relativement modérée, atteignait douze milles à l'heure. L'hélice battait les flots avec une régularité mathématique, émergeant quelquefois et faisant jaillir l'eau phosphorescente à une grande hauteur.

Vers quatre heures du matin, la rapidité de l'appareil s'accrut. Nous résistions difficilement à ce vertigineux entraînement, lorsque les lames nous battaient de plein fouet. Heureusement, Ned rencontra sous sa main un large organeau fixé à la partie supérieure du dos de tôle, et nous parvînmes à nous y accrocher solidement.

Enfin cette longue nuit s'écoula. Mon souvenir incomplet ne permet pas d'en retracer toutes les impressions. Un seul détail me revient à l'esprit. Pendant certaines accalmies de la mer et du vent, je crus entendre plusieurs fois des sons vagues, une sorte d'harmonie fugitive produite par des accords lointains. Quel était donc le mystère de cette navigation sous-marine dont le monde entier cherchait vainement l'explication ? Quels êtres vivaient dans cet étrange bateau ? Quel agent mécanique lui permettait de se déplacer avec une si prodigieuse vitesse ?

Le jour parut. Les brumes du matin nous enveloppaient, mais elles ne tardèrent pas à se déchirer. J'allais procéder à un examen attentif de la coque qui formait à sa partie supérieure une sorte de plate-forme horizontale, quand je la sentis s'enfoncer peu à peu.

« Eh ! mille diables ! s'écria Ned Land, frappant du pied la tôle sonore, ouvrez donc, navigateurs peu hospitaliers ! »

Mais il était difficile de se faire entendre au milieu des battements assourdissants de l'hélice. Heureusement, le mouvement d'immersion s'arrêta.

Soudain un bruit de ferrures violemment poussées se produisit à l'intérieur du bateau. Une plaque se souleva, un homme parut, jeta un cri bizarre et disparut aussitôt.

Quelques instants après, huit solides gaillards, le visage voilé, apparaissaient silencieusement, et nous entraînaient dans leur formidable machine.

VIII
« Mobilis in mobile »

Cet enlèvement, si brutalement exécuté, s'était accompli avec la rapidité de l'éclair. Mes compagnons et moi, nous n'avions pas eu le temps de nous reconnaître. Je ne sais ce qu'ils éprouvèrent en se sentant introduits dans cette prison flottante ; mais, pour mon compte, un rapide frisson me glaça l'épiderme. A qui avions-nous affaire ? Sans doute à quelques pirates d'une nouvelle espèce qui exploitaient la mer à leur façon.

A peine l'étroit panneau fut-il refermé sur moi, qu'une obscurité profonde m'enveloppa. Mes yeux, imprégnés de la lumière extérieure, ne purent rien percevoir. Je sentis mes pieds nus se cramponner aux échelons d'une échelle de fer. Ned Land et Conseil, vigoureusement saisis, me suivaient. Au bas de l'échelle, une porte s'ouvrit et se referma immédiatement sur nous avec un retentissement sonore.

Nous étions seuls. Où ? je ne pouvais le dire, à peine l'imaginer. Tout était noir, mais d'un noir si absolu, qu'après quelques minutes, mes yeux n'avaient encore pu saisir une de ces lueurs indéterminées qui flottent dans les plus profondes nuits.

Cependant, Ned Land, furieux de ces façons de procéder, donnait un libre cours à son indignation.

« Mille diables ! s'écriait-il, voilà des gens qui en

remontreraient aux Calédoniens pour l'hospitalité ! Il ne leur manque plus que d'être anthropophages ! Je n'en serais pas surpris, mais je déclare que l'on ne me mangera pas sans que je proteste !

— Calmez-vous, ami Ned, calmez-vous, répondit tranquillement Conseil. Ne vous emportez pas avant l'heure. Nous ne sommes pas encore dans la rôtissoire !

— Dans la rôtissoire, non, riposta le Canadien, mais dans le four, à coup sûr ! Il y fait assez noir. Heureusement, mon *bowie-knife* [1] ne m'a pas quitté, et j'y vois toujours assez clair pour m'en servir. Le premier de ces bandits qui met la main sur moi...

— Ne vous irritez pas, Ned, dis-je alors au harponneur, et ne nous compromettez point par d'inutiles violences. Qui sait si on ne nous écoute pas ! Tâchons plutôt de savoir où nous sommes ! »

Je marchai en tâtonnant. Après cinq pas, je rencontrai une muraille de fer, faite de tôles boulonnées. Puis, me retournant, je heurtai une table de bois, près de laquelle étaient rangés plusieurs escabeaux. Le plancher de cette prison se dissimulait sous une épaisse natte de phormium qui assourdissait le bruit des pas. Les murs nus ne révélaient aucune trace de porte ni de fenêtre. Conseil, faisant un tour en sens inverse, me rejoignit, et nous revînmes au milieu de cette cabine, qui devait avoir vingt pieds de long sur dix pieds de large. Quant à sa hauteur, Ned Land, malgré sa grande taille, ne put la mesurer.

Une demi-heure s'était déjà écoulée sans que la situation se fût modifiée, quand, d'une extrême obscurité, nos yeux passèrent subitement à la plus violente lumière. Notre prison s'éclaira soudain, c'est-à-dire qu'elle s'emplit d'une matière lumineuse tellement vive que je ne pus d'abord en supporter l'éclat. A sa blancheur, à son intensité, je reconnus cet éclairage électrique qui produisait autour du bateau sous-marin comme un magnifique

1. Couteau à large lame qu'un Américain porte toujours sur lui.

phénomène de phosphorescence. Après avoir involontairement fermé les yeux, je les rouvris, et je vis que l'agent lumineux s'échappait d'un demi-globe dépoli qui s'arrondissait à la partie supérieure de la cabine.

« Enfin ! on y voit clair ! s'écria Ned Land, qui, son couteau à la main, se tenait sur la défensive.

— Oui, répondis-je, risquant l'antithèse, mais la situation n'en est pas moins obscure.

— Que monsieur prenne patience », dit l'impassible Conseil.

Le soudain éclairage de la cabine m'avait permis d'en examiner les moindres détails. Elle ne contenait que la table et les cinq escabeaux. La porte invisible devait être hermétiquement fermée. Aucun bruit n'arrivait à notre oreille. Tout semblait mort à l'intérieur de ce bateau. Marchait-il, se maintenait-il à la surface de l'océan, s'enfonçait-il dans ses profondeurs ? Je ne pouvais le deviner.

Cependant, le globe lumineux ne s'était pas allumé sans raison. J'espérais donc que les hommes de l'équipage ne tarderaient pas à se montrer. Quand on veut oublier les gens, on n'éclaire pas les oubliettes.

Je ne me trompais pas. Un bruit de verrous se fit entendre, la porte s'ouvrit, deux hommes parurent.

L'un était de petite taille, vigoureusement musclé, large d'épaules, robuste de membres, la tête forte, la chevelure abondante et noire, la moustache épaisse, le regard vif et pénétrant, et toute sa personne empreinte de cette vivacité méridionale qui caractérise en France les populations provençales. Diderot a très justement prétendu que le geste de l'homme est métaphorique, et ce petit homme en était certainement la preuve vivante. On sentait que dans son langage habituel, il devait prodiguer les prosopopées, les métonymies et les hypallages. Ce que, d'ailleurs, je ne fus jamais à même de vérifier, car il employa toujours devant moi un idiome singulier et absolument incompréhensible.

Le second inconnu mérite une description plus détaillée.

Un disciple de Gratiolet ou d'Engel eût lu sur sa physionomie à livre ouvert. Je reconnus sans hésiter ses qualités dominantes : — la confiance en lui, car sa tête se dégageait noblement sur l'arc formé par la ligne de ses épaules, et ses yeux noirs regardaient avec une froide assurance ; — le calme, car sa peau, pâle plutôt que colorée, annonçait la tranquillité du sang ; — l'énergie, que démontrait la rapide contraction de ses muscles sourciliers ; — le courage enfin, car sa vaste respiration dénotait une grande expansion vitale.

J'ajouterai que cet homme était fier, que son regard ferme et calme semblait refléter de hautes pensées, et que de tout cet ensemble, de l'homogénéité des expressions dans les gestes du corps et du visage, suivant l'observation des physionomistes, résultait une indiscutable franchise.

Je me sentis « involontairement » rassuré en sa présence, et j'augurai bien de notre entrevue.

Ce personnage avait-il trente-cinq ou cinquante ans, je n'aurais pu le préciser. Sa taille était haute, son front large, son nez droit, sa bouche nettement dessinée, ses dents magnifiques, ses mains fines, allongées, éminemment « psychiques », pour employer un mot de la chirognomonie, c'est-à-dire dignes de servir une âme haute et passionnée. Cet homme formait certainement le plus admirable type que j'eusse jamais rencontré. Détail particulier, ses yeux, un peu écartés l'un de l'autre, pouvaient embrasser simultanément près d'un quart de l'horizon. Cette faculté — je l'ai vérifié plus tard — se doublait d'une puissance de vision encore supérieure à celle de Ned Land. Lorsque cet inconnu fixait un objet, la ligne de ses sourcils se fronçait, ses larges paupières se rapprochaient de manière à circonscrire la pupille de ses yeux et à rétrécir ainsi l'étendue du champ visuel, et il regardait ! Quel regard ! comme il grossissait les objets rapetissés par l'éloignement ! comme il vous pénétrait jusqu'à l'âme ! comme il perçait ces nappes liquides, si opaques à nos yeux, et comme il lisait au plus profond des mers !...

Les deux inconnus, coiffés de bérets faits d'une fourrure de loutre marine, et chaussés de bottes de mer en peau de phoque, portaient des vêtements d'un tissu particulier, qui dégageaient la taille et laissaient une grande liberté de mouvements.

Le plus grand des deux — évidemment le chef du bord — nous examina avec une extrême attention, sans prononcer une parole. Puis, se retournant vers son compagnon, il s'entretint avec lui dans une langue que je ne pus reconnaître. C'était un idiome sonore, harmonieux, flexible, dont les voyelles semblaient soumises à une accentuation très variée.

L'autre répondit par un hochement de tête, et ajouta deux ou trois mots parfaitement incompréhensibles. Puis du regard il parut m'interroger directement.

Je répondis, en bon français, que je n'entendais point son langage ; mais il ne sembla pas me comprendre, et la situation devint assez embarrassante.

« Que monsieur raconte toujours notre histoire, me dit Conseil. Ces messieurs en saisiront peut-être quelques mots ! »

Je recommençai le récit de nos aventures, articulant nettement toutes mes syllabes, et sans omettre un seul détail. Je déclinai nos noms et qualités ; puis, je présentai dans les formes le professeur Aronnax, son domestique Conseil, et maître Ned Land, le harponneur.

L'homme aux yeux doux et calmes m'écouta tranquillement, poliment même, et avec une attention remarquable. Mais rien dans sa physionomie n'indiqua qu'il eût compris mon histoire. Quand j'eus fini, il ne prononça pas un seul mot.

Restait encore la ressource de parler anglais. Peut-être se ferait-on entendre dans cette langue qui est à peu près universelle. Je la connaissais, ainsi que la langue allemande, d'une manière suffisante pour la lire couramment, mais non pour la parler correctement. Or, ici, il fallait surtout se faire comprendre.

« Allons, à votre tour, dis-je au harponneur. A vous,

maître Land, tirez de votre sac le meilleur anglais qu'ait jamais parlé un Anglo-Saxon, et tâchez d'être plus heureux que moi. »

Ned ne se fit pas prier et recommença mon récit que je compris à peu près. Le fond fut le même, mais la forme différa. Le Canadien, emporté par son caractère, y mit beaucoup d'animation. Il se plaignit violemment d'être emprisonné au mépris du droit des gens, demanda en vertu de quelle loi on le retenait ainsi, invoqua l'*habeas corpus,* menaça de poursuivre ceux qui le séquestraient indûment, se démena, gesticula, cria, et finalement, il fit comprendre par un geste expressif que nous mourions de faim.

Ce qui était parfaitement vrai, mais nous l'avions à peu près oublié.

A sa grande stupéfaction, le harponneur ne parut pas avoir été plus intelligible que moi. Nos visiteurs ne sourcillèrent pas. Il était évident qu'ils ne comprenaient ni la langue d'Arago ni celle de Faraday.

Fort embarrassé, après avoir épuisé vainement nos ressources philologiques, je ne savais plus quel parti prendre, quand Conseil me dit :

« Si monsieur m'y autorise, je raconterai la chose en allemand.

— Comment ! tu sais l'allemand ? m'écriai-je.

— Comme un Flamand, n'en déplaise à monsieur.

— Cela me plaît, au contraire. Va, mon garçon. »

Et Conseil, de sa voix tranquille, raconta pour la troisième fois les diverses péripéties de notre histoire. Mais, malgré les élégantes tournures et la belle accentuation du narrateur, la langue allemande n'eut aucun succès.

Enfin, poussé à bout, je rassemblai tout ce qui me restait de mes premières études, et j'entrepris de narrer nos aventures en latin. Cicéron se fût bouché les oreilles et m'eût renvoyé à la cuisine, mais cependant, je parvins à m'en tirer. Même résultat négatif.

Cette dernière tentative définitivement avortée, les deux inconnus échangèrent quelques mots dans leur incompréhensible langage, et se retirèrent, sans même nous avoir adressé un de ces gestes rassurants qui ont cours dans tous les pays du monde. La porte se referma.

« C'est une infamie ! s'écria Ned Land, qui éclata pour la vingtième fois. Comment ! on leur parle français, anglais, allemand, latin, à ces coquins-là, et il n'en est pas un qui ait la civilité de répondre !

— Calmez-vous, Ned, dis-je au bouillant harponneur, la colère ne mènerait à rien.

— Mais savez-vous, monsieur le professeur, reprit notre irascible compagnon, que l'on mourrait parfaitement de faim dans cette cage de fer ?

— Bah ! fit Conseil, avec de la philosophie, on peut encore tenir longtemps !

— Mes amis, dis-je, il ne faut pas se désespérer. Nous nous sommes trouvés dans de plus mauvaises passes. Faites-moi donc le plaisir d'attendre pour vous former une opinion sur le commandant et l'équipage de ce bateau.

— Mon opinion est toute faite, riposta Ned Land. Ce sont des coquins...

— Bon ! et de quel pays ?

— Du pays des coquins !

— Mon brave Ned, ce pays-là n'est pas encore suffisamment indiqué sur la mappemonde, et j'avoue que la nationalité de ces deux inconnus est difficile à déterminer ! Ni Anglais, ni Français, ni Allemands, voilà tout ce que l'on peut affirmer. Cependant, je serais tenté d'admettre que ce commandant et son second sont nés sous de basses latitudes. Il y a du méridional en eux. Mais sont-ils espagnols, turcs, arabes ou indiens, c'est ce que leur type physique ne me permet pas de décider. Quant à leur langage, il est absolument incompréhensible.

— Voilà le désagrément de ne pas savoir toutes les langues, répondit Conseil, ou le désavantage de ne pas avoir une langue unique !

— Ce qui ne servirait à rien ! répondit Ned Land. Ne voyez-vous pas que ces gens-là ont un langage à eux, un langage inventé pour désespérer les braves gens qui demandent à dîner ! Mais, dans tous les pays de la terre, ouvrir la bouche, remuer les mâchoires, happer des dents et des lèvres, est-ce que cela ne se comprend pas de reste ? Est-ce que cela ne veut pas dire à Québec comme aux Pomotou, à Paris comme aux antipodes : J'ai faim ! donnez-moi à manger !...

— Oh ! fit Conseil, il y a des natures si inintelligentes !... »

Comme il disait ces mots, la porte s'ouvrit. Un steward [1] entra. Il nous apportait des vêtements, vestes et culottes de mer, faites d'une étoffe dont je ne reconnus pas la nature. Je me hâtai de les revêtir, et mes compagnons m'imitèrent.

Pendant ce temps, le steward — muet, sourd peut-être — avait disposé la table et placé trois couverts.

« Voilà quelque chose de sérieux, dit Conseil, et cela s'annonce bien.

— Bah ! répondit le rancunier harponneur, que diable voulez-vous qu'on mange ici ? du foie de tortue, du filet de requin, du bifteck de chien de mer !

— Nous verrons bien ! » dit Conseil.

Les plats, recouverts de leur cloche d'argent, furent symétriquement posés sur la nappe, et nous prîmes place à table. Décidément, nous avions affaire à des gens civilisés, et sans la lumière électrique qui nous inondait, je me serais cru dans la salle à manger de l'hôtel Adelphi, à Liverpool, ou du Grand-Hôtel, à Paris. Je dois dire toutefois que le pain et le vin manquaient totalement. L'eau était fraîche et limpide, mais c'était de l'eau — ce qui ne fut pas du goût de Ned Land. Parmi les mets qui nous furent servis, je reconnus divers poissons délicatement apprêtés ; mais, sur certains plats, excellents d'ailleurs, je ne pus me prononcer, et je n'aurais même su dire à quel règne, végétal ou animal, leur contenu appartenait. Quant au service de table, il

1. Domestique à bord d'un steamer.

était élégant et d'un goût parfait. Chaque ustensile, cuiller, fourchette, couteau, assiette, portait une lettre entourée d'une devise en exergue, et dont voici le *fac-simile* exact :

MOBILIS IN MOBILE

N

Mobile dans l'élément mobile ! Cette devise s'appliquait justement à cet appareil sous-marin, à la condition de traduire la préposition *in* par *dans* et non par *sur*. La lettre N formait sans doute l'initiale du nom de l'énigmatique personnage qui commandait au fond des mers !

Ned et Conseil ne faisaient pas tant de réflexions. Ils dévoraient, et je ne tardai pas à les imiter. J'étais, d'ailleurs, rassuré sur notre sort, et il me paraissait évident que nos hôtes ne voulaient pas nous laisser mourir d'inanition.

Cependant, tout finit ici-bas, tout passe, même la faim de gens qui n'ont pas mangé depuis quinze heures. Notre appétit satisfait, le besoin de sommeil se fit impérieusement sentir. Réaction bien naturelle, après l'interminable nuit pendant laquelle nous avions lutté contre la mort.

« Ma foi, je dormirais bien, dit Conseil.

— Et moi, je dors ! » répondit Ned Land.

Mes deux compagnons s'étendirent sur le tapis de la cabine, et furent bientôt plongés dans un profond sommeil.

Pour mon compte, je cédai moins facilement à ce violent besoin de dormir. Trop de pensées s'accumulaient dans mon esprit, trop de questions insolubles s'y pressaient, trop d'images tenaient mes paupières entrouvertes ! Où étions-nous ? Quelle étrange puissance nous emportait ? Je sentais — ou plutôt je croyais sentir — l'appareil s'enfoncer vers les couches les plus reculées de la mer. De violents cauchemars m'obsédaient. J'entrevoyais dans ces mystérieux asiles tout un monde d'animaux inconnus, dont ce bateau sous-marin semblait être le congénère, vivant, se mouvant, formidable comme eux !... Puis, mon cerveau se calma, mon imagination se fondit en une vague somnolence, et je tombai bientôt dans un morne sommeil.

IX
Les colères de Ned Land

Quelle fut la durée de ce sommeil, je l'ignore ; mais il dut être long, car il nous reposa complètement de nos fatigues. Je me réveillai le premier. Mes compagnons n'avaient pas encore bougé, et demeuraient étendus dans leur coin comme des masses inertes.

A peine relevé de cette couche passablement dure, je sentis mon cerveau dégagé, mon esprit net. Je recommençai alors un examen attentif de notre cellule.

Rien n'était changé à ses dispositions intérieures. La prison était restée prison, et les prisonniers, prisonniers. Cependant le steward, profitant de notre sommeil, avait desservi la table. Rien n'indiquait donc une modification prochaine dans cette situation, et je me demandai sérieusement si nous étions destinés à vivre indéfiniment dans cette cage.

Cette perspective me sembla d'autant plus pénible que, si mon cerveau était libre de ses obsessions de la veille, je me sentais la poitrine singulièrement oppressée. Ma respiration se faisait difficilement. L'air lourd ne suffisait plus au jeu de mes poumons. Bien que la cellule fût vaste, il était évident que nous avions consommé en grande partie l'oxygène qu'elle contenait. En effet, chaque homme dépense, en une heure, l'oxygène renfermé dans cent litres d'air, et cet air, chargé alors d'une quantité presque égale d'acide carbonique, devient irrespirable.

Il était donc urgent de renouveler l'atmosphère de notre

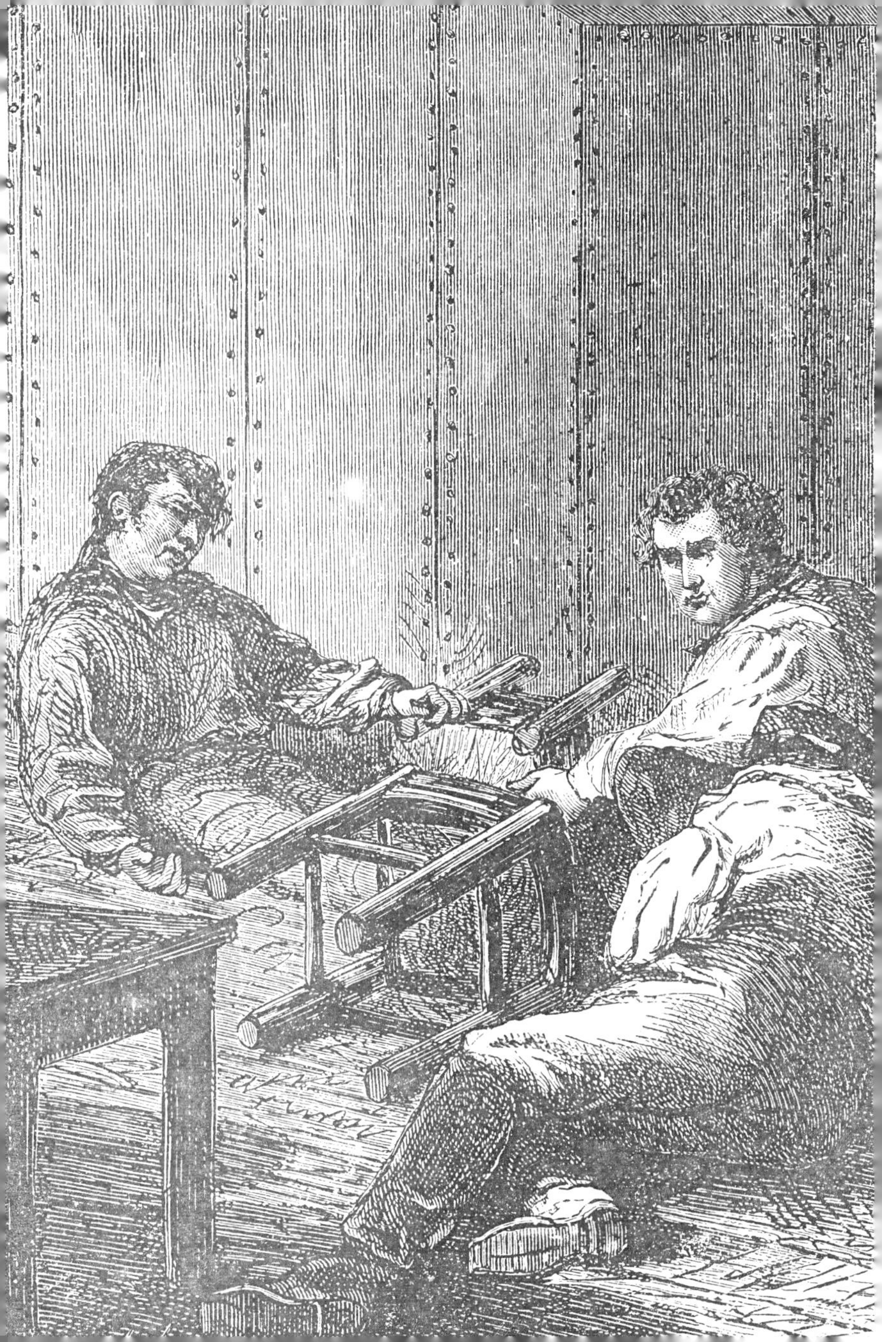

prison, et, sans doute aussi, l'atmosphère du bateau sous-marin.

Là se posait une question à mon esprit. Comment procédait le commandant de cette demeure flottante ? Obtenait-il de l'air par des moyens chimiques, en dégageant par la chaleur l'oxygène contenu dans du chlorate de potasse, et en absorbant l'acide carbonique par la potasse caustique ? Dans ce cas, il devait avoir conservé quelques relations avec les continents, afin de se procurer les matières nécessaires à cette opération. Se bornait-il seulement à emmagasiner l'air sous de hautes pressions dans des réservoirs, puis à le répandre suivant les besoins de son équipage ? Peut-être. Ou, procédé plus commode, plus économique, et par conséquent plus probable, se contentait-il de revenir respirer à la surface des eaux, comme un cétacé, et de renouveler pour vingt-quatre heures sa provision d'atmosphère ? Quoi qu'il en soit, et quelle que fût la méthode, il me paraissait prudent de l'employer sans retard.

En effet, j'étais déjà réduit à multiplier mes inspirations pour extraire de cette cellule le peu d'oxygène qu'elle renfermait, quand, soudain, je fus rafraîchi par un courant d'air pur et tout parfumé d'émanations salines. C'était bien la brise de mer, vivifiante et chargée d'iode ! J'ouvris largement la bouche, et mes poumons se saturèrent de fraîches molécules. En même temps, je sentis un balancement, un roulis de médiocre amplitude, mais parfaitement déterminable. Le bateau, le monstre de tôle venait évidemment de remonter à la surface de l'océan pour y respirer à la façon des baleines. Le mode de ventilation du navire était donc parfaitement reconnu.

Lorsque j'eus absorbé cet air pur à pleine poitrine, je cherchai le conduit, l'« aérifère », si l'on veut, qui laissait arriver jusqu'à nous ce bienfaisant effluve, et je ne tardai pas à le trouver. Au-dessus de la porte s'ouvrait un trou d'aérage laissant passer une fraîche colonne d'air, qui renouvelait ainsi l'atmosphère appauvrie de la cellule.

J'en étais là de mes observations, quand Ned et Conseil s'éveillèrent presque en même temps, sous l'influence de cette aération revivifiante. Ils se frottèrent les yeux, se détirèrent les bras et furent sur pied en un instant.

« Monsieur a bien dormi ? me demanda Conseil avec sa politesse quotidienne.

— Fort bien, mon brave garçon, répondis-je. Et vous, maître Ned Land ?

— Profondément, monsieur le professeur. Mais, je ne sais si je me trompe, il me semble que je respire comme une brise de mer ? »

Un marin ne pouvait s'y méprendre, et je racontai au Canadien ce qui s'était passé pendant son sommeil.

« Bon ! dit-il, cela explique parfaitement ces mugissements que nous entendions, lorsque le prétendu narval se trouvait en vue de l'*Abraham Lincoln*.

— Parfaitement, maître Land, c'était sa respiration !

— Seulement, monsieur Aronnax, je n'ai aucune idée de l'heure qu'il est, à moins que ce ne soit l'heure du dîner ?

— L'heure du dîner, mon digne harponneur ? Dites, au moins, l'heure du déjeuner, car nous sommes certainement au lendemain d'hier.

— Ce qui démontre, répondit Conseil, que nous avons pris vingt-quatre heures de sommeil.

— C'est mon avis, répondis-je.

— Je ne vous contredis point, répliqua Ned Land. Mais dîner ou déjeuner, le steward sera le bienvenu, qu'il apporte l'un ou l'autre.

— L'un et l'autre, dit Conseil.

— Juste, répondit le Canadien, nous avons droit à deux repas, et pour mon compte, je ferai l'honneur à tous les deux.

— Eh bien ! Ned, attendons, répondis-je. Il est évident que ces inconnus n'ont pas l'intention de nous laisser mourir de faim, car, dans ce cas, le dîner d'hier soir n'aurait aucun sens.

— A moins qu'on ne nous engraisse ! riposta Ned.

— Je proteste, répondis-je. Nous ne sommes point tombés entre les mains de cannibales !

— Une fois n'est pas coutume, répondit sérieusement le Canadien. Qui sait si ces gens-là ne sont pas privés depuis longtemps de chair fraîche, et dans ce cas, trois particuliers sains et bien constitués comme monsieur le professeur, son domestique et moi...

— Chassez ces idées, maître Land, répondis-je au harponneur, et surtout, ne partez pas de là pour vous emporter contre nos hôtes, ce qui ne pourrait qu'aggraver la situation.

— En tout cas, dit le harponneur, j'ai une faim de tous les diables, et dîner ou déjeuner, le repas n'arrive guère !

— Maître Land, répliquai-je, il faut se conformer au règlement du bord, et je suppose que notre estomac avance sur la cloche du maître coq.

— Eh bien ! on le mettra à l'heure, répondit tranquillement Conseil.

— Je vous reconnais là, ami Conseil, riposta l'impatient Canadien. Vous usez peu votre bile et vos nerfs ! Toujours calme ! Vous seriez capable de dire vos grâces avant votre bénédicité, et de mourir de faim plutôt que de vous plaindre !

— A quoi cela servirait-il ? demanda Conseil.

— Mais cela servirait à se plaindre ! C'est déjà quelque chose. Et si ces pirates — je dis pirates par respect, et pour ne pas contrarier monsieur le professeur qui défend de les appeler cannibales —, si ces pirates se figurent qu'ils vont me garder dans cette cage où j'étouffe, sans apprendre de quels jurons j'assaisonne mes emportements, ils se trompent ! Voyons, monsieur Aronnax, parlez franchement. Croyez-vous qu'ils nous tiennent longtemps dans cette boîte de fer ?

— A dire vrai, je n'en sais pas plus long que vous, ami Land.

— Mais enfin, que supposez-vous ?

— Je suppose que le hasard nous a rendus maîtres d'un secret important. Or, si l'équipage de ce bateau sous-marin a intérêt à le garder, et si cet intérêt est plus grave que la vie de trois hommes, je crois notre existence très compromise. Dans le cas contraire, à la première occasion, le monstre qui nous a engloutis nous rendra au monde habité par nos semblables.

— A moins qu'il ne nous enrôle parmi son équipage, dit Conseil, et qu'il nous garde ainsi...

— Jusqu'au moment, répliqua Ned Land, où quelque frégate, plus rapide ou plus adroite que l'*Abraham Lincoln*, s'emparera de ce nid de forbans, et enverra son équipage et nous respirer une dernière fois au bout de sa grand-vergue.

— Bien raisonné, maître Land, répliquai-je. Mais on ne nous a pas encore fait, que je sache, de proposition à cet égard. Inutile donc de discuter le parti que nous devrons prendre, le cas échéant. Je vous le répète, attendons, prenons conseil des circonstances, et ne faisons rien, puisqu'il n'y a rien à faire.

— Au contraire ! monsieur le professeur, répondit le harponneur, qui n'en voulait pas démordre, il faut faire quelque chose.

— Eh ! quoi donc, maître Land ?

— Nous sauver.

— Se sauver d'une prison « terrestre » est souvent difficile, mais d'une prison sous-marine, cela me paraît absolument impraticable.

— Allons, ami Ned, demanda Conseil, que répondez-vous à l'objection de monsieur ? Je ne puis croire qu'un Américain soit jamais à bout de ressources ! »

Le harponneur, visiblement embarrassé, se taisait. Une fuite, dans les conditions où le hasard nous avait jetés, était absolument impossible. Mais un Canadien est à demi français, et maître Ned Land le fit bien voir par sa réponse.

« Ainsi, monsieur Aronnax, reprit-il après quelques instants de réflexion, vous ne devinez pas ce que doivent faire des gens qui ne peuvent s'échapper de leur prison ?

— Non, mon ami.

— C'est bien simple, il faut qu'ils s'arrangent de manière à y rester.

— Parbleu ! fit Conseil, vaut encore mieux être dedans que dessus ou dessous !

— Mais après avoir jeté dehors geôliers, porte-clefs et gardiens, ajouta Ned Land.

— Quoi, Ned ? vous songeriez sérieusement à vous emparer de ce bâtiment ?

— Très sérieusement, répondit le Canadien.

— C'est impossible.

— Pourquoi donc, monsieur ? Il peut se présenter quelque chance favorable, et je ne vois pas ce qui pourrait nous empêcher d'en profiter. S'ils ne sont qu'une vingtaine d'hommes à bord de cette machine, ils ne feront pas reculer deux Français et un Canadien, je suppose ! »

Mieux valait admettre la proposition du harponneur que de la discuter. Aussi me contentai-je de répondre :

« Laissons venir les circonstances, maître Land, et nous verrons. Mais, jusque-là, je vous en prie, contenez votre impatience. On ne peut agir que par ruse, et ce n'est pas en vous emportant que vous ferez naître des chances favorables. Promettez-moi donc que vous accepterez la situation sans trop de colère.

— Je vous le promets, monsieur le professeur, répondit Ned Land d'un ton peu rassurant. Pas un mot violent ne sortira de ma bouche, pas un geste brutal ne me trahira, quand bien même le service de la table ne se ferait pas avec toute la régularité désirable.

— J'ai votre parole, Ned », répondis-je au Canadien.

Puis, la conversation fut suspendue, et chacun de nous se mit à réfléchir à part soi. J'avouerai que, pour mon compte, et malgré l'assurance du harponneur, je ne conservais aucune illusion. Je n'admettais pas ces chances favorables dont Ned Land avait parlé. Pour être si sûrement manœuvré, le bateau sous-marin exigeait un nombreux équipage, et conséquemment, dans le cas d'une lutte, nous aurions affaire à trop forte partie. D'ailleurs, il fallait, avant tout, être libres, et nous ne l'étions pas. Je ne voyais même aucun moyen de fuir cette cellule de tôle si hermétiquement fermée. Et pour peu que l'étrange commandant de ce bateau eût un secret à garder — ce qui paraissait au moins probable —, il ne nous laisserait pas agir librement à son bord. Maintenant, se débarrasserait-il de nous par la violence, ou nous jetterait-il un jour sur quelque coin de terre ? C'était là l'inconnu. Toutes ces hypothèses me semblaient extrêmement plausibles, et il fallait être un harponneur pour espérer de reconquérir sa liberté.

Je compris d'ailleurs que les idées de Ned Land s'aigrissaient avec les réflexions qui s'emparaient de son cerveau. J'entendais peu à peu les jurons gronder au fond de son gosier, et je voyais ses gestes redevenir menaçants. Il se levait, tournait comme une bête fauve en cage, frappait les murs du pied et du poing. D'ailleurs, le temps s'écoulait, la faim se faisait cruellement sentir, et, cette fois, le steward ne paraissait pas. Et c'était oublier trop longtemps notre position de naufragés, si l'on avait réellement de bonnes intentions à notre égard.

Ned Land, tourmenté par les tiraillements de son robuste estomac, se montait de plus en plus, et, malgré sa parole, je craignais véritablement une explosion, lorsqu'il se trouverait en présence de l'un des hommes du bord.

Pendant deux heures encore, la colère de Ned Land s'exalta. Le Canadien appelait, il criait, mais en vain. Les murailles de tôle étaient sourdes. Je n'entendais même aucun bruit à l'intérieur de ce bateau, qui semblait mort. Il ne bougeait pas, car j'aurais évidemment senti les frémissements de la coque sous l'impulsion de l'hélice. Plongé sans doute dans l'abîme des eaux, il n'appartenait plus à la terre. Tout ce morne silence était effrayant.

Quant à notre abandon, à notre isolement au fond de cette cellule, je n'osais estimer ce qu'il pourrait durer. Les espérances que j'avais conçues après notre entrevue avec le commandant du bord s'effaçaient peu à peu. La douceur du regard de cet homme, l'expression généreuse de sa physionomie, la noblesse de son maintien, tout disparaissait de mon souvenir. Je revoyais cet énigmatique personnage tel qu'il devait être, nécessairement impitoyable, cruel. Je le sentais en dehors de l'humanité, inaccessible à tout sentiment de pitié, implacable ennemi de ses semblables auxquels il avait dû vouer une impérissable haine !

Mais, cet homme, allait-il donc nous laisser périr d'inanition, enfermés dans cette prison étroite, livrés à ces horribles tentations auxquelles pousse la faim farouche ? Cette affreuse pensée prit dans mon esprit une intensité terrible, et, l'imagination aidant, je me sentis envahir par une épouvante insensée. Conseil restait calme, Ned Land rugissait.

En ce moment, un bruit se fit entendre extérieurement. Des pas résonnèrent sur la dalle de métal. Les serrures furent fouillées, la porte s'ouvrit, le steward parut.

Avant que j'eusse fait un mouvement pour l'en empêcher, le Canadien s'était précipité sur ce malheureux ; il l'avait renversé ; il le tenait à la gorge. Le steward étouffait sous sa main puissante.

Conseil cherchait déjà à retirer des mains du harponneur sa victime à demi suffoquée, et j'allais joindre mes efforts aux siens, quand, subitement, je fus cloué à ma place par ces mots prononcés en français :

« Calmez-vous, maître Land, et vous, monsieur le professeur, veuillez m'écouter ! »

X
L'homme des eaux

C'était le commandant du bord qui parlait ainsi.

A ces mots, Ned Land se releva subitement. Le steward, presque étranglé, sortit en chancelant sur un signe de son maître ; mais tel était l'empire du commandant à son bord, que pas un geste ne trahit le ressentiment dont cet homme devait être animé contre le Canadien. Conseil, intéressé malgré lui, moi stupéfait, nous attendions en silence le dénouement de cette scène.

Le commandant, appuyé sur l'angle de la table, les bras croisés, nous observait avec une profonde attention. Hésitait-il à parler ? Regrettait-il ces mots qu'il venait de prononcer en français ? On pouvait le croire.

Après quelques instants d'un silence qu'aucun de nous ne songea à interrompre :

« Messieurs, dit-il d'une voix calme et pénétrante, je parle également le français, l'anglais, l'allemand et le latin. J'aurais donc pu vous répondre dès notre première entrevue, mais je voulais vous connaître d'abord, réfléchir ensuite. Votre quadruple récit, absolument semblable au fond, m'a affirmé l'identité de vos personnes. Je sais maintenant que le hasard a mis en ma présence M. Pierre Aronnax, professeur d'histoire naturelle au Muséum de Paris, chargé d'une mission scientifique à l'étranger, Conseil son domestique, et Ned Land, d'origine canadienne, harponneur à bord de la frégate l'*Abraham Lincoln,* de la marine nationale des Etats-Unis d'Amérique. »

Je m'inclinai d'un air d'assentiment. Ce n'était pas une question que me posait le commandant. Donc, pas de réponse à faire. Cet homme s'exprimait avec une aisance parfaite, sans aucun accent. Sa phrase était nette, ses mots justes, sa facilité d'élocution remarquable. Et

cependant, je ne « sentais » pas en lui un compatriote.

Il reprit la conversation en ces termes :

« Vous avez trouvé sans doute, monsieur, que j'ai longtemps tardé à vous rendre cette seconde visite. C'est que, votre identité reconnue, je voulais peser mûrement le parti à prendre envers vous. J'ai beaucoup hésité. Les plus fâcheuses circonstances vous ont mis en présence d'un homme qui a rompu avec l'humanité. Vous êtes venu troubler mon existence...

— Involontairement, dis-je.

— Involontairement ? répondit l'inconnu, en forçant un peu sa voix. Est-ce involontairement que l'*Abraham Lincoln* me chasse sur toutes les mers ? Est-ce involontairement que vous avez pris passage à bord de cette frégate ? Est-ce involontairement que vos boulets ont rebondi sur la coque de mon navire ? Est-ce involontairement que maître Ned Land m'a frappé de son harpon ? »

Je surpris dans ces paroles une irritation contenue. Mais, à ces récriminations, j'avais une réponse toute naturelle à faire, et je la fis.

« Monsieur, dis-je, vous ignorez sans doute les discussions qui ont eu lieu à votre sujet en Amérique et en Europe. Vous ne savez pas que divers accidents, provoqués par le choc de votre appareil sous-marin, ont ému l'opinion publique dans les deux continents. Je vous fais grâce des hypothèses sans nombre par lesquelles on cherchait à expliquer l'inexplicable phénomène dont seul vous aviez le secret. Mais sachez qu'en vous poursuivant jusque sur les hautes mers du Pacifique, l'*Abraham Lincoln* croyait chasser quelque puissant monstre marin dont il fallait à tout prix délivrer l'océan. »

Un demi-sourire détendit les lèvres du commandant, puis, d'un ton plus calme :

« Monsieur Aronnax, répondit-il, oseriez-vous affirmer que votre frégate n'aurait pas poursuivi et canonné un bateau sous-marin aussi bien qu'un monstre ? »

Cette question m'embarrassa, car certainement le commandant Farragut n'eût pas hésité. Il eût cru de son devoir de détruire un appareil de ce genre tout comme un narval gigantesque.

« Vous comprenez donc, monsieur, reprit l'inconnu, que j'ai le droit de vous traiter en ennemis. »

Je ne répondis rien, et pour cause. A quoi bon discuter une proposition semblable, quand la force peut détruire les meilleurs arguments ?

« J'ai longtemps hésité, reprit le commandant. Rien ne m'obligeait à vous donner l'hospitalité. Si je devais me séparer de vous, je n'avais aucun intérêt à vous revoir. Je vous remettais sur la plate-forme de ce navire qui vous avait servi de refuge. Je m'enfonçais sous les mers, et j'oubliais que vous aviez jamais existé. N'était-ce pas mon droit ?

— C'était peut-être le droit d'un sauvage, répondis-je, ce n'était pas celui d'un homme civilisé.

— Monsieur le professeur, répliqua vivement le commandant, je ne suis pas ce que vous appelez un homme civilisé ! J'ai rompu avec la société tout entière pour des raisons que moi seul j'ai le droit d'apprécier. Je n'obéis donc point à ses règles, et je vous engage à ne jamais les invoquer devant moi ! »

Ceci fut dit nettement. Un éclair de colère et de dédain avait allumé les yeux de l'inconnu, et dans la vie de cet homme, j'entrevis un passé formidable. Non seulement il s'était mis en dehors des lois humaines, mais il s'était fait indépendant, libre dans la plus rigoureuse acception du mot, hors de toute atteinte ! Qui donc oserait le poursuivre au fond des mers, puisque, à leur surface, il déjouait les efforts tentés contre lui ? Quel navire résisterait au choc de son monitor sous-marin ? Quelle cuirasse, si épaisse qu'elle fût, supporterait les coups de son éperon ? Nul, entre les hommes, ne pouvait lui demander compte de ses œuvres. Dieu, s'il y croyait, sa conscience, s'il en avait une, étaient les seuls juges dont il pût dépendre.

Ces réflexions traversèrent rapidement mon esprit, pendant que l'étrange personnage se taisait, absorbé et comme retiré en lui-même. Je le considérais avec un effroi mélangé d'intérêt, et sans doute, ainsi qu'Œdipe considérait le sphinx.

Après un assez long silence, le commandant reprit la parole.

« J'ai donc hésité, dit-il, mais j'ai pensé que mon intérêt pouvait s'accorder avec cette pitié naturelle à laquelle tout être humain a droit. Vous resterez à mon bord, puisque la fatalité vous y a jetés. Vous y serez libres, et, en échange de cette liberté, toute relative d'ailleurs, je ne vous imposerai qu'une seule condition. Votre parole de vous y soumettre me suffira.

— Parlez, monsieur, répondis-je, je pense que cette condition est de celles qu'un honnête homme peut accepter ?

— Oui, monsieur, et la voici. Il est possible que certains événements imprévus m'obligent à vous consigner dans vos cabines pour quelques heures ou quelques jours, suivant le cas. Désirant ne jamais employer la violence, j'attends de vous, dans ce cas, plus encore que dans tous les autres, une obéissance passive. En agissant ainsi, je couvre votre responsabilité, je vous dégage entièrement, car c'est à moi de vous mettre dans l'impossibilité de voir ce qui ne doit pas être vu. Acceptez-vous cette condition ? »

Il se passait donc à bord des choses tout au moins singulières, et que ne devaient point voir des gens qui ne s'étaient pas mis hors les lois sociales ! Entre les surprises que l'avenir me ménageait, celle-ci ne devait pas être la moindre.

« Nous acceptons, répondis-je. Seulement, je vous demanderai, monsieur, la permission de vous adresser une question, une seule.

— Parlez, monsieur.

— Vous avez dit que nous serions libres à votre bord ?

— Entièrement.

— Je vous demanderai donc ce que vous entendez par cette liberté.

— Mais la liberté d'aller, de venir, de voir, d'observer même tout ce qui se passe ici — sauf en quelques circonstances rares —, la liberté enfin dont nous jouissons nous-mêmes, mes compagnons et moi. »

Il était évident que nous ne nous entendions point.

« Pardon, monsieur, repris-je, mais cette liberté, ce n'est que celle que tout prisonnier a de parcourir sa prison ! Elle ne peut nous suffire.

— Il faudra, cependant, qu'elle vous suffise !

— Quoi ! nous devons renoncer à jamais de revoir notre patrie, nos amis, nos parents !

— Oui, monsieur. Mais renoncer à reprendre cet insupportable joug de la terre, que les hommes croient être la liberté, n'est peut-être pas aussi pénible que vous le pensez !

— Par exemple, s'écria Ned Land, jamais je ne donnerai ma parole de ne pas chercher à me sauver !

— Je ne vous demande pas de parole, maître Land, répondit froidement le commandant.

— Monsieur, répondis-je, emporté malgré moi, vous abusez de votre situation envers nous ! C'est de la cruauté !

— Non, monsieur, c'est de la clémence ! Vous êtes mes prisonniers après combat ! Je vous garde, quand je pourrais d'un mot vous replonger dans les abîmes de l'océan ! Vous m'avez attaqué ! Vous êtes venus surprendre un secret que nul homme au monde ne doit pénétrer, le secret de toute mon existence ! Et vous croyez que je vais vous renvoyer sur cette terre qui ne doit plus me connaître ! Jamais ! En vous retenant, ce n'est pas vous que je garde, c'est moi-même ! »

Ces paroles indiquaient de la part du commandant un parti pris contre lequel ne prévaudrait aucun argument.

« Ainsi, monsieur, repris-je, vous nous donnez tout simplement à choisir entre la vie ou la mort ?

— Tout simplement.

— Mes amis, dis-je, à une question ainsi posée, il n'y a rien à répondre. Mais aucune parole ne nous lie au maître de ce bord.

— Aucune, monsieur », répondit l'inconnu.

Puis, d'une voix plus douce, il reprit :

« Maintenant, permettez-moi d'achever ce que j'ai à vous dire. Je vous connais, monsieur Aronnax. Vous, sinon vos compagnons, vous n'aurez peut-être pas tant à vous plaindre du hasard qui vous lie à mon sort. Vous trouverez parmi les livres qui servent à mes études favorites cet ouvrage que vous avez publié sur les grands fonds de la mer. Je l'ai souvent lu. Vous avez poussé votre œuvre aussi loin que vous le permettait la science terrestre. Mais vous ne savez pas tout, vous n'avez pas tout vu. Laissez-moi donc vous dire, monsieur le professeur, que vous ne regretterez pas le temps passé à mon bord. Vous allez voyager dans le pays des merveilles. L'étonnement, la stupéfaction seront probablement l'état habituel de votre esprit. Vous ne vous blaserez pas facilement sur le spectacle incessamment offert à vos yeux. Je vais revoir dans un nouveau tour du monde sous-marin — qui sait ? le dernier peut-être — tout ce que j'ai pu étudier au fond de ces mers tant de fois parcourues, et vous serez mon compagnon d'études. A partir de ce jour, vous entrez dans un nouvel élément, vous verrez ce que n'a vu encore aucun homme — car moi et les miens nous ne comptons plus —, et notre planète, grâce à moi, va vous livrer ses derniers secrets. »

Je ne puis le nier ; ces paroles du commandant firent sur moi un grand effet. J'étais pris là par mon faible, et j'oubliai, pour un instant, que la contemplation de ces choses sublimes ne pouvait valoir la liberté perdue. D'ailleurs, je comptais sur l'avenir pour trancher cette grave question. Aussi, je me contentai de répondre :

« Monsieur, si vous avez brisé avec l'humanité, je veux croire que vous n'avez pas renié tout sentiment humain. Nous sommes des naufragés charitablement recueillis à votre bord, nous ne l'oublierons pas. Quant à moi, je ne méconnais pas que, si l'intérêt de la science pouvait absorber jusqu'au besoin de liberté, ce que me promet notre rencontre m'offrirait de grandes compensations. »

Je pensais que le commandant allait me tendre la main pour sceller notre traité. Il n'en fit rien. Je le regrettai pour lui.

« Une dernière question, dis-je, au moment où cet être inexplicable semblait vouloir se retirer.

— Parlez, monsieur le professeur.

— De quel nom dois-je vous appeler ?

— Monsieur, répondit le commandant, je ne suis pour vous que le capitaine Nemo, et vos compagnons et vous, n'êtes pour moi que les passagers du *Nautilus.* »

Le capitaine Nemo appela. Un steward parut. Le capitaine lui donna ses ordres dans cette langue étrangère que je ne pouvais reconnaître. Puis, se tournant vers le Canadien et Conseil :

« Un repas vous attend dans votre cabine, leur dit-il. Veuillez suivre cet homme.

— Ça n'est pas de refus ! » répondit le harponneur.

Conseil et lui sortirent enfin de cette cellule où ils étaient renfermés depuis plus de trente heures.

« Et maintenant, monsieur Aronnax, notre déjeuner est prêt. Permettez-moi de vous précéder.

— A vos ordres, capitaine. »

Je suivis le capitaine Nemo, et dès que j'eus franchi la porte, je pris une sorte de couloir électriquement éclairé, semblable aux coursives d'un navire. Après un parcours d'une dizaine de mètres, une seconde porte s'ouvrit devant moi.

J'entrai alors dans une salle à manger, ornée et meublée avec un goût sévère. De hauts dressoirs de chêne, incrustés d'ornements d'ébène, s'élevaient aux deux extrémités de cette salle, et sur leurs rayons à ligne ondulée étincelaient des faïences, des porcelaines, des verreries d'un prix inestimable. La vaisselle plate y resplendissait sous les rayons que versait un plafond lumineux, dont de fines peintures tamisaient et adoucissaient l'éclat.

Au centre de la salle était une table richement servie. Le capitaine Nemo m'indiqua la place que je devais occuper.

« Asseyez-vous, me dit-il, et mangez comme un homme qui doit mourir de faim. »

Le déjeuner se composait d'un certain nombre de plats dont la mer seule avait fourni le contenu, et de quelques mets dont j'ignorais la nature et la provenance. J'avouerai que c'était bon, mais avec un goût particulier auquel je m'habituai facilement. Ces divers aliments me parurent riches en phosphore, et je pensai qu'ils devaient avoir une origine marine.

Le capitaine Nemo me regardait. Je ne lui demandai rien, mais il devina mes pensées, et il répondit de lui-même aux questions que je brûlais de lui adresser.

« La plupart de ces mets vous sont inconnus, me dit-il. Cependant, vous pouvez en user sans crainte. Ils sont sains et nourrissants. Depuis longtemps, j'ai renoncé aux aliments de la terre, et je ne m'en porte pas plus mal. Mon équipage, qui est vigoureux, ne se nourrit pas autrement que moi.

— Ainsi, dis-je, tous ces aliments sont des produits de la mer ?

— Oui, monsieur le professeur, la mer fournit à tous mes besoins. Tantôt je mets mes filets à la traîne, et je les retire, prêts à se rompre. Tantôt je vais chasser au milieu de cet élément qui paraît être inacessible à l'homme, et je force le gibier qui gîte dans mes forêts sous-marines. Mes troupeaux, comme ceux du vieux pasteur de Neptune, paissent sans crainte les immenses prairies de l'océan. J'ai là une vaste propriété que j'exploite moi-même et qui est toujours ensemencée par la main du Créateur de toutes choses. »

Je regardai le capitaine Nemo avec un certain étonnement, et je lui répondis :

« Je comprends parfaitement, monsieur, que vos filets fournissent d'excellents poissons à votre table ; je comprends moins que vous poursuiviez le gibier aquatique dans vos forêts sous-marines ; mais je ne comprends plus du tout qu'une parcelle de viande, si petite qu'elle soit, figure dans votre menu.

— Aussi, monsieur, me répondit le capitaine Nemo, ne fais-je jamais usage de la chair des animaux terrestres.

— Ceci, cependant, repris-je, en désignant un plat où restaient encore quelques tranches de filet.

— Ce que vous croyez être de la viande, monsieur le professeur, n'est autre chose que du filet de tortue de mer. Voici également quelques foies de dauphin que vous prendriez pour un ragoût de porc. Mon cuisinier est un habile préparateur, qui excelle à conserver ces produits variés de l'océan. Goûtez à tous ces mets. Voici une conserve d'holothuries qu'un Malais déclarerait sans rivale au monde, voilà une crème dont le lait a été fourni par la mamelle des cétacés, et le sucre par les grands fucus de la mer du Nord, et enfin, permettez-moi de vous offrir des confitures d'anémones qui valent celles des fruits les plus savoureux. »

Et je goûtais, plutôt en curieux qu'en gourmet, tandis que le capitaine Nemo m'enchantait par ses invraisemblables récits.

« Mais cette mer, monsieur Aronnax, me dit-il, cette nourrice prodigieuse, inépuisable, elle ne me nourrit pas seulement ; elle me vêt encore. Ces étoffes qui vous couvrent sont tissées avec le byssus de certains coquillages ; elles sont teintes avec la pourpre des Anciens et nuancées de couleurs violettes que j'extrais des aplysies de la Méditerranée. Les parfums que vous trouverez sur la toilette de votre cabine sont le produit de la distillation des plantes marines. Votre lit est fait du plus doux zostère de l'océan. Votre plume sera un fanon de baleine, votre encre la liqueur sécrétée par la seiche ou l'encornet. Tout me vient maintenant de la mer comme tout lui retournera un jour !

— Vous aimez la mer, capitaine.

— Oui ! je l'aime ! La mer est tout ! Elle couvre les sept dixièmes du globe terrestre. Son souffle est pur et sain. C'est l'immense désert où l'homme n'est jamais seul, car il sent frémir la vie à ses côtés. La mer n'est que le véhicule d'une surnaturelle et prodigieuse existence ; elle n'est que mouvement et amour ; c'est l'infini vivant, comme l'a dit un de vos poètes. Et en effet, monsieur le professeur, la nature s'y manifeste par ses trois règnes, minéral, végétal, animal. Ce dernier y est largement représenté par les quatre groupes de zoophytes, par trois classes des articulés, par cinq classes des mollusques, par trois classes des vertébrés, les mammifères, les reptiles et ces innombrables légions de poissons, ordre infini d'animaux qui compte plus de treize mille espèces, dont un dixième seulement appartient à l'eau douce. La mer est le vaste réservoir de la nature. C'est par la mer que le globe a pour ainsi dire commencé, et qui sait s'il ne finira pas par elle ! Là est la suprême tranquillité. La mer n'appartient pas aux despotes. A sa surface, ils peuvent encore exercer des droits iniques, s'y battre, s'y dévorer, y transporter toutes les horreurs terrestres. Mais à trente pieds au-dessous de son niveau, leur pouvoir cesse, leur influence s'éteint, leur puissance disparaît ! Ah ! monsieur, vivez, vivez au sein des mers ! Là seulement est l'indépendance ! Là je ne reconnais pas de maîtres ! Là je suis libre ! »

Le capitaine Nemo se tut subitement au milieu de cet enthousiasme qui débordait de lui. S'était-il laissé entraîner au-delà de sa réserve habituelle ? Avait-il trop parlé ? Pendant quelques instants, il se promena, très agité. Puis ses nerfs se calmèrent, sa physionomie reprit sa froideur accoutumée, et, se tournant vers moi :

« Maintenant, monsieur le professeur, dit-il, si vous voulez visiter le *Nautilus*, je suis à vos ordres. »

XI
Le « Nautilus »

Le capitaine Nemo se leva. Je le suivis. Une double porte, ménagée à l'arrière de la salle, s'ouvrit, et j'entrai dans une chambre de dimension égale à celle que je venais de quitter.

C'était une bibliothèque. De hauts meubles en palissandre noir, incrustés de cuivre, supportaient sur leurs larges rayons un grand nombre de livres uniformément reliés. Ils suivaient le contour de la salle et se terminaient à leur partie inférieure par de vastes divans, capitonnés de cuir marron, qui offraient les courbes les plus confortables. De légers pupitres mobiles, en s'écartant ou se rapprochant à volonté, permettaient d'y poser le livre en lecture. Au centre se dressait une vaste table, couverte de brochures, entre lesquelles apparaissaient quelques journaux déjà vieux. La lumière électrique inondait tout cet harmonieux ensemble, et tombait de quatre globes dépolis à demi engagés dans les volutes du plafond. Je regardais avec une admiration réelle cette salle si ingénieusement aménagée, et je ne pouvais en croire mes yeux.

« Capitaine Nemo, dis-je à mon hôte, qui venait de s'étendre sur un divan, voilà une bibliothèque qui ferait honneur à plus d'un palais des continents, et je suis vraiment émerveillé, quand je songe qu'elle peut vous suivre au plus profond des mers.

— Où trouverait-on plus de solitude, plus de silence, monsieur le professeur ? répondit le capitaine Nemo. Votre cabinet du Muséum vous offre-t-il un repos aussi complet ?

— Non, monsieur, et je dois ajouter qu'il est bien pauvre auprès du vôtre Vous possédez là six ou sept mille volumes...

— Douze mille, monsieur Aronnax. Ce sont les seuls liens qui me rattachent à la terre. Mais le monde a fini pour moi le jour où mon *Nautilus* s'est plongé pour la première fois sous les eaux. Ce jour-là, j'ai acheté mes derniers volumes, mes dernières brochures, mes derniers journaux, et depuis lors, je veux croire que l'humanité n'a plus ni pensé, ni écrit. Ces livres, monsieur le professeur, sont d'ailleurs à votre disposition, et vous pourrez en user librement. »

Je remerciai le capitaine Nemo, et je m'approchai des rayons de la bibliothèque. Livres de science, de morale et de littérature, écrits en toutes langues, y abondaient ; mais je ne vis pas un seul ouvrage d'économie politique ; ils semblaient être sévèrement proscrits du bord. Détail curieux, tous ces livres étaient indistinctement classés, en quelque langue qu'ils fussent écrits, et ce mélange prouvait que le capitaine du *Nautilus* devait lire couramment les volumes que sa main prenait au hasard.

Parmi ces ouvrages, je remarquai les chefs-d'œuvre des maîtres anciens et modernes, c'est-à-dire tout ce que l'humanité a produit de plus beau dans l'histoire, la poésie, le roman et la science, depuis Homère jusqu'à Victor Hugo, depuis Xénophon jusqu'à Michelet, depuis Rabelais jusqu'à Mme Sand. Mais la science, plus particulièrement, faisait les frais de cette bibliothèque ; les livres de mécanique, de balistique, d'hydrographie, de météorologie, de géographie, de géologie, etc., y tenaient une place non moins importante que les ouvrages d'histoire naturelle, et je compris qu'ils formaient la principale étude du capitaine. Je vis là tout le Humboldt, tout l'Arago, les travaux de Foucault, d'Henri Sainte-Claire Deville, de Chasles, de Milne-Edwards, de Quatrefages, de Tyndall, de Faraday, de Berthelot, de l'abbé Secchi, de Petermann, du commandant Maury, d'Agassiz, etc., les mémoires de l'Académie des sciences, les bulletins des diverses sociétés de géographie, etc., et, en bon rang, les deux volumes qui m'avaient peut-être valu cet accueil relativement charitable du capitaine Nemo. Parmi les œuvres de Joseph Bertrand, son livre intitulé *Les Fondateurs de l'Astronomie* me donna même une date certaine ; et comme je savais qu'il avait paru dans le courant de 1865, je pus en conclure que l'installation du *Nautilus* ne remontait pas à une époque antérieure. Ainsi donc, depuis trois ans, au plus, le capitaine Nemo avait commencé son existence sous-marine. J'espérai, d'ailleurs, que des ouvrages plus récents encore me permettraient de fixer exactement cette époque ; mais j'avais le temps de faire cette recherche, et je ne voulus pas retarder davantage notre promenade à travers les merveilles du *Nautilus*.

« Monsieur, dis-je au capitaine, je vous remercie d'avoir mis cette bibliothèque à ma disposition. Il y a là des trésors de science, et j'en profiterai.

— Cette salle n'est pas seulement une bibliothèque, dit le capitaine Nemo, c'est aussi un fumoir.

— Un fumoir ? m'écriai-je. On fume donc à bord ?

— Sans doute.

— Alors, monsieur, je suis forcé de croire que vous avez conservé des relations avec La Havane.

— Aucune, répondit le capitaine. Acceptez ce cigare, monsieur Aronnax, et, bien qu'il ne vienne pas de La Havane, vous en serez content, si vous êtes connaisseur. »

Je pris le cigare qui m'était offert, et dont la forme rappelait celui du londrès ; mais il semblait fabriqué avec des feuilles d'or. Je l'allumai à un petit brasero que supportait un élégant pied de bronze, et j'aspirai ses premières bouffées avec la volupté d'un amateur qui n'a pas fumé depuis deux jours.

« C'est excellent, dis-je, mais ce n'est pas du tabac.

— Non, répondit le capitaine, ce tabac ne vient ni de La Havane ni de l'Orient. C'est une sorte d'algue, riche en nicotine, que la mer me fournit, non sans quelque parcimonie. Regrettez-vous les londrès, monsieur ?

— Capitaine, je les méprise à partir de ce jour.

— Fumez donc à votre fantaisie, et sans discuter l'origine de ces cigares. Aucune régie ne les a contrôlés, mais ils n'en sont pas moins bons, j'imagine.

— Au contraire. »

A ce moment, le capitaine Nemo ouvrit une porte qui faisait face à celle par laquelle j'étais entré dans la bibliothèque, et je passai dans un salon immense et splendidement éclairé.

C'était un vaste quadrilatère, à pans coupés, long de dix mètres, large de six, haut de cinq. Un plafond lumineux, décoré de légères arabesques, distribuait un jour clair et doux sur toutes les merveilles entassées dans ce musée. Car c'était réellement un musée dans lequel une main intelligente et prodigue avait réuni tous les trésors de la nature et de l'art, avec ce pêle-mêle artiste qui distingue un atelier de peintre.

Une trentaine de tableaux de maîtres, à cadres uniformes, séparés par d'étincelantes panoplies, ornaient les parois tendues de tapisseries d'un dessin sévère. Je vis là des toiles de la plus haute valeur, et que, pour la plupart, j'avais admirées dans les collections particulières de l'Europe et aux expositions de peinture. Les diverses écoles des maîtres anciens étaient représentées par une madone de Raphaël, une vierge de Léonard de Vinci, une nymphe du Corrège, une femme du Titien, une adoration de Véronèse, une assomption de Murillo, un portrait d'Holbein, un moine de Vélasquez, un martyre de Ribera, une kermesse de Rubens, deux paysages flamands de Teniers, trois petits tableaux de genre de Gérard Dow, de Metsu, de Paul Potter, deux toiles de Géricault et de Prud'hon, quelques marines de Backhuysen et de Vernet. Parmi les œuvres de la peinture moderne, apparaissaient des tableaux signés Delacroix, Ingres, Decamps, Troyon, Meissonier, Daubigny, etc., et quelques admirables réductions de statues de marbre ou de bronze, d'après les plus beaux modèles de l'Antiquité, se dressaient sur leurs piédestaux dans les angles de ce magnifique musée. Cet état de stupéfaction que m'avait prédit

le commandant du *Nautilus* commençait déjà à s'emparer de mon esprit.

« Monsieur le professeur, dit alors cet homme étrange, vous excuserez le sans-gêne avec lequel je vous reçois, et le désordre qui règne dans ce salon.

— Monsieur, répondis-je, sans chercher à savoir qui vous êtes, m'est-il permis de reconnaître en vous un artiste ?

— Un amateur, tout au plus, monsieur. J'aimais autrefois à collectionner ces belles œuvres créées par la main de l'homme. J'étais un chercheur avide, un fureteur infatigable, et j'ai pu réunir quelques objets d'un haut prix. Ce sont mes derniers souvenirs de cette terre qui est morte pour moi. A mes yeux, vos artistes modernes ne sont déjà plus que des anciens ; ils ont deux ou trois mille ans d'existence, et je les confonds dans mon esprit. Les maîtres n'ont pas d'âge.

— Et ces musiciens ? dis-je, en montrant des partitions de Weber, de Rossini, de Mozart, de Beethoven, d'Haydn, de Meyerbeer, d'Herold, de Wagner, d'Auber, de Gounod, et nombre d'autres, éparses sur un piano-orgue de grand modèle qui occupait un des panneaux du salon.

— Ces musiciens, me répondit le capitaine Nemo, ce sont des contemporains d'Orphée, car les différences chronologiques s'effacent dans la mémoire des morts — et je suis mort, monsieur le professeur, aussi bien mort que ceux de vos amis qui reposent à six pieds sous terre ! »

Le capitaine Nemo se tut et sembla perdu dans une rêverie profonde. Je le considérais avec une vive émotion, analysant en silence les étrangetés de sa physionomie. Accoudé sur l'angle d'une précieuse table de mosaïque, il ne me voyait plus, il oubliait ma présence.

Je respectai ce recueillement, et je continuai de passer en revue les curiosités qui enrichissaient ce salon.

Auprès des œuvres de l'art, les raretés naturelles tenaient une place très importante. Elles consistaient principalement en plantes, en coquilles et autres productions de l'océan, qui devaient être les trouvailles personnelles du capitaine Nemo. Au milieu du salon, un jet d'eau, électriquement éclairé, retombait dans une vasque faite d'un seul tridacne. Cette coquille, fournie par le plus grand des mollusques acéphales, mesurait sur ses bords, délicatement festonnés, une circonférence de six mètres environ ; elle dépassait donc en grandeur ces beaux tridacnes qui furent donnés à François Ier par la République de Venise, et dont l'église Saint-Sulpice, à Paris, a fait deux bénitiers gigantesques.

Autour de cette vasque, sous d'élégantes vitrines fixées par des armatures de cuivre, étaient classés et étiquetés les plus précieux produits de la mer qui eussent jamais été livrés aux regards d'un naturaliste. On conçoit ma joie de professeur.

L'embranchement des zoophytes offrait de très curieux spécimens de ses deux groupes des polypes et des échinodermes. Dans le premier groupe, des tubipores, des gorgones disposées en éventail, des éponges douces de Syrie, des isis des Moluques, des pennatules, une virgulaire admirable des mers de Norvège, des ombellulaires variées, des alcyonaires, toute une série de ces madrépores que mon maître Milne-Edwards a si sagacement classés en sections, et parmi lesquels je remarquai d'adorables flabellines, des oculines de l'île Bourbon, le « char de Neptune » des Antilles, de superbes variétés de coraux, enfin toutes les espèces de ces curieux polypiers dont l'assemblage forme des îles entières qui deviendront un jour des continents. Dans les échinodermes, remarquables par leur enveloppe épineuse, les astéries, les étoiles de mer, les pantacrines, les comatules, les astérophons, les oursins, les holothuries, etc., représentaient la collection complète des individus de ce groupe.

Un conchyliologue un peu nerveux se serait pâmé certainement devant d'autres vitrines plus nombreuses où étaient classés les échantillons de l'embranchement des mollusques. Je vis là une collection d'une valeur inestimable, et que le temps me manquerait à décrire tout entière. Parmi ces produits, je citerai, pour mémoire seulement : l'élégant marteau royal de l'océan Indien, dont les régulières taches blanches ressortaient vivement sur un fond rouge et brun ; un spondyle impérial, aux vives couleurs, tout hérissé d'épines, rare spécimen dans les muséums européens, et dont j'estimai la valeur à vingt mille francs ; un marteau commun des mers de la Nouvelle-Hollande, qu'on se procure difficilement ; des bucardes exotiques du Sénégal, fragiles coquilles blanches à doubles valves, qu'un souffle eût dissipées comme une bulle de savon ; plusieurs variétés des arrosoirs de Java, sortes de tubes calcaires bordés de replis foliacés, et très disputés par les amateurs ; toute une série de troques, les uns jaune verdâtre, pêchés dans les mers d'Amérique, les autres d'un brun roux, amis des eaux de la Nouvelle-Hollande, ceux-ci, venus du golfe du Mexique, et remarquables par leur coquille imbriquée, ceux-là, des stellaires trouvées dans les mers australes, et enfin, le plus rare de tous, le magnifique éperon de la Nouvelle-Zélande ; puis, d'admirables tellines sulfurées, de précieuses espèces de cythères et de vénus, le cadran treillissé des côtes de Tranquebar, le sabot marbré à nacre resplendissante, les perroquets verts des mers de Chine, le cône presque inconnu du genre *Cœnodulli*, toutes les variétés de porcelaines qui servent de monnaie dans l'Inde et en Afrique, la « Gloire de la Mer », la plus précieuse coquille des Indes orientales ; enfin des littorines, des dauphinules, des turritelles, des janthines, des ovules, des volutes, des olives, des mitres, des casques, des pourpres, des buccins, des harpes, des rochers, des tritons, des cérites, des fuseaux, des strombes, des ptérocères, des patelles, des hyales, des cléodores, coquillages délicats et fragiles, que la science a baptisés de ses noms les plus charmants.

A part, et dans des compartiments spéciaux, se déroulaient des chapelets de perles de la plus grande beauté, que la lumière électrique piquait de pointes de feu, des perles roses, arrachées aux pinnes marines de la mer Rouge, des perles vertes de l'haliotide iris, des perles jaunes, bleues, noires, curieux produits des divers mollusques de tous les océans et de certaines moules des cours d'eau du Nord, enfin plusieurs échantillons d'un prix inappréciable qui avaient été distillés par les pintadines les plus rares. Quelques-unes de ces perles surpassaient en grosseur un œuf de pigeon ; elles valaient, et au-delà, celle que le voyageur Tavernier vendit trois millions au shah de Perse, et primaient cette autre perle de l'iman de Mascate, que je croyais sans rivale au monde.

Ainsi donc, chiffrer la valeur de cette collection était, pour ainsi dire, impossible. Le capitaine Nemo avait dû dépenser des millions pour acquérir ces échantillons divers, et je me demandais à quelle source il puisait pour satisfaire ainsi ses fantaisies de collectionneur, quand je fus interrompu par ces mots :

« Vous examinez mes coquilles, monsieur le professeur. En effet, elles peuvent intéresser un naturaliste ; mais, pour moi, elles ont un charme de plus, car je les ai toutes recueillies de ma main, et il n'est pas une mer du globe qui ait échappé à mes recherches.

— Je comprends, capitaine, je comprends cette joie de se promener au milieu de telles richesses. Vous êtes de ceux qui ont fait eux-mêmes leur trésor. Aucun muséum de l'Europe ne possède une semblable collection des produits de l'océan. Mais si j'épuise mon admiration pour elle, que me restera-t-il pour le navire qui les porte ! Je ne veux point pénétrer des secrets qui sont les vôtres ! Cependant, j'avoue que ce *Nautilus*, la force motrice qu'il renferme en lui, les appareils qui permettent de le manœuvrer, l'agent si puissant qui l'anime, tout cela excite au plus haut point ma curiosité. Je vois suspendus aux murs de ce salon des instruments dont la destination m'est inconnue. Puis-je savoir ?...

— Monsieur Aronnax, me répondit le capitaine Nemo, je vous ai dit que vous seriez libre à mon bord, et par conséquent, aucune partie du *Nautilus* ne vous est interdite. Vous pouvez donc le visiter en détail et je me ferai un plaisir d'être votre cicérone.

— Je ne sais comment vous remercier, monsieur, mais je n'abuserai pas de votre complaisance. Je vous demanderai seulement à quel usage sont destinés ces instruments de physique...

— Monsieur le professeur, ces mêmes instruments se trouvent dans ma chambre, et c'est là que j'aurai le plaisir de vous expliquer leur emploi. Mais auparavant, venez visiter la cabine qui vous est réservée. Il faut que vous sachiez comment vous serez installé à bord du *Nautilus*. »

Je suivis le capitaine Nemo, qui, par une des portes percées à chaque pan coupé du salon, me fit rentrer dans les coursives du navire. Il me conduisit vers l'avant, et là je trouvai, non pas une cabine, mais une chambre élégante, avec lit, toilette et divers autres meubles.

Je ne pus que remercier mon hôte.

« Votre chambre est contiguë à la mienne, me dit-il, en ouvrant une porte, et la mienne donne sur le salon que nous venons de quitter. »

J'entrai dans la chambre du capitaine. Elle avait un aspect sévère, presque cénobitique. Une couchette de fer, une table de travail, quelques meubles de toilette. Le tout éclairé par un demi-jour. Rien de confortable. Le strict nécessaire, seulement.

Le capitaine Nemo me montra un siège.

« Veuillez vous asseoir », me dit-il.

Je m'assis, et il prit la parole en ces termes :

XII
Tout par l'électricité

« Monsieur, dit le capitaine Nemo, me montrant les instruments suspendus aux parois de sa chambre, voici les appareils exigés par la navigation du *Nautilus*. Ici

comme dans le salon, je les ai toujours sous les yeux, et ils m'indiquent ma situation et ma direction exacte au milieu de l'océan. Les uns vous sont connus, tels que le thermomètre qui donne la température intérieure du *Nautilus ;* le baromètre, qui pèse le poids de l'air et prédit les changements de temps ; l'hygromètre, qui marque le degré de sécheresse de l'atmosphère ; le *storm-glass*, dont le mélange, en se décomposant, annonce l'arrivée des tempêtes ; la boussole, qui dirige ma route ; le sextant, qui par la hauteur du soleil m'apprend ma latitude ; les chronomètres, qui me permettent de calculer ma longitude ; et enfin des lunettes de jour et de nuit, qui me servent à scruter tous les points de l'horizon, quand le *Nautilus* est remonté à la surface des flots.

— Ce sont les instruments habituels au navigateur, répondis-je, et j'en connais l'usage. Mais en voici d'autres qui répondent sans doute aux exigences particulières du *Nautilus*. Ce cadran que j'aperçois et que parcourt une aiguille mobile, n'est-ce pas un manomètre ?

— C'est un manomètre, en effet. Mis en communication avec l'eau dont il indique la pression extérieure, il me donne par là même la profondeur à laquelle se maintient mon appareil.

— Et ces sondes d'une nouvelle espèce ?

— Ce sont des sondes thermométriques qui rapportent la température des diverses couches d'eau.

— Et ces autres instruments dont je ne devine pas l'emploi ?

— Ici, monsieur le professeur, je dois vous donner quelques explications, dit le capitaine Nemo. Veuillez donc m'écouter. »

Il garda le silence pendant quelques instants, puis il dit :

« Il est un agent puissant, obéissant, rapide, facile, qui se plie à tous les usages et qui règne en maître à mon bord. Tout se fait par lui. Il m'éclaire, il me chauffe, il est l'âme de mes appareils mécaniques. Cet agent, c'est l'électricité.

— L'électricité ! m'écriai-je assez surpris.

— Oui, monsieur.

— Cependant, capitaine, vous possédez une extrême rapidité de mouvements qui s'accorde mal avec le pouvoir de l'électricité. Jusqu'ici, sa puissance dynamique est restée très restreinte et n'a pu produire que de petites forces !

— Monsieur le professeur, répondit le capitaine Nemo, mon électricité n'est pas celle de tout le monde, et c'est là tout ce que vous me permettrez de vous en dire.

— Je n'insisterai pas, monsieur, et je me contenterai d'être très étonné d'un tel résultat. Une seule question, cependant, à laquelle vous ne répondrez pas si elle est indiscrète. Les éléments que vous employez pour produire ce merveilleux agent doivent s'user vite. Le zinc, par exemple, comment le remplacez-vous, puisque vous n'avez plus aucune communication avec la terre ?

— Votre question aura sa réponse, répondit le capitaine Nemo. Je vous dirai, d'abord, qu'il existe au fond des mers des mines de zinc, de fer, d'argent, d'or, dont l'exploitation serait très certainement praticable. Mais je n'ai rien emprunté à ces métaux de la terre, et j'ai voulu ne demander qu'à la mer elle-même les moyens de produire mon électricité.

— A la mer ?

— Oui, monsieur le professeur, et les moyens ne me manquaient pas. J'aurais pu, en effet, en établissant un circuit entre des fils plongés à différentes profondeurs, obtenir l'électricité par la diversité de températures qu'ils éprouvaient ; mais j'ai préféré employer un système plus pratique.

— Et lequel ?

— Vous connaissez la composition de l'eau de mer. Sur mille grammes on trouve quatre-vingt-seize centièmes et demi d'eau, et deux centièmes deux tiers environ de chlorure de sodium ; puis, en petite quantité, des chlorures de magnésium et de potassium, du bromure de magnésium, du sulfate de magnésie, du sulfate et du carbonate de chaux. Vous voyez donc que le chlorure de sodium s'y rencontre dans une proportion notable. Or, c'est ce sodium que j'extrais de l'eau de mer et dont je compose mes éléments.

— Le sodium ?

— Oui, monsieur. Mélangé avec le mercure, il forme un amalgame qui tient lieu du zinc dans les éléments Bunzen. Le mercure ne s'use jamais. Le sodium seul se consomme, et la mer me le fournit elle-même. Je vous dirai, en outre, que les piles au sodium doivent être considérées comme les plus énergiques, et que leur force électro-motrice est double de celle des piles au zinc.

— Je comprends bien, capitaine, l'excellence du sodium dans les conditions où vous vous trouvez. La mer le contient. Bien. Mais il faut encore le fabriquer, l'extraire en un mot. Et comment faites-vous ? Vos piles pourraient évidemment servir à cette extraction ; mais, si je ne me trompe, la dépense du sodium nécessitée par les appareils électriques dépasserait la quantité extraite. Il arriverait donc que vous en consommeriez pour le produire plus que vous n'en produiriez !

— Aussi, monsieur le professeur, je ne l'extrais pas par la pile, et j'emploie tout simplement la chaleur du charbon de terre.

— De terre ? dis-je en insistant.

— Disons le charbon de mer, si vous voulez, répondit le capitaine Nemo.

— Et vous pouvez exploiter des mines sous-marines de houille ?

— Monsieur Aronnax, vous me verrez à l'œuvre. Je ne vous demande qu'un peu de patience, puisque vous avez le temps d'être patient. Rappelez-vous seulement ceci : Je dois tout à l'océan ; il produit l'électricité, et l'électricité donne au *Nautilus* la chaleur, la lumière, le mouvement, la vie en un mot.

— Mais non pas l'air que vous respirez ?

— Oh ! je pourrais fabriquer l'air nécessaire à ma consommation, mais c'est inutile, puisque je remonte à la surface de la mer, quand il me plaît. Cependant, si l'électricité ne me fournit pas l'air respirable, elle manœuvre, du moins, des pompes puissantes qui l'emmagasinent dans des réservoirs spéciaux, ce qui me permet de prolonger, au besoin, et aussi longtemps que je le veux, mon séjour dans les couches profondes.

— Capitaine, répondis-je, je me contente d'admirer. Vous avez évidemment trouvé ce que les hommes trouveront sans doute un jour, la véritable puissance dynamique de l'électricité.

— Je ne sais s'ils la trouveront, répondit froidement le capitaine Nemo. Quoi qu'il en soit, vous connaissez déjà la première application que j'ai faite de ce précieux agent. C'est lui qui nous éclaire avec une égalité, une continuité que n'a pas la lumière du soleil. Maintenant, regardez cette horloge ; elle est électrique, et marche avec une régularité qui défie celle des meilleurs chronomètres. Je l'ai divisée en vingt-quatre heures, comme les horloges italiennes, car pour moi, il n'existe ni nuit, ni jour, ni soleil, ni lune, mais seulement cette lumière factice que j'entraîne jusqu'au fond des mers ! Voyez, en ce moment, il est dix heures du matin.

— Parfaitement.

— Autre application de l'électricité. Ce cadran, suspendu devant nos yeux, sert à indiquer la vitesse du *Nautilus*. Un fil électrique le met en communication avec l'hélice du loch, et son aiguille m'indique la marche réelle de l'appareil. Et, tenez, en ce moment, nous filons avec une vitesse modérée de quinze milles à l'heure.

— C'est merveilleux, répondis-je, et je vois bien, capitaine, que vous avez eu raison d'employer cet agent, qui est destiné à remplacer le vent, l'eau et la vapeur.

— Nous n'avons pas fini, monsieur Aronnax, dit le capitaine Nemo en se levant, et si vous voulez me suivre, nous visiterons l'arrière du *Nautilus*. »

En effet, je connaissais déjà toute la partie antérieure de ce bateau sous-marin, dont voici la division exacte, en allant du centre à l'éperon : la salle à manger de cinq mètres, séparée de la bibliothèque par une cloison étanche, c'est-à-dire ne pouvant être pénétrée par l'eau ; la bibliothèque de cinq mètres ; le grand salon de dix mètres, séparé de la chambre du capitaine par une seconde cloison étanche ; ladite chambre du capitaine de cinq mètres ; la mienne de deux mètres cinquante, et enfin un réservoir d'air de sept mètres cinquante, qui s'étendait jusqu'à l'étrave. Total, trente-cinq mètres de longueur. Les cloisons étanches étaient percées de portes qui se fermaient hermétiquement au moyen d'obturateurs en caoutchouc, et elles assuraient toute sécurité à bord du *Nautilus,* au cas où une voie d'eau se fût déclarée.

Je suivis le capitaine Nemo, à travers les coursives situées en abord, et j'arrivai au centre du navire. Là, se trouvait une sorte de puits qui s'ouvrait entre deux cloisons étanches. Une échelle de fer, cramponnée à la paroi, conduisait à son extrémité supérieure. Je demandai au capitaine à quel usage servait cette échelle.

« Elle aboutit au canot, répondit-il.

— Quoi ! vous avez un canot ? répliquai-je, assez étonné.

— Sans doute. Une excellente embarcation, légère et insubmersible, qui sert à la promenade et à la pêche.

— Mais alors, quand vous voulez vous embarquer, vous êtes forcé de revenir à la surface de la mer ?

— Aucunement. Ce canot adhère à la partie supérieure de la coque du *Nautilus,* et occupe une cavité disposée pour le recevoir. Il est entièrement ponté, absolument étanche, et retenu par de solides boulons. Cette échelle conduit à un trou d'homme percé dans la coque du *Nautilus,* qui correspond à un trou pareil percé dans le flanc du canot. C'est par cette double ouverture que je m'introduis dans l'embarcation. On referme l'une, celle du *Nautilus ;* je referme l'autre, celle du canot, au moyen de vis de pression ; je largue les boulons, et l'embarcation remonte avec une prodigieuse rapidité à la surface de la mer. J'ouvre alors le panneau du pont, soigneusement clos jusque-là, je mâte, je hisse ma voile ou je prends mes avirons, et je me promène.

— Mais comment revenez-vous à bord ?

— Je ne reviens pas, monsieur Aronnax, c'est le *Nautilus* qui revient.

— A vos ordres ?

— A mes ordres. Un fil électrique me rattache à lui. Je lance un télégramme, et cela suffit.

— En effet, dis-je, grisé par ces merveilles, rien n'est plus simple ! »

Après avoir dépassé la cage de l'escalier qui aboutissait à la plate-forme, je vis une cabine longue de deux mètres, dans laquelle Conseil et Ned Land, enchantés de leur repas, s'occupaient à dévorer à belles dents. Puis une porte s'ouvrit sur la cuisine longue de trois mètres, située entre les vastes cambuses du bord.

Là, l'électricité, plus énergique et plus obéissante que le gaz lui-même, faisait tous les frais de la cuisson. Les fils, arrivant sous les fourneaux, communiquaient à des éponges de platine une chaleur qui se distribuait et se maintenait régulièrement. Elle chauffait également des appareils distillatoires qui, par la vaporisation, fournissaient une excellente eau potable. Auprès de cette cuisine s'ouvrait une salle de bains, confortablement disposée, et dont les robinets fournissaient l'eau froide ou l'eau chaude, à volonté.

A la cuisine succédait le poste de l'équipage, long de cinq mètres. Mais la porte en était fermée, et je ne pus voir son aménagement, qui m'eût peut-être fixé sur le nombre d'hommes nécessité par la manœuvre du *Nautilus*.

Au fond s'élevait une quatrième cloison étanche qui séparait ce poste de la chambre des machines. Une porte s'ouvrit, et je me trouvai dans ce compartiment où le capitaine Nemo — ingénieur de premier ordre, à coup sûr — avait disposé ses appareils de locomotion.

Cette chambre des machines, nettement éclairée, ne mesurait pas moins de vingt mètres en longueur. Elle était naturellement divisée en deux parties ; la première renfermait les éléments qui produisaient l'électricité, et la seconde, le mécanisme qui transmettait le mouvement à l'hélice.

Je fus surpris, tout d'abord, de l'odeur *sui generis* qui emplissait ce compartiment. Le capitaine Nemo s'aperçut de mon impression.

« Ce sont, me dit-il, quelques dégagements de gaz, produits par l'emploi du sodium ; mais ce n'est qu'un léger inconvénient. Tous les matins, d'ailleurs, nous purifions le navire en le ventilant à grand air. »

Cependant, j'examinais avec un intérêt facile à concevoir la machine du *Nautilus*.

« Vous le voyez, me dit le capitaine Nemo, j'emploie des éléments Bunzen, et non des éléments Ruhmkorff. Ceux-ci eussent été impuissants. Les éléments Bunzen sont peu nombreux, mais forts et grands, ce qui vaut mieux, expérience faite. L'électricité produite se rend à l'arrière, où elle agit par des électro-aimants de grande dimension sur un système particulier de leviers et d'engrenages qui transmettent le mouvement à l'arbre de l'hélice. Celle-ci, dont le diamètre est de six mètres et le pas de sept mètres cinquante, peut donner jusqu'à cent vingt tours par seconde.

— Et vous obtenez alors ?

— Une vitesse de cinquante milles à l'heure. »

Il y avait là un mystère, mais je n'insistai pas pour le connaître. Comment l'électricité pouvait-elle agir avec une telle puissance ? Où cette force presque illimitée prenait-elle son origine ? Etait-ce dans sa tension excessive obtenue par des bobines d'une nouvelle sorte ? Etait-ce dans sa transmission qu'un système de leviers inconnus [1] pouvait accroître à l'infini ? C'est ce que je ne pouvais comprendre.

1. Et précisément, on parle d'une découverte de ce genre dans laquelle un nouveau jeu de leviers produit des forces considérables. L'inventeur s'est-il donc rencontré avec le capitaine Nemo ?

« Capitaine Nemo, dis-je, je constate les résultats et je ne cherche pas à les expliquer. J'ai vu le *Nautilus* manœuvrer devant l'*Abraham Lincoln,* et je sais à quoi m'en tenir sur sa vitesse. Mais marcher ne suffit pas. Il faut voir où l'on va ! Il faut pouvoir se diriger à droite, à gauche, en haut, en bas ! Comment atteignez-vous les grandes profondeurs, où vous trouvez une résistance croissante qui s'évalue par des centaines d'atmosphères ? Comment remontez-vous à la surface de l'océan ? Enfin, comment vous maintenez-vous dans le milieu qui vous convient ? Suis-je indiscret en vous le demandant ?

— Aucunement, monsieur le professeur, me répondit le capitaine, après une légère hésitation, puisque vous ne devez jamais quitter ce bateau sous-marin. Venez dans le salon. C'est notre véritable cabinet de travail, et là, vous apprendrez tout ce que vous devez savoir sur le *Nautilus !* »

XIII
Quelques chiffres

Un instant après, nous étions assis sur un divan du salon, le cigare aux lèvres. Le capitaine mit sous mes yeux une épure qui donnait les plan, coupe et élévation du *Nautilus.* Puis il commença sa description en ces termes :

« Voici, monsieur Aronnax, les diverses dimensions du bateau qui vous porte. C'est un cylindre très allongé, à bouts coniques. Il affecte sensiblement la forme d'un cigare, forme déjà adoptée à Londres dans plusieurs constructions du même genre. La longueur de ce cylindre, de tête en tête, est exactement de soixante-dix mètres, et son bau, à sa plus grande largeur, est de huit mètres.

Il n'est donc pas construit tout à fait au dixième comme vos steamers de grande marche, mais ses lignes sont suffisamment longues et sa coulée assez prolongée, pour que l'eau déplacée s'échappe aisément et n'oppose aucun obstacle à sa marche.

« Ces deux dimensions vous permettent d'obtenir par un simple calcul la surface et le volume du *Nautilus*. Sa surface comprend mille onze mètres carrés et quarante-cinq centièmes ; son volume, quinze cents mètres cubes et deux dixièmes — ce qui revient à dire qu'entièrement immergé, il déplace ou pèse quinze cents mètres cubes ou tonneaux.

« Lorsque j'ai fait les plans de ce navire destiné à une navigation sous-marine, j'ai voulu qu'en équilibre dans l'eau il plongeât des neuf dixièmes, et qu'il émergeât d'un dixième seulement. Par conséquent, il ne devait déplacer dans ces conditions que les neuf dixièmes de son volume, soit treize cent cinquante-six mètres cubes et quarante-huit centièmes, c'est-à-dire ne peser que ce même nombre de tonneaux. J'ai donc dû ne pas dépasser ce poids en le construisant suivant les dimensions susdites.

« Le *Nautilus* se compose de deux coques, l'une intérieure, l'autre extérieure, réunies entre elles par des fers en T qui lui donnent une rigidité extrême. En effet, grâce à cette disposition cellulaire, il résiste comme un bloc, comme s'il était plein. Son bordé ne peut céder ; il adhère par lui-même et non par le serrage des rivets, et l'homogénéité de sa construction, due au parfait assemblage des matériaux, lui permet de défier les mers les plus violentes.

« Ces deux coques sont fabriquées en tôle d'acier dont la densité par rapport à l'eau est de sept, huit dixièmes. La première n'a pas moins de cinq centimètres d'épaisseur, et pèse trois cent quatre-vingt-quatorze tonneaux quatre-vingt-seize centièmes. La seconde enveloppe, la quille, haute de cinquante centimètres et large de vingt-cinq, pesant, à elle seule, soixante-deux tonneaux, la machine, le lest, les divers accessoires et aménagements,

les cloisons et les étrésillons intérieurs, ont un poids de neuf cent soixante et un tonneaux soixante-deux centièmes, qui, ajoutés aux trois cent quatre-vingt-quatorze tonneaux et quatre-vingt-seize centièmes, forment le total exigé de treize cent cinquante-six tonneaux et quarante-huit centièmes. Est-ce entendu ?

— C'est entendu, répondis-je.

— Donc, reprit le capitaine, lorsque le *Nautilus* se trouve à flot dans ces conditions, il émerge d'un dixième. Or, si j'ai disposé des réservoirs d'une capacité égale à ce dixième, soit d'une contenance de cent cinquante tonneaux et soixante-douze centièmes, et si je les remplis d'eau, le bateau déplaçant alors quinze cent sept tonneaux, ou les pesant, sera complètement immergé. C'est ce qui arrive, monsieur le professeur. Ces réservoirs existent en abord dans les parties inférieures du *Nautilus*. J'ouvre des robinets, ils se remplissent, et le bateau s'enfonçant vient affleurer la surface de l'eau.

— Bien, capitaine, mais nous arrivons alors à la véritable difficulté. Que vous puissiez affleurer la surface de l'océan, je le comprends. Mais plus bas, en plongeant au-dessous de cette surface, votre appareil sous-marin ne va-t-il pas rencontrer une pression et par conséquent subir une poussée de bas en haut qui doit être évaluée à une atmosphère par trente pieds d'eau, soit environ un kilogramme par centimètre carré ?

— Parfaitement, monsieur.

— Donc, à moins que vous ne remplissiez le *Nautilus* en entier, je ne vois pas comment vous pouvez l'entraîner au sein des masses liquides.

— Monsieur le professeur, répondit le capitaine Nemo, il ne faut pas confondre la statique avec la dynamique, sans quoi l'on s'expose à de graves erreurs. Il y a très peu de travail à dépenser pour atteindre les basses régions de l'océan, car les corps ont une tendance à devenir « fondriers ». Suivez mon raisonnement.

— Je vous écoute, capitaine.

— Lorsque j'ai voulu déterminer l'accroissement de

poids qu'il faut donner au *Nautilus* pour l'immerger, je n'ai eu à me préoccuper que de la réduction du volume que l'eau de mer éprouve à mesure que ses couches deviennent de plus en plus profondes.

— C'est évident, répondis-je.

— Or, si l'eau n'est pas absolument incompressible, elle est, du moins, très peu compressible. En effet, d'après les calculs les plus récents, cette réduction n'est que de quatre cent trente-six dix-millionièmes par atmosphère, ou par chaque trente pieds de profondeur. S'agit-il d'aller à mille mètres, je tiens compte alors de la réduction du volume sous une pression équivalente à celle d'une colonne d'eau de mille mètres, c'est-à-dire sous une pression de cent atmosphères. Cette réduction sera alors de quatre cent trente-six cent-millièmes. Je devrai donc accroître le poids de façon à peser quinze cent treize tonneaux soixante-dix-sept centièmes, au lieu de quinze cent sept tonneaux deux dixièmes. L'augmentation ne sera conséquemment que de six tonneaux cinquante-sept centièmes.

— Seulement ?

— Seulement, monsieur Aronnax, et le calcul est facile à vérifier. Or, j'ai des réservoirs supplémentaires capables d'embarquer cent tonneaux. Je puis donc descendre à des profondeurs considérables. Lorsque je veux remonter à la surface et l'affleurer, il me suffit de chasser cette eau, et de vider entièrement tous les réservoirs, si je désire que le *Nautilus* émerge du dixième de sa capacité totale. »

A ces raisonnements appuyés sur des chiffres, je n'avais rien à objecter.

« J'admets vos calculs, capitaine, répondis-je, et j'aurais mauvaise grâce à les contester, puisque l'expérience leur donne raison chaque jour. Mais je pressens actuellement en présence une difficulté réelle.

— Laquelle, monsieur ?

— Lorsque vous êtes par mille mètres de profondeur, les parois du *Nautilus* supportent une pression de cent atmosphères. Si donc, à ce moment, vous voulez vider les réservoirs supplémentaires pour alléger votre bateau et remonter à la surface, il faut que les pompes vainquent cette pression de cent atmosphères, qui est de cent kilogrammes par centimètre carré. De là une puissance...

— Que l'électricité seule pouvait me donner, se hâta de dire le capitaine Nemo. Je vous répète, monsieur, que le pouvoir dynamique de mes machines est à peu près infini. Les pompes du *Nautilus* ont une force prodigieuse, et vous avez dû le voir, quand leurs colonnes d'eau se sont précipitées comme un torrent sur l'*Abraham Lincoln*. D'ailleurs, je ne me sers des réservoirs supplémentaires que pour atteindre des profondeurs moyennes de quinze cents à deux mille mètres, et cela dans le but de ménager mes appareils. Aussi, lorsque la fantaisie me prend de visiter les profondeurs de l'océan à deux ou trois lieues au-dessous de sa surface, j'emploie des manœuvres plus longues, mais non moins infaillibles.

— Lesquelles, capitaine ? demandai-je.

— Ceci m'amène naturellement à vous dire comment se manœuvre le *Nautilus*.

— Je suis impatient de l'apprendre.

— Pour gouverner ce bateau sur tribord, sur bâbord, pour évoluer, en un mot, suivant un plan horizontal, je me sers d'un gouvernail ordinaire à large safran, fixé sur l'arrière de l'étambot, et qu'une roue et des palans font agir. Mais je puis aussi mouvoir le *Nautilus* de bas en haut et de haut en bas, dans un plan vertical, au moyen de deux plans inclinés, attachés à ses flancs sur son centre de flottaison, plans mobiles, aptes à prendre toutes les positions, et qui se manœuvrent de l'intérieur au moyen de leviers puissants. Ces plans sont-ils maintenus parallèles au bateau, celui-ci se meut horizontalement. Sont-ils inclinés, le *Nautilus*, suivant la disposition de cette inclinaison et sous la poussée de son hélice, ou s'enfonce suivant une diagonale aussi allongée qu'il me convient, ou remonte suivant cette diagonale. Et même, si je veux revenir plus rapidement à la surface, j'embraie l'hélice, et la pression des eaux fait remonter verticalement le *Nautilus* comme un ballon qui, gonflé d'hydrogène, s'élève rapidement dans les airs.

— Bravo ! capitaine, m'écriai-je. Mais comment le timonier peut-il suivre la route que vous lui donnez au milieu des eaux ?

— Le timonier est placé dans une cage vitrée, qui fait saillie à la partie supérieure de la coque du *Nautilus,* et que garnissent des verres lenticulaires.

— Des verres capables de résister à de telles pressions ?

— Parfaitement. Le cristal, fragile au choc, offre cependant une résistance considérable. Dans des expériences de pêche à la lumière électrique faites en 1864, au milieu des mers du Nord, on a vu des plaques de cette matière, sous une épaisseur de sept millimètres seulement, résister à une pression de seize atmosphères, tout en laissant passer de puissants rayons calorifiques qui lui répartissaient inégalement la chaleur. Or, les verres dont je me sers n'ont pas moins de vingt et un centimètres à leur centre, c'est-à-dire trente fois cette épaisseur.

— Admis, capitaine Nemo ; mais enfin, pour voir, il faut que la lumière chasse les ténèbres, et je me demande comment au milieu de l'obscurité des eaux...

— En arrière de la cage du timonier est placé un puissant réflecteur électrique, dont les rayons illuminent la mer à un demi-mille de distance.

— Ah ! bravo, trois fois bravo ! capitaine. Je m'explique maintenant cette phosphorescence du prétendu narval, qui a tant intrigué les savants ! A ce propos, je vous demanderai si l'abordage du *Nautilus* et du *Scotia,* qui a eu un si grand retentissement, a été le résultat d'une rencontre fortuite ?

— Purement fortuite, monsieur. Je naviguais à deux mètres au-dessous de la surface des eaux, quand le choc s'est produit. J'ai d'ailleurs vu qu'il n'avait eu aucun résultat fâcheux.

— Aucun, monsieur. Mais quant à votre rencontre avec l'*Abraham Lincoln ?...*

— Monsieur le professeur, j'en suis fâché pour l'un des meilleurs navires de cette brave marine américaine, mais on m'attaquait et j'ai dû me défendre ! Je me suis contenté, toutefois, de mettre la frégate hors d'état de me nuire — elle ne sera pas gênée de réparer ses avaries au port le plus prochain.

— Ah ! commandant, m'écriai-je avec conviction, c'est vraiment un merveilleux bateau que votre *Nautilus !*

— Oui, monsieur le professeur, répondit avec une véritable émotion le capitaine Nemo, et je l'aime comme la chair de ma chair ! Si tout est danger sur un de vos navires soumis aux hasards de l'océan, si, sur cette mer, la première impression est le sentiment de l'abîme, comme l'a si bien dit le Hollandais Jansen, au-dessous et à bord du *Nautilus,* le cœur de l'homme n'a plus rien à redouter. Pas de déformation à craindre, car la double coque de ce bateau a la rigidité du fer ; pas de gréement que le roulis ou le tangage fatiguent ; pas de voiles que le vent emporte ; pas de chaudières que la vapeur déchire ; pas d'incendie à redouter, puisque cet appareil est fait de tôle et non de bois ; pas de charbon qui s'épuise, puisque l'électricité est son agent mécanique ; pas de rencontre à redouter, puisqu'il est seul à naviguer dans les eaux profondes ; pas de tempête à braver, puisqu'il trouve à quelques mètres au-dessous des eaux l'absolue tranquillité ! Voilà, monsieur. Voilà le navire par excellence ! Et s'il est vrai que l'ingénieur ait plus de confiance dans le bâtiment que le constructeur, et le constructeur plus que le capitaine lui-même, comprenez donc avec quel abandon je me fie à mon *Nautilus,* puisque j'en suis tout à la fois le capitaine, le constructeur et l'ingénieur ! »

Le capitaine Nemo parlait avec une éloquence entraînante. Le feu de son regard, la passion de son geste, le transfiguraient. Oui ! il aimait son navire comme un père aime son enfant !

Mais une question, indiscrète peut-être, se posait naturellement, et je ne pus me retenir de la lui faire.

« Vous êtes donc ingénieur, capitaine Nemo ?

— Oui, monsieur le professeur, me répondit-il, j'ai étudié à Londres, à Paris, à New York, du temps que j'étais un habitant des continents de la terre.

— Mais comment avez-vous pu construire, en secret, cet admirable *Nautilus ?*

— Chacun de ses morceaux, monsieur Aronnax, m'est arrivé d'un point différent du globe, et sous une destination déguisée. Sa quille a été forgée au Creusot, son arbre d'hélice chez Pen et Co, de Londres, les plaques de tôle de sa coque chez Leard, de Liverpool, son hélice chez Scott, de Glasgow. Ses réservoirs ont été fabriqués par Cail et Cie, de Paris, sa machine par Krupp, en Prusse, son éperon dans les ateliers de Motala, en Suède, ses instruments de précision chez Hart frères, de New York, etc., et chacun de ces fournisseurs a reçu mes plans sous des noms divers.

— Mais, repris-je, ces morceaux ainsi fabriqués, il a fallu les monter, les ajuster ?

— Monsieur le professeur, j'avais établi mes ateliers sur un îlot désert, en plein océan. Là, mes ouvriers, c'est-à-dire mes braves compagnons que j'ai instruits et formés, et moi, nous avons achevé notre *Nautilus*. Puis, l'opération terminée, le feu a détruit toute trace de notre passage sur cet îlot que j'aurais fait sauter, si je l'avais pu.

— Alors il m'est permis de croire que le prix de revient de ce bâtiment est excessif ?

— Monsieur Aronnax, un navire en fer coûte onze cent vingt-cinq francs par tonneau. Or, le *Nautilus* en jauge quinze cents. Il revient donc à seize cent quatre-vingt-sept mille francs, soit deux millions y compris son aménagement, soit quatre ou cinq millions avec les œuvres d'art et les collections qu'il renferme.

— Une dernière question, capitaine Nemo.

— Faites, monsieur le professeur.

— Vous êtes donc riche ?

— Riche à l'infini, monsieur, et je pourrais, sans me

gêner, payer les dix milliards de dettes de la France ! »

Je regardai fixement le bizarre personnage qui me parlait ainsi. Abusait-il de ma crédulité ? L'avenir devait me l'apprendre.

XIV
Le Fleuve-Noir

La portion du globe terrestre occupée par les eaux est évaluée à trois millions huit cent trente-deux mille cinq cent cinquante-huit myriamètres carrés, soit plus de trente-huit millions d'hectares. Cette masse liquide comprend deux milliards deux cent cinquante millions de milles cubes, et formerait une sphère d'un diamètre de soixante lieues dont le poids serait de trois quintillions de tonneaux. Et, pour comprendre ce nombre, il faut se dire que le quintillion est au milliard ce que le milliard est à l'unité, c'est-à-dire qu'il y a autant de milliards dans un quintillion que d'unités dans un milliard. Or, cette masse liquide, c'est à peu près la quantité d'eau que verseraient tous les fleuves de la terre pendant quarante mille ans.

Durant les époques géologiques, à la période du feu succéda la période de l'eau. L'océan fut d'abord universel. Puis, peu à peu, dans les temps siluriens, des sommets de montagnes apparurent, des îles émergèrent, disparurent sous des déluges partiels, se montrèrent à nouveau, se soudèrent, formèrent des continents, et enfin les terres se fixèrent géographiquement telles que nous les voyons. Le solide avait conquis sur le liquide trente-sept millions six cent cinquante-sept milles carrés, soit douze mille neuf cent seize millions d'hectares.

La configuration des continents permet de diviser les eaux en cinq grandes parties : l'océan Glacial arctique, l'océan Glacial antarctique, l'océan Indien, l'océan Atlantique, l'océan Pacifique.

L'océan Pacifique s'étend du nord au sud entre les deux cercles polaires, et de l'ouest à l'est entre l'Asie et l'Amérique sur une étendue de cent quarante-cinq degrés en longitude. C'est la plus tranquille des mers ; ses courants sont larges et lents, ses marées médiocres, ses pluies abondantes. Tel était l'océan que ma destinée m'appelait d'abord à parcourir dans les plus étranges conditions.

« Monsieur le professeur, me dit le capitaine Nemo, nous allons, si vous le voulez bien, relever exactement notre position, et fixer le point de départ de ce voyage. Il est midi moins le quart. Je vais remonter à la surface des eaux. »

Le capitaine pressa trois fois un timbre électrique. Les pompes commencèrent à chasser l'eau des réservoirs ; l'aiguille du manomètre marqua par les différentes pressions le mouvement ascensionnel du *Nautilus*, puis elle s'arrêta.

« Nous sommes arrivés », dit le capitaine.

Je me rendis à l'escalier central qui aboutissait à la plate-forme. Je gravis les marches de métal, et, par les panneaux ouverts, j'arrivai sur la partie supérieure du *Nautilus*.

La plate-forme émergeait de quatre-vingts centimètres seulement. L'avant et l'arrière du *Nautilus* présentaient cette disposition fusiforme qui le faisait justement comparer à un long cigare. Je remarquai que ses plaques de tôle, imbriquées légèrement, ressemblaient aux écailles qui revêtent le corps des grands reptiles terrestres. Je m'expliquai donc très naturellement que, malgré les meilleures lunettes, ce bateau eût toujours été pris pour un animal marin.

Vers le milieu de la plate-forme, le canot, à demi engagé dans la coque du navire, formait une légère extumescence. En avant et en arrière s'élevaient deux cages de hauteur médiocre, à parois inclinées, et en partie fermées par d'épais verres lenticulaires : l'une destinée au timonier qui dirigeait le *Nautilus,* l'autre où brillait le puissant fanal électrique qui éclairait sa route.

La mer était magnifique, le ciel pur. A peine si le long véhicule ressentait les larges ondulations de l'océan. Une légère brise de l'est ridait la surface des eaux. L'horizon, dégagé de brumes, se prêtait aux meilleures observations.

Nous n'avions rien en vue. Pas un écueil, pas un îlot. Plus d'*Abraham Lincoln*. L'immensité déserte.

Le capitaine Nemo, muni de son sextant, prit la hauteur du soleil, qui devait lui donner sa latitude. Il attendit pendant quelques minutes que l'astre vînt affleurer le bord de l'horizon. Tandis qu'il observait, pas un de ses muscles ne tressaillait, et l'instrument n'eût pas été plus immobile dans une main de marbre.

« Midi, dit-il. Monsieur le professeur, quand vous voudrez ?... »

Je jetai un dernier regard sur cette mer un peu jaunâtre des atterrages japonais, et je redescendis au grand salon.

Là, le capitaine fit son point et calcula chronométriquement sa longitude, qu'il contrôla par de précédentes observations d'angles horaires. Puis il me dit :

« Monsieur Aronnax, nous sommes par cent trente-sept degrés et quinze minutes de longitude à l'est...

— De quel méridien ? demandai-je vivement, espérant que la réponse du capitaine m'indiquerait peut-être sa nationalité.

— Monsieur, me répondit-il, j'ai divers chronomètres réglés sur les méridiens de Paris, de Greenwich et de Washington. Mais, en votre honneur, je me servirai de celui de Paris. »

Cette réponse ne m'apprenait rien. Je m'inclinai, et le commandant reprit :

« Cent trente-sept degrés et quinze minutes de longitude à l'est du méridien de Paris, et par trente degrés et sept minutes de latitude nord, c'est-à-dire à trois cents

milles environ des côtes du Japon. C'est aujourd'hui 8 novembre, à midi, que commence notre voyage d'exploration sous les eaux.

— Dieu nous garde ! répondis-je.

— Et maintenant, monsieur le professeur, ajouta le capitaine, je vous laisse à vos études. J'ai donné la route à l'est-nord-est par cinquante mètres de profondeur. Voici des cartes à grands points, où vous pourrez la suivre. Le salon est à votre disposition, et je vous demande la permission de me retirer. »

Le capitaine Nemo me salua. Je restai seul, absorbé dans mes pensées. Toutes se portaient sur ce commandant du *Nautilus*. Saurais-je jamais à quelle nation appartenait cet homme étrange qui se vantait de n'appartenir à aucune ? Cette haine qu'il avait vouée à l'humanité, cette haine qui cherchait peut-être des vengeances terribles, qui l'avait provoquée ? Etait-il un de ces savants méconnus, un de ces génies « auxquels on a fait du chagrin », suivant l'expression de Conseil, un Galilée moderne, ou bien un de ces hommes de science comme l'Américain Maury, dont la carrière a été brisée par des révolutions politiques ? Je ne pouvais encore le dire. Moi que le hasard venait de jeter à son bord, moi dont il tenait la vie entre les mains, il m'accueillait froidement, mais hospitalièrement. Seulement, il n'avait jamais pris la main que je lui tendais. Il ne m'avait jamais tendu la sienne.

Une heure entière, je demeurai plongé dans ces réflexions, cherchant à percer ce mystère si intéressant pour moi. Puis mes regards se fixèrent sur le vaste planisphère étalé sur la table, et je plaçai le doigt sur le point même où se croisaient la longitude et la latitude observées.

La mer a ses fleuves comme les continents. Ce sont des courants spéciaux, reconnaissables à leur température, à leur couleur, et dont le plus remarquable est connu sous le nom de courant du Gulf Stream. La science a déterminé, sur le globe, la direction de cinq courants principaux : un dans l'Atlantique nord, un second dans l'Atlantique sud, un troisième dans le Pacifique nord, un quatrième dans le Pacifique sud, et un cinquième dans l'océan Indien sud. Il est même probable qu'un sixième courant existait autrefois dans l'océan Indien nord, lorsque les mers Caspienne et d'Aral, réunies aux grands lacs de l'Asie, ne formaient qu'une seule et même étendue d'eau.

Or, au point indiqué sur le planisphère, se déroulait l'un de ces courants, le Kuro-Scivo des Japonais, le Fleuve-Noir, qui, sorti du golfe du Bengale où le chauffent les rayons perpendiculaires du soleil des Tropiques, traverse le détroit de Malacca, prolonge la côte d'Asie, s'arrondit dans le Pacifique nord jusqu'aux îles Aléoutiennes, charriant des troncs de camphriers et autres produits indigènes, et tranchant par le pur indigo de ses eaux chaudes avec les flots de l'océan. C'est ce courant que le *Nautilus* allait parcourir. Je le suivais du regard, je le voyais se perdre dans l'immensité du Pacifique, et je me sentais entraîner avec lui, quand Ned Land et Conseil apparurent à la porte du salon.

Mes deux braves compagnons restèrent pétrifiés à la vue des merveilles entassées devant leurs yeux.

« Où sommes-nous ? où sommes-nous ? s'écria le Canadien. Au muséum de Québec ?

— S'il plaît à monsieur, répliqua Conseil, ce serait plutôt à l'hôtel du Sommerard !

— Mes amis, répondis-je en leur faisant signe d'entrer, vous n'êtes ni au Canada ni en France, mais bien à bord du *Nautilus,* et à cinquante mètres au-dessous du niveau de la mer.

— Il faut croire monsieur, puisque monsieur l'affirme, répliqua Conseil ; mais franchement, ce salon est fait pour étonner un Flamand comme moi.

— Etonne-toi, mon ami, et regarde, car, pour un classificateur de ta force, il y a de quoi travailler ici. »

Je n'avais pas besoin d'encourager Conseil. Le brave garçon, penché sur les vitrines, murmurait déjà des mots de la langue des naturalistes : classe des Gastéropodes,

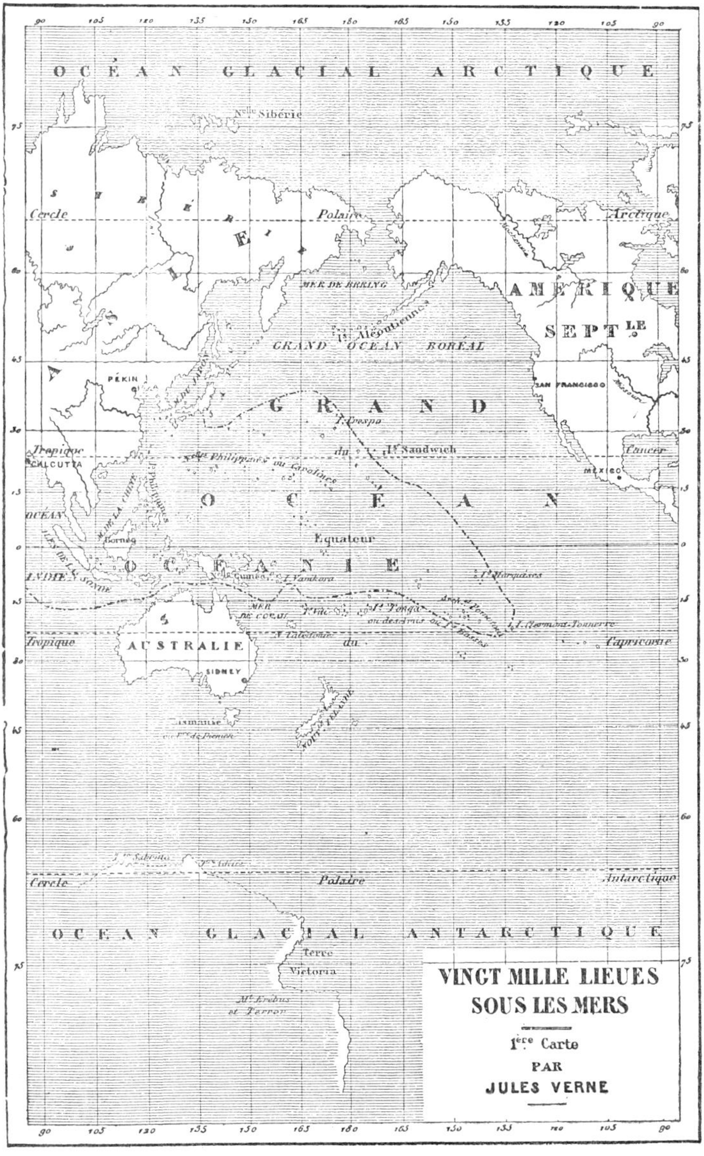
OCÉAN GLACIAL ARCTIQUE
Nelle Sibérie
SIBÉRIE
ASIE
Cercle Polaire Arctique
MER DE BERING
AMÉRIQUE SEPTLE
Iles Aléoutiennes
GRAND OCÉAN BORÉAL
PÉKIN
SAN FRANCISCO
GRAND OCÉAN
I. Crespo
Tropique du Cancer
Iles Sandwich
CALCUTTA
Iles Philippines
Iles Carolines
MEXICO
OCÉAN INDIEN
Bornéo
Equateur
OCÉANIE
Nlle Guinée
I. Vanikoro
Iles Marquises
MER DE CORAIL
Iles Tonga
I. Clermont-Tonnerre
Tropique du Capricorne
AUSTRALIE
SIDNEY
Tasmanie
Cercle Polaire Antarctique
OCÉAN GLACIAL ANTARCTIQUE
Terre Victoria
Mt Erebus et Terror
90 105 120 135 150 165 180 165 150 135 120 105 90
75 60 45 30 15 0 15 30 45 60 75
VINGT MILLE LIEUES
SOUS LES MERS
1ère Carte
PAR
JULES VERNE

famille des Buccinoïdes, genre des Porcelaines, espèces des *Cypræa Madagascariensis,* etc.

Pendant ce temps, Ned Land, assez peu conchyliologue, m'interrogeait sur mon entrevue avec le capitaine Nemo. Avais-je découvert qui il était, d'où il venait, où il allait, vers quelles profondeurs il nous entraînait ? enfin mille questions auxquelles je n'avais pas le temps de répondre.

Je lui appris tout ce que je savais, ou plutôt, tout ce que je ne savais pas, et je lui demandai ce qu'il avait entendu ou vu de son côté.

« Rien vu, rien entendu ! répondit le Canadien. Je n'ai pas même aperçu l'équipage de ce bateau. Est-ce que, par hasard, il serait électrique aussi, lui ?

— Electrique !

— Par ma foi ! on serait tenté de le croire. Mais vous, monsieur Aronnax, demanda Ned Land, qui avait toujours son idée, vous ne pouvez me dire combien d'hommes il y a à bord ? Dix, vingt, cinquante, cent ?

— Je ne saurais vous répondre, maître Land. D'ailleurs, croyez-moi, abandonnez, pour le moment, cette idée de vous emparer du *Nautilus* ou de le fuir. Ce bateau est un chef-d'œuvre de l'industrie moderne, et je regretterais de ne pas l'avoir vu ! Bien des gens accepteraient la situation qui nous est faite, ne fût-ce que pour se promener à travers ces merveilles. Ainsi, tenez-vous tranquille, et tâchons de voir ce qui se passe autour de nous.

— Voir ! s'écria le harponneur, mais on ne voit rien, on ne verra rien de cette prison de tôle ! Nous marchons, nous naviguons en aveugles... »

Ned Land prononçait ces derniers mots, quand l'obscurité se fit subitement, mais une obscurité absolue. Le plafond lumineux s'éteignit, et si rapidement, que mes yeux en éprouvèrent une impression douloureuse, analogue à celle que produit le passage contraire des profondes ténèbres à la plus éclatante lumière.

Nous étions restés muets, ne remuant pas, ne sachant

quelle surprise, agréable ou désagréable, nous attendait. Mais un glissement se fit entendre. On eût dit que des panneaux se manœuvraient sur les flancs du *Nautilus*.

« C'est la fin de la fin ! dit Ned Land.

— Ordre des Hydroméduses ! » murmura Conseil.

Soudain, le jour se fit de chaque côté du salon, à travers deux ouvertures oblongues. Les masses liquides apparurent vivement éclairées par les effluences électriques. Deux plaques de cristal nous séparaient de la mer. Je frémis d'abord, à la pensée que cette fragile paroi pouvait se briser ; mais de fortes armatures de cuivre la maintenaient et lui donnaient une résistance presque infinie.

La mer était distinctement visible dans un rayon d'un mille autour du *Nautilus*. Quel spectacle ! Quelle plume le pourrait décrire ! Qui saurait peindre les effets de la lumière à travers ces nappes transparentes, et la douceur de ses dégradations successives jusqu'aux couches inférieures et supérieures de l'océan !

On connaît la diaphanéité de la mer. On sait que sa limpidité l'emporte sur celle de l'eau de roche. Les substances minérales et organiques, qu'elle tient en suspension, accroissent même sa transparence. Dans certaines parties de l'océan, aux Antilles, cent quarante-cinq mètres d'eau laissent apercevoir le lit de sable avec une surprenante netteté, et la force de pénétration des rayons solaires ne paraît s'arrêter qu'à une profondeur de trois cents mètres. Mais, dans ce milieu fluide que parcourait le *Nautilus*, l'éclat électrique se produisait au sein même des ondes. Ce n'était plus de l'eau lumineuse, mais de la lumière liquide.

Si l'on admet l'hypothèse d'Erhemberg, qui croit à une illumination phosphorescente des fonds sous-marins, la nature a certainement réservé pour les habitants de la mer l'un de ses plus prodigieux spectacles, et j'en pouvais juger ici par les mille jeux de cette lumière. De chaque côté, j'avais une fenêtre ouverte sur ces abîmes inexplorés. L'obscurité du salon faisait valoir la clarté extérieure, et nous regardions comme si ce pur cristal eût été la vitre d'un immense aquarium.

Le *Nautilus* ne semblait pas bouger. C'est que les points de repère manquaient. Parfois, cependant, les lignes d'eau, divisées par son éperon, filaient devant nos regards avec une vitesse excessive.

Emerveillés, nous étions accoudés devant ces vitrines, et nul de nous n'avait encore rompu ce silence de stupéfaction, quand Conseil dit :

« Vous vouliez voir, ami Ned, eh bien, vous voyez !

— Curieux ! curieux ! faisait le Canadien — qui, oubliant ses colères et ses projets d'évasion, subissait une attraction irrésistible — et l'on viendrait de plus loin pour admirer ce spectacle !

— Ah ! m'écriai-je, je comprends la vie de cet homme ! Il s'est fait un monde à part qui lui réserve ses plus étonnantes merveilles !

— Mais les poissons ! fit observer le Canadien. Je ne vois pas de poissons !

— Que vous importe, ami Ned, répondit Conseil, puisque vous ne les connaissez pas.

— Moi ! un pêcheur ! » s'écria Ned Land.

Et, sur ce sujet, une discussion s'éleva entre les deux amis, car ils connaissaient les poissons, mais chacun d'une façon très différente.

Tout le monde sait que les poissons forment la quatrième et dernière classe de l'embranchement des vertébrés. On les a très justement définis : « des vertébrés à circulation double et à sang froid, respirant par des branchies et destinés à vivre dans l'eau. » Ils composent deux séries distinctes : la série des poissons osseux, c'est-à-dire ceux dont l'épine dorsale est faite de vertèbres osseuses, et les poissons cartilagineux, c'est-à-dire ceux dont l'épine dorsale est faite de vertèbres cartilagineuses.

Le Canadien connaissait peut-être cette distinction, mais Conseil en savait bien davantage, et, maintenant, lié d'amitié avec Ned, il ne pouvait admettre qu'il fût moins instruit que lui. Aussi lui dit-il :

« Ami Ned, vous êtes un tueur de poissons, un très habile pêcheur. Vous avez pris un grand nombre de ces intéressants animaux. Mais je gagerais que vous ne savez pas comment on les classe.

— Si, répondit sérieusement le harponneur. On les classe en poissons qui se mangent et en poissons qui ne se mangent pas !

— Voilà une distinction de gourmand, répondit Conseil. Mais dites-moi si vous connaissez la différence qui existe entre les poissons osseux et les poissons cartilagineux ?

— Peut-être bien, Conseil.

— Et la subdivision de ces deux grandes classes ?

— Je ne m'en doute pas, répondit le Canadien.

— Eh bien ! ami Ned, écoutez et retenez ! Les poissons osseux se subdivisent en six ordres : Primo, les acanthoptérygiens, dont la mâchoire supérieure est complète, mobile, et dont les branchies affectent la forme d'un peigne. Cet ordre comprend quinze familles, c'est-à-dire les trois quarts des poissons connus. Type : la perche commune.

— Assez bonne à manger, répondit Ned Land.

— Secundo, reprit Conseil, les abdominaux, qui ont les nageoires ventrales suspendues sous l'abdomen et en arrière des pectorales, sans être attachées aux os de l'épaule — ordre qui se divise en cinq familles, et qui comprend la plus grande partie des poissons d'eau douce. Types : la carpe, le brochet.

— Peuh ! fit le Canadien avec un certain mépris, des poissons d'eau douce !

— Tertio, dit Conseil, les subbrachiens, dont les ventrales sont attachées sous les pectorales et immédiatement suspendues aux os de l'épaule. Cet ordre contient quatre familles. Types : plies, limandes, turbots, barbues, soles, etc.

— Excellent ! excellent ! s'écriait le harponneur, qui ne voulait considérer les poissons qu'au point de vue comestible.

— Quarto, reprit Conseil, sans se démonter, les apodes, au corps allongé, dépourvus de nageoires ventrales, et revêtus d'une peau épaisse et souvent gluante — ordre qui ne comprend qu'une famille. Types : l'anguille, le gymnote.

— Médiocre ! médiocre ! répondit Ned Land.

— Quinto, dit Conseil, les lophobranches, qui ont les mâchoires complètes et libres, mais dont les branchies sont formées de petites houppes, disposées par paires le long des arcs branchiaux. Cet ordre ne compte qu'une famille. Types : les hippocampes, les pégases dragons.

— Mauvais ! mauvais ! répliqua le harponneur.

— Sexto, enfin, dit Conseil, les plectognathes, dont l'os maxillaire est attaché fixement sur le côté de l'intermaxillaire qui forme la mâchoire, et dont l'arcade palatine s'engrène par suture avec le crâne, ce qui la rend immobile — ordre qui manque de vraies ventrales, et qui se compose de deux familles. Types : les tétrodons, les poissons-lunes.

— Bons à déshonorer une chaudière ! s'écria le Canadien.

— Avez-vous compris, ami Ned ? demanda le savant Conseil.

— Pas le moins du monde, ami Conseil, répondit le harponneur. Mais allez toujours, car vous êtes très intéressant.

— Quant aux poissons cartilagineux, reprit imperturbablement Conseil, ils ne comprennent que trois ordres.

— Tant mieux, fit Ned.

— Primo, les cyclostomes, dont les mâchoires sont soudées en un anneau mobile, et dont les branchies s'ouvrent par des trous nombreux — ordre ne comprenant qu'une seule famille. Type : la lamproie.

— Faut l'aimer, répondit Ned Land.

— Secundo, les sélaciens, avec branchies semblables à celles des cyclostomes, mais dont la mâchoire inférieure est mobile. Cet ordre, qui est le plus important de la

classe, comprend deux familles. Types : la raie et les squales.

— Quoi ! s'écria Ned, des raies et des requins dans le même ordre ! Eh bien, ami Conseil, dans l'intérêt des raies, je ne vous conseille pas de les mettre ensemble dans le même bocal !

— Tertio, répondit Conseil, les sturioniens, dont les branchies sont ouvertes, comme à l'ordinaire, par une seule fente garnie d'un opercule — ordre qui comprend quatre genres. Type : l'esturgeon.

— Ah ! ami Conseil, vous avez gardé le meilleur pour la fin — à mon avis, du moins. Et c'est tout ?

— Oui, mon brave Ned, répondit Conseil, et remarquez que quand on sait cela, on ne sait rien encore, car les familles se subdivisent en genres, en sous-genres, en espèces, en variétés...

— Eh bien, ami Conseil, dit le harponneur, se penchant sur la vitre du panneau, voici des variétés qui passent !

— Oui ! des poissons, s'écria Conseil. On se croirait devant un aquarium !

— Non, répondis-je, car l'aquarium n'est qu'une cage, et ces poissons-là sont libres comme l'oiseau dans l'air.

— Eh bien ! ami Conseil, nommez-les donc, nommez-les donc ! disait Ned Land.

— Moi, répondit Conseil, je n'en suis pas capable ! Cela regarde mon maître ! »

Et en effet, le digne garçon, classificateur enragé, n'était point un naturaliste, et je ne sais pas s'il aurait distingué un thon d'une bonite. En un mot, le contraire du Canadien, qui nommait tous ces poissons sans hésiter.

« Un baliste, avais-je dit.

— Et un baliste chinois ! répondit Ned Land.

— Genre des balistes, famille des sclérodermes, ordre des plectognathes », murmurait Conseil.

Décidément, à eux deux, Ned et Conseil auraient fait un naturaliste distingué.

Le Canadien ne s'était pas trompé. Une troupe de

balistes, à corps comprimé, à peau grenue, armés d'un aiguillon sur leur dorsale, se jouaient autour du *Nautilus*, et agitaient les quatre rangées de piquants qui hérissent chaque côté de leur queue. Rien de plus admirable que leur enveloppe, grise par-dessus, blanche par-dessous, dont les taches d'or scintillaient dans le sombre remous des lames. Entre eux ondulaient des raies, comme une nappe abandonnée aux vents, et parmi elles, j'aperçus, à ma grande joie, cette raie chinoise, jaunâtre à sa partie supérieure, rose tendre sous le ventre, et munie de trois aiguillons en arrière de son œil ; espèce rare, et même douteuse au temps de Lacépède, qui ne l'avait jamais vue que dans un recueil de dessins japonais.

Pendant deux heures, toute une armée aquatique fit escorte au *Nautilus*. Au milieu de leurs jeux, de leurs bonds, tandis qu'ils rivalisaient de beauté, d'éclat et de vitesse, je distinguai le labre vert, le mulle barberin, marqué d'une double raie noire, le gobie éléotre, à caudale arrondie, blanc de couleur et tacheté de violet sur le dos, le scombre japonais, admirable maquereau de ces mers, au corps bleu et à la tête argentée, de brillants azurors dont le nom seul emporte toute description, des spares rayés, aux nageoires variées de bleu et de jaune, des spares fascés, relevés d'une bande noire sur leur caudale, des spares zonéphores élégamment corsetés dans leurs six ceintures, des aulostones, véritables bouches en flûte ou bécasses de mer, dont quelques échantillons atteignaient une longueur de un mètre, des salamandres du Japon, des murènes échidnées, longs serpents de six pieds, aux yeux vifs et petits, et à la vaste bouche hérissée de dents, etc.

Notre admiration se maintenait toujours au plus haut point. Nos interjections ne tarissaient pas. Ned nommait les poissons, Conseil les classait, moi, je m'extasiais devant la vivacité de leurs allures et la beauté de leurs formes. Jamais il ne m'avait été donné de surprendre ces animaux vivants, et libres dans leur élément naturel.

Je ne citerai pas toutes les variétés qui passèrent ainsi

devant nos yeux éblouis, toute cette collection des mers du Japon et de la Chine. Ces poissons accouraient, plus nombreux que les oiseaux dans l'air, attirés sans doute par l'éclatant foyer de lumière électrique.

Subitement, le jour se fit dans le salon. Les panneaux de tôle se refermèrent. L'enchanteresse vision disparut. Mais longtemps, je rêvai encore, jusqu'au moment où mes regards se fixèrent sur les instruments suspendus aux parois. La boussole montrait toujours la direction au nord-nord-est, le manomètre indiquait une pression de cinq atmosphères correspondant à une profondeur de cinquante mètres, et le loch électrique donnait une marche de quinze milles à l'heure.

J'attendais le capitaine Nemo. Mais il ne parut pas. L'horloge marquait cinq heures.

Ned Land et Conseil retournèrent à leur cabine. Moi, je regagnai ma chambre. Mon dîner s'y trouvait préparé. Il se composait d'une soupe à la tortue faite des carets les plus délicats, d'un surmulet à chair blanche, un peu feuilletée, dont le foie préparé à part fit un manger délicieux, et de filets de cette viande de l'holocante-empereur, dont la saveur me parut supérieure à celle du saumon.

Je passai la soirée à lire, à écrire, à penser. Puis, le sommeil me gagnant, je m'étendis sur ma couche de zostère, et je m'endormis profondément, pendant que le *Nautilus* se glissait à travers le rapide courant du Fleuve-Noir.

XV
Une invitation par lettre

Le lendemain, 9 novembre, je ne me réveillai qu'après un long sommeil de douze heures. Conseil vint, suivant son habitude, savoir « comment monsieur avait passé la nuit », et lui offrir ses services. Il avait laissé son ami le Canadien dormant comme un homme qui n'aurait fait que cela toute sa vie.

Je laissai le brave garçon babiller à sa fantaisie, sans trop lui répondre. J'étais préoccupé de l'absence du capitaine Nemo pendant notre séance de la veille, et j'espérais le revoir aujourd'hui.

Bientôt j'eus revêtu mes vêtements de byssus. Leur nature provoqua plus d'une fois les réflexions de Conseil. Je lui appris qu'ils étaient fabriqués avec les filaments lustrés et soyeux qui rattachent aux rochers les « jambonneaux », sortes de coquilles très abondantes sur les rivages de la Méditerranée. Autrefois, on en faisait de belles étoffes, des bas, des gants, car ils étaient à la fois très moelleux et très chauds. L'équipage du *Nautilus* pouvait donc se vêtir à bon compte, sans rien demander ni aux cotonniers, ni aux moutons, ni aux vers à soie de la terre.

Lorsque je fus habillé, je me rendis au grand salon. Il était désert.

Je me plongeai dans l'étude de ces trésors de conchyliologie, entassés sous les vitrines. Je fouillai aussi de vastes herbiers, emplis des plantes marines les plus rares, et qui, quoique desséchées, conservaient leurs admirables couleurs. Parmi ces précieuses hydrophytes, je remarquai des cladostèphes verticillées, des padines-paons, des caulerpes à feuilles de vigne, des callithamnes granifères, de délicates céramies à teintes écarlates, des agares disposées en éventails, des acétabules, semblables à des chapeaux de champignons très déprimés, et qui furent longtemps classées parmi les zoophytes, enfin toute une série de varechs.

La journée entière se passa, sans que je fusse honoré de la visite du capitaine Nemo. Les panneaux du salon ne s'ouvrirent pas. Peut-être ne voulait-on pas nous blaser sur ces belles choses.

La direction du *Nautilus* se maintint à l'est-nord-est, sa vitesse à douze milles, sa profondeur entre cinquante et soixante mètres.

Le lendemain, 10 novembre, même abandon, même solitude. Je ne vis personne de l'équipage. Ned et Conseil passèrent la plus grande partie de la journée avec moi. Ils s'étonnèrent de l'inexplicable absence du capitaine. Cet homme singulier était-il malade ? Voulait-il modifier ses projets à notre égard ?

Après tout, suivant la remarque de Conseil, nous jouissions d'une entière liberté, nous étions délicatement et abondamment nourris. Notre hôte se tenait dans les termes de son traité. Nous ne pouvions nous plaindre, et d'ailleurs, la singularité même de notre destinée nous réservait de si belles compensations, que nous n'avions pas encore le droit de l'accuser.

Ce jour-là, je commençai le journal de ces aventures, ce qui m'a permis de les raconter avec la plus scrupuleuse exactitude, et, détail curieux, je l'écrivis sur un papier fabriqué avec la zostère marine.

Le 11 novembre, de grand matin, l'air frais répandu à l'intérieur du *Nautilus* m'apprit que nous étions revenus à la surface de l'océan, afin de renouveler les provisions d'oxygène. Je me dirigeai vers l'escalier central, et je montai sur la plate-forme.

Il était six heures. Je trouvai le temps couvert, la mer grise, mais calme. A peine de houle. Le capitaine Nemo, que j'espérais rencontrer là, viendrait-il ? Je n'aperçus que le timonier, emprisonné dans sa cage de verre. Assis sur la saillie produite par la coque du canot, j'aspirai avec délices les émanations salines.

Peu à peu, la brume se dissipa sous l'action des rayons solaires. L'astre radieux débordait de l'horizon oriental. La mer s'enflamma sous son regard comme une traînée de poudre. Les nuages, éparpillés dans les hauteurs, se colorèrent de tons vifs admirablement nuancés, et de nombreuses « langues de chat [1] » annoncèrent du vent pour toute la journée.

1. Petits nuages blancs, légers, dentelés sur leurs bords.

Mais que faisait le vent à ce *Nautilus* que les tempêtes ne pouvaient effrayer !

J'admirais donc ce joyeux lever de soleil, si gai, si vivifiant, lorsque j'entendis quelqu'un monter vers la plate-forme.

Je me préparais à saluer le capitaine Nemo, mais ce fut son second — que j'avais déjà vu pendant la première visite du capitaine — qui apparut. Il s'avança sur la plate-forme, et ne sembla pas s'apercevoir de ma présence. Sa puissante lunette aux yeux, il scruta tous les points de l'horizon avec une attention extrême. Puis, cet examen fait, il s'approcha du panneau, et prononça une phrase dont voici exactement les termes. Je l'ai retenue, car, chaque matin, elle se reproduisit dans des conditions identiques. Elle était ainsi conçue :

« Nautron respoc lorni virch. »

Ce qu'elle signifiait, je ne saurais le dire.

Ces mots prononcés, le second redescendit. Je pensai que le *Nautilus* allait reprendre sa navigation sous-marine. Je regagnai donc le panneau, et par les coursives je revins à ma chambre.

Cinq jours s'écoulèrent ainsi, sans que la situation se modifiât. Chaque matin, je montais sur la plate-forme. La même phrase était prononcée par le même individu. Le capitaine Nemo ne paraissait pas.

J'avais pris mon parti de ne plus le voir, quand, le 16 novembre, rentré dans ma chambre avec Ned et Conseil, je trouvai sur la table un billet à mon adresse.

Je l'ouvris d'une main impatiente. Il était écrit d'une écriture franche et nette, mais un peu gothique et qui rappelait les types allemands.

Ce billet était libellé en ces termes .

Monsieur le professeur Aronnax, à bord du Nautilus.
16 novembre 1867.

Le capitaine Nemo invite monsieur le professeur Aronnax à une partie de chasse qui aura lieu demain matin

dans ses forêts de l'île Crespo. Il espère que rien n'empêchera monsieur le professeur d'y assister, et il verra avec plaisir que ses compagnons se joignent à lui.

Le commandant du Nautilus,
Capitaine NEMO.

« Une chasse ! s'écria Ned.

— Et dans ses forêts de l'île Crespo ! ajouta Conseil.

— Mais il va donc à terre, ce particulier-là ? reprit Ned Land.

— Cela me paraît clairement indiqué, dis-je en relisant la lettre.

— Eh bien ! il faut accepter, répliqua le Canadien. Une fois sur la terre ferme, nous aviserons à prendre un parti. D'ailleurs, je ne serai pas fâché de manger quelques morceaux de venaison fraîche. »

Sans chercher à concilier ce qu'il y avait de contradictoire entre l'horreur manifeste du capitaine Nemo pour les continents et les îles, et son invitation de chasser en forêt, je me contentai de répondre :

« Voyons d'abord ce que c'est que l'île Crespo. »

Je consultai le planisphère, et, par 32° 40' de latitude nord et 167°50' de longitude est, je trouvai un îlot qui fut reconnu en 1801 par le capitaine Crespo, et que les anciennes cartes espagnoles nommaient Rocca de la Plata, c'est-à-dire « Roche d'Argent ». Nous étions donc à dix-huit cents milles environ de notre point de départ, et la direction un peu modifiée du *Nautilus* le ramenait vers le sud-est.

Je montrai à mes compagnons ce petit roc perdu au milieu du Pacifique nord.

« Si le capitaine Nemo va quelquefois à terre, leur dis-je, il choisit du moins des îles absolument désertes ! »

Ned Land hocha la tête sans répondre, puis Conseil et lui me quittèrent. Après un souper qui me fut servi par le steward muet et impassible, je m'endormis, non sans quelque préoccupation.

Le lendemain, 17 novembre, à mon réveil, je sentis que le *Nautilus* était absolument immobile. Je m'habillai lestement, et j'entrai dans le grand salon.

Le capitaine Nemo était là. Il m'attendait, se leva, salua, et me demanda s'il me convenait de l'accompagner.

Comme il ne fit aucune allusion à son absence pendant ces huit jours, je m'abstins de lui en parler, et je répondis simplement que mes compagnons et moi nous étions prêts à le suivre.

« Seulement, monsieur, ajoutai-je, je me permettrai de vous adresser une question.

— Adressez, monsieur Aronnax, et, si je puis y répondre, j'y répondrai.

— Eh bien, capitaine, comment se fait-il que vous, qui avez rompu toute relation avec la terre, vous possédiez des forêts dans l'île Crespo ?

— Monsieur le professeur, me répondit le capitaine, les forêts que je possède ne demandent au soleil ni sa lumière ni sa chaleur. Ni les lions, ni les tigres, ni les panthères, ni aucun quadrupède ne les fréquentent. Elles ne sont connues que de moi seul. Elles ne poussent que pour moi seul. Ce ne sont point des forêts terrestres, mais bien des forêts sous-marines.

— Des forêts sous-marines ! m'écriai-je.

— Oui, monsieur le professeur.

— Et vous m'offrez de m'y conduire ?

— Précisément.

— A pied ?

— Et même à pied sec.

— En chassant ?

— En chassant.

— Le fusil à la main ?

— Le fusil à la main. »

Je regardai le commandant du *Nautilus* d'un air qui n'avait rien de flatteur pour sa personne.

« Décidément, il a le cerveau malade, pensai-je. Il a eu un accès qui a duré huit jours, et même qui dure encore. C'est dommage ! Je l'aimais mieux étrange que fou ! »

Cette pensée se lisait clairement sur mon visage, mais le capitaine Nemo se contenta de m'inviter à le suivre, et je le suivis en homme résigné à tout.

Nous arrivâmes dans la salle à manger, où le déjeuner se trouvait servi.

« Monsieur Aronnax, me dit le capitaine, je vous prierai de partager mon déjeuner sans façon. Nous causerons en mangeant. Mais, si je vous ai promis une promenade en forêt, je ne me suis point engagé à vous y faire rencontrer un restaurant. Déjeunez donc en homme qui ne dînera probablement que fort tard. »

Je fis honneur au repas. Il se composait de divers poissons et de tranches d'holothuries, excellents zoophytes, relevés d'algues très apéritives, telles que la *Porphyria laciniata* et la *Laurentia primafetida.* La boisson se composait d'eau limpide à laquelle, à l'exemple du capitaine, j'ajoutai quelques gouttes d'une liqueur fermentée, extraite, suivant la mode kamtchatkienne, de l'algue connue sous le nom de « Rhodoménie palmée ».

Le capitaine Nemo mangea, d'abord, sans prononcer une seule parole. Puis il me dit :

« Monsieur le professeur, quand je vous ai proposé de venir chasser dans mes forêts de Crespo, vous m'avez cru en contradiction avec moi-même. Quand je vous ai appris qu'il s'agissait de forêts sous-marines, vous m'avez cru fou. Monsieur le professeur, il ne faut jamais juger les hommes à la légère.

— Mais, capitaine, croyez que...

— Veuillez m'écouter, et vous verrez si vous devez m'accuser de folie ou de contradiction.

— Je vous écoute.

— Monsieur le professeur, vous le savez aussi bien que moi, l'homme peut vivre sous l'eau à la condition d'emporter avec lui sa provision d'air respirable. Dans les travaux sous-marins, l'ouvrier, revêtu d'un vêtement imperméable et la tête emprisonnée dans une capsule de

métal, reçoit l'air de l'extérieur au moyen de pompes foulantes et de régulateurs d'écoulement.

— C'est l'appareil des scaphandres, dis-je.

— En effet, mais dans ces conditions, l'homme n'est pas libre. Il est rattaché à la pompe qui lui envoie l'air par un tuyau de caoutchouc, véritable chaîne qui le rive à la terre, et si nous devions être ainsi retenus au *Nautilus,* nous ne pourrions aller loin.

— Et le moyen d'être libre ? demandai-je.

— C'est d'employer l'appareil Rouquayrol-Denayrouze, imaginé par deux de vos compatriotes, mais que j'ai perfectionné pour mon usage, et qui vous permettra de vous risquer dans ces nouvelles conditions physiologiques, sans que vos organes en souffrent aucunement. Il se compose d'un réservoir en tôle épaisse, dans lequel j'emmagasine l'air sous une pression de cinquante atmosphères. Ce réservoir se fixe sur le dos au moyen de bretelles, comme un sac de soldat. Sa partie supérieure forme une boîte d'où l'air, maintenu par un mécanisme à soufflet, ne peut s'échapper qu'à sa tension normale. Dans l'appareil Rouquayrol, tel qu'il est employé, deux tuyaux en caoutchouc, partant de cette boîte, viennent aboutir à une sorte de pavillon qui emprisonne le nez et la bouche de l'opérateur ; l'un sert à l'introduction de l'air inspiré, l'autre à l'issue de l'air expiré, et la langue ferme celui-ci ou celui-là, suivant les besoins de la respiration. Mais, moi qui affronte des pressions considérables au fond des mers, j'ai dû enfermer ma tête, comme celle des scaphandres, dans une sphère de cuivre, et c'est à cette sphère qu'aboutissent les deux tuyaux inspirateurs et expirateurs.

— Parfaitement, capitaine Nemo, mais l'air que vous emportez doit s'user vite, et dès qu'il ne contient plus que quinze pour cent d'oxygène, il devient irrespirable.

— Sans doute, mais je vous l'ai dit, monsieur Aronnax, les pompes du *Nautilus* me permettent de l'emmagasiner sous une pression considérable, et, dans ces conditions, le réservoir de l'appareil peut fournir de l'air respirable pendant neuf ou dix heures.

— Je n'ai plus d'objection à faire, répondis-je. Je vous demanderai seulement, capitaine, comment vous pouvez éclairer votre route au fond de l'océan ?

— Avec l'appareil Ruhmkorff, monsieur Aronnax. Si le premier se porte sur le dos, le second s'attache à la ceinture. Il se compose d'une pile de Bunzen que je mets en activité, non avec du bichromate de potasse, mais avec du sodium. Une bobine d'induction recueille l'électricité produite, et la dirige vers une lanterne d'une disposition particulière. Dans cette lanterne se trouve un serpentin de verre qui contient seulement un résidu de gaz carbonique. Quand l'appareil fonctionne, ce gaz devient lumineux, en donnant une lumière blanchâtre et continue. Ainsi pourvu, je respire et je vois.

— Capitaine Nemo, à toutes mes objections vous faites de si écrasantes réponses que je n'ose plus douter. Cependant, si je suis bien forcé d'admettre les appareils Rouquayrol et Ruhmkorff, je demande à faire des réserves pour le fusil dont vous voulez m'armer.

— Mais ce n'est point un fusil à poudre, répondit le capitaine.

— C'est donc un fusil à vent ?

— Sans doute. Comment voulez-vous que je fabrique de la poudre à mon bord, n'ayant ni salpêtre, ni soufre, ni charbon ?

— D'ailleurs, dis-je, pour tirer sous l'eau, dans un milieu huit cent cinquante-cinq fois plus dense que l'air, il faudrait vaincre une résistance considérable.

— Ce ne serait pas une raison. Il existe certains canons, perfectionnés après Fulton par les Anglais Philippe Coles et Burley, par le Français Furcy, par l'Italien Landi, qui sont munis d'un système particulier de fermeture, et qui peuvent tirer dans ces conditions. Mais, je vous le répète, n'ayant pas de poudre, je l'ai remplacée par de l'air à haute pression, que les pompes du *Nautilus* me fournissent abondamment.

— Mais cet air doit rapidement s'user.

— Eh bien ! n'ai-je pas mon réservoir Rouquayrol, qui peut, au besoin, m'en fournir ? Il suffit pour cela d'un robinet *ad hoc*. D'ailleurs, monsieur Aronnax, vous verrez par vous-même que, pendant ces chasses sous-marines, on ne fait pas grande dépense d'air ni de balles.

— Cependant, il me semble que dans cette demi-obscurité, et au milieu de ce liquide très dense par rapport à l'atmosphère, les coups ne peuvent porter loin et sont difficilement mortels ?

— Monsieur, avec ce fusil tous les coups sont mortels, au contraire, et dès qu'un animal est touché, si légèrement que ce soit, il tombe foudroyé.

— Pourquoi ?

— Parce que ce ne sont pas des balles ordinaires que ce fusil lance, mais de petites capsules de verre — inventées par le chimiste autrichien Leniebroek — et dont j'ai un approvisionnement considérable. Ces capsules de verre, recouvertes d'une armature d'acier, et alourdies par un culot de plomb, sont de véritables petites bouteilles de Leyde, dans lesquelles l'électricité est forcée à une très haute tension. Au plus léger choc, elles se déchargent, et l'animal, si puissant qu'il soit, tombe mort. J'ajouterai que ces capsules ne sont pas plus grosses que du numéro quatre, et que la charge d'un fusil ordinaire pourrait en contenir dix.

— Je ne discute plus, répondis-je en me levant de table, et je n'ai plus qu'à prendre mon fusil. D'ailleurs, où vous irez, j'irai. »

Le capitaine Nemo me conduisit vers l'arrière du *Nautilus*, et, en passant devant la cabine de Ned et de Conseil, j'appelai mes deux compagnons qui nous suivirent aussitôt.

Puis, nous arrivâmes à une cellule située en abord, près de la chambre des machines, et dans laquelle nous devions revêtir nos vêtements de promenade.

XVI
Promenade en plaine

Cette cellule était, à proprement parler, l'arsenal et le vestiaire du *Nautilus*. Une douzaine d'appareils de scaphandres, suspendus à la paroi, attendaient les promeneurs.

Ned Land, en les voyant, manifesta une répugnance évidente à s'en revêtir.

« Mais, mon brave Ned, lui dis-je, les forêts de l'île Crespo ne sont que des forêts sous-marines !

— Bon ! fit le harponneur désappointé, qui voyait s'évanouir ses rêves de viande fraîche. Et vous, monsieur Aronnax, vous allez vous introduire dans ces habits-là ?

— Il le faut bien, maître Ned.

— Libre à vous, monsieur, répondit le harponneur, haussant les épaules, mais quant à moi, à moins qu'on ne m'y force, je n'entrerai jamais là-dedans.

— On ne vous forcera pas, maître Ned, dit le capitaine Nemo.

— Et Conseil va se risquer ? demanda Ned.

— Je suis monsieur partout où va monsieur », répondit Conseil.

Sur un appel du capitaine, deux hommes de l'équipage vinrent nous aider à revêtir ces lourds vêtements imperméables, faits en caoutchouc sans couture, et préparés de manière à supporter des pressions considérables. On eût dit une armure à la fois souple et résistante. Ces vêtements formaient pantalon et veste. Le pantalon se terminait par d'épaisses chaussures, garnies de lourdes semelles de plomb. Le tissu de la veste était maintenu par des lamelles de cuivre qui cuirassaient la poitrine, la défendaient contre la poussée des eaux, et laissaient les poumons fonctionner librement ; ses manches finissaient en forme de gants assouplis, qui ne contrariaient aucunement les mouvements de la main.

Il y avait loin, on le voit, de ces scaphandres perfectionnés aux vêtements informes, tels que les cuirasses de liège, les soubrevestes, les habits de mer, les coffres, etc., qui furent inventés et prônés dans le XVIIIe siècle.

Le capitaine Nemo, un de ses compagnons — sorte d'hercule qui devait être d'une force prodigieuse —, Conseil et moi, nous eûmes bientôt revêtu ces habits de scaphandres. Il ne s'agissait plus que d'emboîter notre tête dans sa sphère métallique. Mais, avant de procéder à cette opération, je demandai au capitaine la permission d'examiner les fusils qui nous étaient destinés.

L'un des hommes du *Nautilus* me présenta un fusil simple dont la crosse, faite en tôle d'acier et creuse à l'intérieur, était d'assez grande dimension. Elle servait de réservoir à l'air comprimé, qu'une soupape, manœuvrée par une gâchette, laissait échapper dans le tube de métal. Une boîte à projectiles, évidée dans l'épaisseur de la crosse, renfermait une vingtaine de balles électriques, qui, au moyen d'un ressort, se plaçaient automatiquement dans le canon du fusil. Dès qu'un coup était tiré, l'autre était prêt à partir.

« Capitaine Nemo, dis-je, cette arme est parfaite et d'un maniement facile. Je ne demande plus qu'à l'essayer. Mais comment allons-nous gagner le fond de la mer ?

— En ce moment, monsieur le professeur, le *Nautilus* est échoué par dix mètres d'eau, et nous n'avons plus qu'à partir.

— Mais comment sortirons-nous ?

— Vous l'allez voir. »

Le capitaine Nemo introduisit sa tête dans la calotte sphérique. Conseil et moi, nous en fîmes autant, non sans avoir entendu le Canadien nous lancer un « bonne chasse » ironique. Le haut de notre vêtement était terminé par un collet de cuivre taraudé, sur lequel se vissait ce casque de métal. Trois trous, protégés par des verres épais, permettaient de voir suivant toutes les directions, rien qu'en tournant la tête à l'intérieur de cette sphère. Dès qu'elle fut en place, les appareils Rouquayrol, placés sur notre dos, commencèrent à fonctionner, et, pour mon compte, je respirai à l'aise.

La lampe Ruhmkorff suspendue à ma ceinture, le fusil à la main, j'étais prêt à partir. Mais, pour être franc, emprisonné dans ces lourds vêtements et cloué au tillac par mes semelles de plomb, il m'eût été impossible de faire un pas.

Mais ce cas était prévu, car je sentis que l'on me poussait dans une petite chambre contiguë au vestiaire. Mes compagnons, également remorqués, me suivaient. J'entendis une porte, munie d'obturateurs, se refermer sur nous, et une profonde obscurité nous enveloppa.

Après quelques minutes, un vif sifflement parvint à mon oreille. Je sentis une certaine impression de froid monter de mes pieds à ma poitrine. Evidemment, de l'intérieur du bateau on avait, par un robinet, donné entrée à l'eau extérieure qui nous envahissait, et dont cette chambre fut bientôt remplie. Une seconde porte, percée dans le flanc du *Nautilus,* s'ouvrit alors. Un demi-jour nous éclaira. Un instant après, nos pieds foulaient le fond de la mer.

Et maintenant, comment pourrais-je retracer les impressions que m'a laissées cette promenade sous les eaux ? Les mots sont impuissants à raconter de telles merveilles ! Quand le pinceau lui-même est inhabile à rendre les effets particuliers à l'élément liquide, comment la plume saurait-elle les reproduire ?

Le capitaine Nemo marchait en avant, et son compagnon nous suivait à quelques pas en arrière. Conseil et moi, nous restions l'un près de l'autre, comme si un échange de paroles eût été possible à travers nos carapaces métalliques. Je ne sentais déjà plus la lourdeur de mes vêtements, de mes chaussures, de mon réservoir d'air, ni le poids de cette épaisse sphère, au milieu de laquelle ma tête ballottait comme une amande dans sa coquille. Tous ces objets, plongés dans l'eau, perdaient une partie de leur poids égale à celui du liquide déplacé, et je me trouvais très bien de cette loi physique reconnue

par Archimède. Je n'étais plus une masse inerte, et j'avais une liberté de mouvement relativement grande.

La lumière, qui éclairait le sol jusqu'à trente pieds au-dessous de la surface de l'océan, m'étonna par sa puissance. Les rayons solaires traversaient aisément cette masse aqueuse et en dissipaient la coloration. Je distinguais nettement les objets à une distance de cent mètres. Au-delà, les fonds se nuançaient des fines dégradations de l'outremer, puis ils bleuissaient dans les lointains, et s'effaçaient au milieu d'une vague obscurité. Véritablement, cette eau qui m'entourait n'était qu'une sorte d'air, plus dense que l'atmosphère terrestre, mais presque aussi diaphane. Au-dessus de moi, j'apercevais la calme surface de la mer.

Nous marchions sur un sable fin, uni, non ridé comme celui des plages qui conserve l'empreinte de la houle. Ce tapis éblouissant, véritable réflecteur, repoussait les rayons du soleil avec une surprenante intensité. De là, cette immense réverbération qui pénétrait toutes les molécules liquides. Serai-je cru si j'affirme qu'à cette profondeur de trente pieds, j'y voyais comme en plein jour ?

Pendant un quart d'heure, je foulai ce sable ardent, semé d'une impalpable poussière de coquillages. La coque du *Nautilus,* dessinée comme un long écueil, disparaissait peu à peu, mais son fanal, lorsque la nuit se serait faite au milieu des eaux, devait faciliter notre retour à bord, en projetant ses rayons avec une netteté parfaite. Effet difficile à comprendre pour qui n'a vu que sur terre ces nappes blanchâtres si vivement accusées. Là, la poussière dont l'air est saturé leur donne l'apparence d'un brouillard lumineux ; mais sur mer, comme sous mer, ces traits électriques se transmettent avec une incomparable pureté.

Cependant, nous allions toujours, et la vaste plaine de sable semblait être sans bornes. J'écartais de la main les rideaux liquides qui se refermaient derrière moi, et la trace de mes pas s'effaçait soudain sous la pression de l'eau.

Bientôt, quelques formes d'objets, à peine estompées dans l'éloignement, se dessinèrent à mes yeux. Je reconnus de magnifiques premiers plans de rochers, tapissés de zoophytes du plus bel échantillon, et je fus tout d'abord frappé d'un effet spécial à ce milieu.

Il était alors dix heures du matin. Les rayons du soleil frappaient la surface des flots sous un angle assez oblique, et au contact de leur lumière décomposée par la réfraction comme à travers un prisme, fleurs, rochers, plantules, coquillages, polypes, se nuançaient sur leurs bords des sept couleurs du spectre solaire. C'était une merveille, une fête des yeux, que cet enchevêtrement de tons colorés, une véritable kaléidoscopie de vert, de jaune, d'orange, de violet, d'indigo, de bleu, en un mot, toute la palette d'un coloriste enragé ! Que ne pouvais-je communiquer à Conseil les vives sensations qui me montaient au cerveau, et rivaliser avec lui d'interjections admiratives ! Que ne savais-je, comme le capitaine Nemo et son compagnon, échanger mes pensées au moyen de signes convenus ! Aussi, faute de mieux, je me parlais à moi-même, je criais dans la boîte de cuivre qui coiffait ma tête, dépensant peut-être en vaines paroles plus d'air qu'il ne convenait.

Devant ce splendide spectacle, Conseil s'était arrêté comme moi. Evidemment, le digne garçon, en présence de ces échantillons de zoophytes et de mollusques, classait, classait toujours. Polypes et échinodermes abondaient sur le sol. Les isis variées, les cornulaires qui vivent isolément, des touffes d'oculines vierges, désignées autrefois sous le nom de « corail blanc », les fongies hérissées en forme de champignons, les anémones adhérant par leur disque musculaire, figuraient un parterre de fleurs, émaillé de porpites parées de leur collerette de tentacules azurés, d'étoiles de mer qui constellaient le sable, et d'astérophytons verruqueux, fines dentelles brodées par la main des naïades, dont les festons se balançaient aux faibles ondulations provoquées par notre marche. C'était un véritable chagrin pour moi d'écraser

sous mes pas les brillants spécimens de mollusques qui jonchaient le sol par milliers, les peignes concentriques, les marteaux, les donaces, véritables coquilles bondissantes, les troques, les casques rouges, les strombes aile-d'ange, les aphysies, et tant d'autres produits de cet inépuisable océan. Mais il fallait marcher, et nous allions en avant, pendant que voguaient au-dessus de nos têtes des troupes de physalies, laissant leurs tentacules d'outremer flotter à la traîne, des méduses dont l'ombrelle opaline ou rose tendre, festonnée d'un liston d'azur, nous abritait des rayons solaires, et des pélagies panopyres, qui, dans l'obscurité, eussent semé notre chemin de lueurs phosphorescentes !

Toutes ces merveilles, je les entrevis dans l'espace d'un quart de mille, m'arrêtant à peine, et suivant le capitaine Nemo, qui me rappelait d'un geste. Bientôt, la nature du sol se modifia. A la plaine de sable succéda une couche de vase visqueuse que les Américains nomment « oaze », uniquement composée de coquilles siliceuses ou calcaires. Puis, nous parcourûmes une prairie d'algues, plantes pélagiennes que les eaux n'avaient pas encore arrachées, et dont la végétation était fougueuse. Ces pelouses à tissu serré, douces au pied, eussent rivalisé avec les plus moelleux tapis tissés par la main des hommes. Mais, en même temps que la verdure s'étalait sous nos pas, elle n'abandonnait pas nos têtes. Un léger berceau de plantes marines, classées dans cette exubérante famille des algues, dont on connaît plus de deux mille espèces, se croisait à la surface des eaux. Je voyais flotter de longs rubans de fucus, les uns globuleux, les autres tubulés, des laurencies, des cladostèphes, au feuillage si délié, des rhodymènes palmés, semblables à des éventails de cactus. J'observai que les plantes vertes se maintenaient plus près de la surface de la mer, tandis que les rouges occupaient une profondeur moyenne, laissant aux hydrophytes noires ou brunes le soin de former les jardins et les parterres des couches reculées de l'océan.

Ces algues sont véritablement un prodige de la création,

une des merveilles de la flore universelle. Cette famille produit à la fois les plus petits et les plus grands végétaux du globe. Car de même qu'on a compté quarante mille de ces imperceptibles plantules dans un espace de cinq millimètres carrés, de même on a recueilli des fucus dont la longueur dépassait cinq cents mètres.

Nous avions quitté le *Nautilus* depuis une heure et demie environ. Il était près de midi. Je m'en aperçus à la perpendicularité des rayons solaires qui ne se réfractaient plus. La magie des couleurs disparut peu à peu, et les nuances de l'émeraude et du saphir s'effacèrent de notre firmament. Nous marchions d'un pas régulier qui résonnait sur le sol avec une intensité étonnante. Les moindres bruits se transmettaient avec une vitesse à laquelle l'oreille n'est pas habituée sur la terre. En effet, l'eau est pour le son un meilleur véhicule que l'air, et il s'y propage avec une rapidité quadruple.

En ce moment, le sol s'abaissa par une pente prononcée. La lumière prit une teinte uniforme. Nous atteignîmes une profondeur de cent mètres, subissant alors une pression de dix atmosphères. Mais mon vêtement de scaphandre était établi dans des conditions telles que je ne souffrais aucunement de cette pression. Je sentis seulement une certaine gêne aux articulations des doigts, et encore ce malaise ne tarda-t-il pas à disparaître. Quant à la fatigue que devait amener cette promenade de deux heures sous un harnachement dont j'avais si peu l'habitude, elle était nulle. Mes mouvements, aidés par l'eau, se produisaient avec une surprenante facilité.

Arrivé à cette profondeur de trois cents pieds, je percevais encore les rayons du soleil, mais faiblement. A leur éclat intense avait succédé un crépuscule rougeâtre, moyen terme entre le jour et la nuit. Cependant, nous voyions suffisamment à nous conduire, et il n'était pas encore nécessaire de mettre les appareils Ruhmkorff en activité.

En ce moment, le capitaine Nemo s'arrêta. Il attendit que je l'eusse rejoint, et du doigt, il me montra quelques masses obscures qui s'accusaient dans l'ombre à une petite distance.

« C'est la forêt de l'île Crespo », pensai-je, et je ne me trompais pas.

XVII
Une forêt sous-marine

Nous étions enfin arrivés à la lisière de cette forêt, sans doute l'une des plus belles de l'immense domaine du capitaine Nemo. Il la considérait comme étant sienne, et s'attribuait sur elle les mêmes droits qu'avaient les premiers hommes aux premiers jours du monde. D'ailleurs, qui lui eût disputé la possession de cette propriété sous-marine ? Quel autre pionnier plus hardi serait venu, la hache à la main, en défricher les sombres taillis ?

Cette forêt se composait de grandes plantes arborescentes, et, dès que nous eûmes pénétré sous ses vastes arceaux, mes regards furent tout d'abord frappés d'une singulière disposition de leurs ramures — disposition que je n'avais pas encore observée jusqu'alors.

Aucune des herbes qui tapissaient le sol, aucune des branches qui hérissaient les arbrisseaux, ne rampait, ni ne se courbait, ni ne s'étendait dans un plan horizontal. Toutes montaient vers la surface de l'océan. Pas de filaments, pas de rubans, si minces qu'ils fussent, qui ne se tinssent droit comme des tiges de fer. Les fucus et les lianes se développaient suivant une ligne rigide et perpendiculaire, commandée par la densité de l'élément qui les avait produits. Immobiles, d'ailleurs, lorsque je les écartais de la main, ces plantes reprenaient aussitôt leur position première. C'était ici le règne de la verticalité.

Bientôt, je m'habituai à cette disposition bizarre, ainsi

qu'à l'obscurité relative qui nous enveloppait. Le sol de la forêt était semé de blocs aigus, difficiles à éviter. La flore sous-marine m'y parut être assez complète, plus riche même qu'elle ne l'eût été sous les zones arctiques ou tropicales, où ses produits sont moins nombreux. Mais, pendant quelques minutes, je confondis involontairement les règnes entre eux, prenant des zoophytes pour des hydrophytes, des animaux pour des plantes. Et qui ne s'y fût pas trompé ? La faune et la flore se touchent de si près dans ce monde sous-marin !

J'observai que toutes ces productions du règne végétal ne tenaient au sol que par un empattement superficiel. Dépourvues de racines, indifférentes au corps solide, sable, coquillage, test ou galet, qui les supporte, elles ne lui demandent qu'un point d'appui, non la vitalité. Ces plantes ne procèdent que d'elles-mêmes, et le principe de leur existence est dans cette eau qui les soutient, qui les nourrit. La plupart, au lieu de feuilles, poussaient des lamelles de formes capricieuses, circonscrites dans une gamme restreinte de couleurs qui ne comprenaient que le rose, le carmin, le vert, l'olivâtre, le fauve et le brun. Je revis là, mais non plus desséchées comme les échantillons du *Nautilus,* des padines-paons, déployées en éventails qui semblaient solliciter la brise, des céramies écarlates, des laminaires allongeant leurs jeunes pousses comestibles, des néréocystées filiformes et flexueuses, qui s'épanouissaient à une hauteur de quinze mètres, des bouquets d'acétabules, dont les tiges grandissent par le sommet, et nombre d'autres plantes pélagiennes, toutes dépourvues de fleurs. « Curieuse anomalie, bizarre élément, a dit un spirituel naturaliste, où le règne animal fleurit, et où le règne végétal ne fleurit pas ! »

Entre ces divers arbrisseaux, grands comme les arbres des zones tempérées, et sous leur ombre humide, se massaient de véritables buissons à fleurs vivantes, des haies de zoophytes, sur lesquels s'épanouissaient des méandrines zébrées de sillons tortueux, des cariophylles jaunâtres à tentacules diaphanes, des touffes gazonnantes de zoanthaires, et — pour compléter l'illusion — les poissons-mouches volaient de branches en branches, comme un essaim de colibris, tandis que de jaunes lépisacanthes, à la mâchoire hérissée, aux écailles aiguës, des dactyloptères et des monocentres, se levaient sous nos pas, semblables à une troupe de bécassines.

Vers une heure, le capitaine Nemo donna le signal de la halte. J'en fus assez satisfait pour mon compte, et nous nous étendîmes sous un berceau d'alariées, dont les longues lanières amincies se dressaient comme des flèches.

Cet instant de repos me parut délicieux. Il ne nous manquait que le charme de la conversation. Mais impossible de parler, impossible de répondre. J'approchai seulement ma grosse tête de cuivre de la tête de Conseil. Je vis les yeux de ce brave garçon briller de contentement, et en signe de satisfaction, il s'agita dans sa carapace de l'air le plus comique du monde.

Après quatre heures de cette promenade, je fus très étonné de ne pas ressentir un violent besoin de manger. A quoi tenait cette disposition de l'estomac, je ne saurais le dire. Mais, en revanche, j'éprouvais une insurmontable envie de dormir, ainsi qu'il arrive à tous les plongeurs. Aussi mes yeux se fermèrent-ils bientôt derrière leur épaisse vitre, et je tombai dans une invincible somnolence, que le mouvement de la marche avait seul pu combattre jusqu'alors. Le capitaine Nemo et son robuste compagnon, étendus dans ce limpide cristal, nous donnaient l'exemple du sommeil.

Combien de temps restai-je ainsi plongé dans cet assoupissement, je ne pus l'évaluer ; mais lorsque je me réveillai, il me sembla que le soleil s'abaissait vers l'horizon. Le capitaine Nemo s'était déjà relevé, et je commençais à me détirer les membres, quand une apparition inattendue me remit brusquement sur les pieds.

A quelques pas, une monstrueuse araignée de mer, haute d'un mètre, me regardait de ses yeux louches, prête à s'élancer sur moi. Quoique mon habit de scaphandre fût assez épais pour me défendre contre les morsures de cet animal, je ne pus retenir un mouvement d'horreur. Conseil et le matelot du *Nautilus* s'éveillèrent en ce moment. Le capitaine Nemo montra à son compagnon le hideux crustacé, qu'un coup de crosse abattit aussitôt, et je vis les horribles pattes du monstre se tordre dans des convulsions terribles.

Cette rencontre me fit penser que d'autres animaux, plus redoutables, devaient hanter ces fonds obscurs, et que mon scaphandre ne me protégerait pas contre leurs attaques. Je n'y avais pas songé jusqu'alors, et je résolus de me tenir sur mes gardes. Je supposais, d'ailleurs, que cette halte marquait le terme de notre promenade ; mais je me trompais, et, au lieu de retourner au *Nautilus,* le capitaine Nemo continua son audacieuse excursion.

Le sol se déprimait toujours, et sa pente, s'accusant davantage, nous conduisit à de plus grandes profondeurs. Il devait être à peu près trois heures, quand nous atteignîmes une étroite vallée, creusée entre de hautes parois à pic, et située par cent cinquante mètres de fond. Grâce à la perfection de nos appareils, nous dépassions ainsi de quatre-vingt-dix mètres la limite que la nature semblait avoir imposée jusqu'ici aux excursions sous-marines de l'homme.

Je dis cent cinquante mètres, bien qu'aucun instrument ne me permît d'évaluer cette distance. Mais je savais que, même dans les mers les plus limpides, les rayons solaires ne pouvaient pénétrer plus avant. Or, précisément, l'obscurité devint profonde. Aucun objet n'était visible à dix pas. Je marchais donc en tâtonnant, quand je vis briller subitement une lumière blanche assez vive. Le capitaine Nemo venait de mettre son appareil électrique en activité. Son compagnon l'imita. Conseil et moi nous suivîmes leur exemple. J'établis, en tournant une vis, la communication entre la bobine et le serpentin de verre, et la mer, éclairée par nos quatre lanternes, s'illumina dans un rayon de vingt-cinq mètres.

Le capitaine Nemo continua de s'enfoncer dans les obscures profondeurs de la forêt dont les arbrisseaux se

raréfiaient de plus en plus. J'observai que la vie végétale disparaissait plus vite que la vie animale. Les plantes pélagiennes abandonnaient déjà le sol devenu aride, qu'un nombre prodigieux d'animaux, zoophytes, articulés, mollusques et poissons, y pullulaient encore.

Tout en marchant, je pensais que la lumière de nos appareils Ruhmkorff devait nécessairement attirer quelques habitants de ces sombres couches. Mais s'ils nous approchèrent, ils se tinrent du moins à une distance regrettable pour des chasseurs. Plusieurs fois, je vis le capitaine Nemo s'arrêter et mettre son fusil en joue ; puis, après quelques instants d'observation, il se relevait et reprenait sa marche.

Enfin, vers quatre heures environ, cette merveilleuse excursion s'acheva. Un mur de rochers superbes et d'une masse imposante se dressa devant nous, entassement de blocs gigantesques, énorme falaise de granit, creusée de grottes obscures, mais qui ne présentait aucune rampe praticable. C'étaient les accores de l'île Crespo. C'était la terre.

Le capitaine s'arrêta soudain. Un geste de lui nous fit faire halte, et si désireux que je fusse de franchir cette muraille, je dus m'arrêter. Ici finissaient les domaines du capitaine Nemo. Il ne voulait pas les dépasser. Au-delà, c'était cette portion du globe qu'il ne devait plus fouler du pied.

Le retour commença. Le capitaine Nemo avait repris la tête de sa petite troupe, se dirigeant toujours sans hésiter. Je crus voir que nous ne suivions pas le même chemin pour revenir au *Nautilus*. Cette nouvelle route, très raide, et par conséquent très pénible, nous rapprocha rapidement de la surface de la mer. Cependant, ce retour dans les couches supérieures ne fut pas tellement subit que la décompression se fît trop rapidement, ce qui aurait pu amener dans notre organisme des désordres graves, et déterminer ces lésions internes si fatales aux plongeurs. Très promptement, la lumière reparut et grandit, et, le soleil étant déjà bas sur l'horizon, la réfraction borda de nouveau les divers objets d'un anneau spectral.

A dix mètres de profondeur, nous marchions au milieu d'un essaim de petits poissons de toute espèce, plus nombreux que les oiseaux dans l'air, plus agiles aussi, mais aucun gibier aquatique, digne d'un coup de fusil, ne s'était encore offert à nos regards.

En ce moment, je vis l'arme du capitaine, vivement épaulée, suivre entre les buissons un objet mobile. Le coup partit, j'entendis un faible sifflement, et un animal retomba foudroyé à quelques pas.

C'était une magnifique loutre de mer, une enhydre, le seul quadrupède qui soit exclusivement marin. Cette loutre, longue d'un mètre cinquante centimètres, devait avoir un très grand prix. Sa peau, d'un brun marron en dessus, et argentée en dessous, faisait une de ces admirables fourrures si recherchées sur les marchés russes et chinois ; la finesse et le lustre de son poil lui assuraient une valeur minimum de deux mille francs. J'admirai fort ce curieux mammifère à la tête arrondie et ornée d'oreilles courtes, aux yeux ronds, aux moustaches blanches et semblables à celles du chat, aux pieds palmés et unguiculés, à la queue touffue. Ce précieux carnassier, chassé et traqué par les pêcheurs, devient extrêmement rare, et il s'est principalement réfugié dans les portions boréales du Pacifique, où vraisemblablement son espèce ne tardera pas à s'éteindre.

Le compagnon du capitaine Nemo vint prendre la bête, la chargea sur son épaule, et l'on se remit en route.

Pendant une heure, une plaine de sable se déroula devant nos pas. Elle remontait souvent à moins de deux mètres de la surface des eaux. Je voyais alors notre image, nettement reflétée, se dessiner en sens inverse, et, au-dessus de nous, apparaissait une troupe identique, reproduisant nos mouvements et nos gestes, de tout point semblable, en un mot, à cela près qu'elle marchait la tête en bas et les pieds en l'air.

Autre effet à noter. C'était le passage de nuages épais

qui se formaient et s'évanouissaient rapidement; mais en réfléchissant, je compris que ces prétendus nuages n'étaient dus qu'à l'épaisseur variable des longues lames de fond, et j'apercevais même les « moutons » écumeux que leur crête brisée multipliait sur les eaux. Il n'était pas jusqu'à l'ombre des grands oiseaux qui passaient sur nos têtes, dont je ne surprisse le rapide effleurement à la surface de la mer.

En cette occasion, je fus témoin de l'un des plus beaux coups de fusil qui ait jamais fait tressaillir les fibres d'un chasseur. Un grand oiseau, à large envergure, très nettement visible, s'approchait en planant. Le compagnon du capitaine Nemo le mit en joue et le tira, lorsqu'il fut à quelques mètres seulement au-dessus des flots. L'animal tomba foudroyé, et sa chute l'entraîna jusqu'à la portée de l'adroit chasseur qui s'en empara. C'était un albatros de la plus belle espèce, admirable spécimen des oiseaux pélagiens.

Notre marche n'avait pas été interrompue par cet incident. Pendant deux heures, nous suivîmes tantôt des plaines sableuses, tantôt des prairies de varechs, fort pénibles à traverser. Franchement, je n'en pouvais plus, quand j'aperçus une vague lueur qui rompait, à un demi-mille, l'obscurité des eaux. C'était le fanal du *Nautilus*. Avant vingt minutes, nous devions être à bord, et là, je respirerais à l'aise, car il me semblait que mon réservoir ne fournissait plus qu'un air très pauvre en oxygène. Mais je comptais sans une rencontre qui retarda quelque peu notre arrivée.

J'étais resté d'une vingtaine de pas en arrière, lorsque je vis le capitaine Nemo revenir brusquement vers moi. De sa main vigoureuse, il me courba à terre, tandis que son compagnon en faisait autant de Conseil. Tout d'abord, je ne sus trop que penser de cette brusque attaque, mais je me rassurai en observant que le capitaine se couchait près de moi et demeurait immobile.

J'étais donc étendu sur le sol, et précisément à l'abri d'un buisson de varechs, quand, relevant la tête, j'aperçus d'énormes masses passer bruyamment en jetant des lueurs phosphorescentes.

Mon sang se glaça dans mes veines ! J'avais reconnu les formidables squales qui nous menaçaient. C'était un couple de tintoréas, requins terribles, à la queue énorme, au regard terne et vitreux, qui distillent une matière phosphorescente par des trous percés autour de leur museau. Monstrueuses mouches à feu, qui broient un homme tout entier dans leurs mâchoires de fer ! Je ne sais si Conseil s'occupait à les classer, mais pour mon compte, j'observais leur ventre argenté, leur gueule formidable, hérissée de dents, à un point de vue peu scientifique, et plutôt en victime qu'en naturaliste.

Très heureusement, ces voraces animaux y voient mal. Ils passèrent sans nous apercevoir, nous effleurant de leurs nageoires brunâtres, et nous échappâmes, comme par miracle, à ce danger plus grand, à coup sûr, que la rencontre d'un tigre en pleine forêt.

Une demi-heure après, guidés par la traînée électrique, nous atteignions le *Nautilus*. La porte extérieure était restée ouverte, et le capitaine Nemo la referma, dès que nous fûmes rentrés dans la première cellule. Puis, il pressa un bouton. J'entendis manœuvrer les pompes audedans du navire, je sentis l'eau baisser autour de moi, et, en quelques instants, la cellule fut entièrement vidée. La porte intérieure s'ouvrit alors, et nous passâmes dans le vestiaire.

Là, nos habits de scaphandre furent retirés, non sans peine, et, très harassé, tombant d'inanition et de sommeil, je regagnai ma chambre, tout émerveillé de cette surprenante excursion au fond des mers.

XVIII
Quatre mille lieues sous le Pacifique

Le lendemain matin, 18 novembre, j'étais parfaitement remis de mes fatigues de la veille, et je montai sur la plate-forme, au moment où le second du *Nautilus* prononçait sa phrase quotidienne. Il me vint alors à l'esprit qu'elle se rapportait à l'état de la mer, ou plutôt qu'elle signifiait : « Nous n'avons rien en vue. »

Et en effet, l'océan était désert. Pas une voile à l'horizon. Les hauteurs de l'île Crespo avaient disparu pendant la nuit. La mer, absorbant les couleurs du prisme, à l'exception des rayons bleus, réfléchissait ceux-ci dans toutes les directions et revêtait une admirable teinte d'indigo. Une moire, à larges raies, se dessinait régulièrement sur les flots onduleux.

J'admirais ce magnifique aspect de l'océan, quand le capitaine Nemo apparut. Il ne sembla pas s'apercevoir de ma présence, et commença une série d'observations astronomiques. Puis, son opération terminée, il alla s'accouder sur la cage du fanal, et ses regards se perdirent à la surface de l'océan.

Cependant, une vingtaine de matelots du *Nautilus,* tous gens vigoureux et bien constitués, étaient montés sur la plate-forme. Ils venaient retirer les filets qui avaient été mis à la traîne pendant la nuit. Ces marins appartenaient évidemment à des nations différentes, bien que le type européen fût indiqué chez tous. Je reconnus, à ne pas me tromper, des Irlandais, des Français, quelques Slaves, un Grec ou un Candiote. Du reste, ces hommes étaient sobres de paroles, et n'employaient entre eux que ce bizarre idiome dont je ne pouvais pas même soupçonner l'origine. Aussi, je dus renoncer à les interroger.

Les filets furent halés à bord. C'étaient des espèces de chaluts, semblables à ceux des côtes normandes, vastes poches qu'une vergue flottante et une chaîne transfilée dans les mailles inférieures tiennent entrouvertes. Ces poches, ainsi traînées sur leurs gantiers de fer, balayaient le fond de l'océan et ramassaient tous ses produits sur leur passage. Ce jour-là, ils ramenèrent de curieux échantillons de ces parages poissonneux, des lophies, auxquels leurs mouvements comiques ont valu le qualificatif d'histrions, des commersons noirs, munis de leurs antennes, des balistes ondulés, entourés de bandelettes rouges, des tétrodons-croissants, dont le venin est extrêmement subtil, quelques lamproies olivâtres, des macrorhinques, couverts d'écailles argentées, des trichiures, dont la puissance électrique est égale à celle du gymnote et de la torpille, des notoptères écailleux, à bandes brunes et transversales, des gades verdâtres, plusieurs variétés de gobies, etc., enfin, quelques poissons de proportions plus vastes, un caranx à tête proéminente, long d'un mètre, plusieurs beaux scombres bonites, chamarrés de couleurs bleues et argentées, et trois magnifiques thons que la rapidité de leur marche n'avait pu sauver du chalut.

J'estimai que ce coup de filet rapportait plus de mille livres de poissons. C'était une belle pêche, mais non surprenante. En effet, ces filets restent à la traîne pendant plusieurs heures et enserrent dans leur prison de fil tout un monde aquatique. Nous ne devions donc pas manquer de vivres d'une excellente qualité, que la rapidité du *Nautilus* et l'attraction de sa lumière électrique pouvaient renouveler sans cesse.

Ces divers produits de la mer furent immédiatement affalés par le panneau vers les cambuses, destinés, les uns à être mangés frais, les autres à être conservés.

La pêche finie, la provision d'air renouvelée, je pensais que le *Nautilus* allait reprendre son excursion sous-marine, et je me préparais à regagner ma chambre, quand, se tournant vers moi, le capitaine Nemo me dit sans autre préambule :

« Voyez cet océan, monsieur le professeur, n'est-il pas doué d'une vie réelle ? N'a-t-il pas ses colères et ses tendresses ? Hier, il s'est endormi comme nous, et le voilà qui se réveille après une nuit paisible ! »

Ni bonjour, ni bonsoir ! N'eût-on pas dit que cet étrange personnage continuait avec moi une conversation déjà commencée ?

« Regardez, reprit-il, il s'éveille sous les caresses du soleil ! Il va revivre de son existence diurne ! C'est une intéressante étude que de suivre le jeu de son organisme. Il possède un pouls, des artères, il a ses spasmes, et je donne raison à ce savant Maury, qui a découvert en lui une circulation aussi réelle que la circulation sanguine chez les animaux. »

Il est certain que le capitaine Nemo n'attendait de moi aucune réponse, et il me parut inutile de lui prodiguer les « Evidemment », les « A coup sûr », et les « Vous avez raison ». Il se parlait plutôt à lui-même, prenant de longs temps entre chaque phrase. C'était une méditation à voix haute.

« Oui, dit-il, l'océan possède une circulation véritable, et, pour la provoquer, il a suffi au Créateur de toutes choses de multiplier en lui le calorique, le sel et les animalcules. Le calorique, en effet, crée des densités différentes, qui amènent les courants et les contre-courants. L'évaporation, nulle aux régions hyperboréennes, très active dans les zones équatoriales, constitue un échange permanent des eaux tropicales et des eaux polaires. En outre, j'ai surpris ces courants de haut en bas et de bas en haut, qui forment la vraie respiration de l'océan. J'ai vu la molécule d'eau de mer, échauffée à la surface, redescendre vers les profondeurs, atteindre son maximum de densité à deux degrés au-dessous de zéro, puis, se refroidissant encore, devenir plus légère et remonter. Vous verrez, au pôle, les conséquences de ce phénomène, et vous comprendrez pourquoi, par cette loi de la prévoyante nature, la congélation ne peut jamais se produire qu'à la surface des eaux ! »

Pendant que le capitaine Nemo achevait sa phrase, je

me disais : « Le pôle ! Est-ce que cet audacieux personnage prétend nous conduire jusque-là ! »

Cependant, le capitaine s'était tu, et regardait cet élément si complètement, si incessamment étudié par lui. Puis reprenant :

« Les sels, dit-il, sont en quantité considérable dans la mer, monsieur le professeur, et si vous enleviez tous ceux qu'elle contient en dissolution, vous en feriez une masse de quatre millions et demi de lieues cubes, qui, étalée sur le globe, formerait une couche de plus de dix mètres de hauteur. Et ne croyez pas que la présence de ces sels ne soit due qu'à un caprice de la nature. Non. Ils rendent les eaux marines moins évaporables, et empêchent les vents de leur enlever une trop grande quantité de vapeurs, qui, en se résolvant, submergeraient les zones tempérées. Rôle immense, rôle de pondérateur dans l'économie générale du globe ! »

Le capitaine Nemo s'arrêta, se leva même, fit quelques pas sur la plate-forme, et revint vers moi :

« Quant aux infusoires, reprit-il, quant à ces milliards d'animalcules, qui existent par millions dans une gouttelette, et dont il faut huit cent mille pour peser un milligramme, leur rôle n'est pas moins important. Ils absorbent les sels marins, ils s'assimilent les éléments solides de l'eau, et, véritables faiseurs de continents calcaires, ils fabriquent des coraux et des madrépores ! Et alors la goutte d'eau, privée de son aliment minéral, s'allège, remonte à la surface, y absorbe les sels abandonnés par l'évaporation, s'alourdit, redescend, et rapporte aux animalcules de nouveaux éléments à absorber. De là, un double courant ascendant et descendant, et toujours le mouvement, toujours la vie ! La vie, plus intense que sur les continents, plus exubérante, plus infinie, s'épanouissant dans toutes les parties de cet océan, élément de mort pour l'homme, a-t-on dit, élément de vie pour des myriades d'animaux — et pour moi ! »

Quand le capitaine Nemo parlait ainsi, il se transfigurait et provoquait en moi une extraordinaire émotion.

« Aussi, ajouta-t-il, là est la vraie existence ! Et je concevrais la fondation de villes nautiques, d'agglomérations de maisons sous-marines, qui, comme le *Nautilus*, reviendraient respirer chaque matin à la surface des mers, villes libres, s'il en fut, cités indépendantes ! Et encore, qui sait si quelque despote... »

Le capitaine Nemo acheva sa phrase par un geste violent. Puis, s'adressant directement à moi, comme pour chasser une pensée funeste :

« Monsieur Aronnax, me demanda-t-il, savez-vous quelle est la profondeur de l'océan ?

— Je sais, du moins, capitaine, ce que les principaux sondages nous ont appris.

— Pourriez-vous me les citer, afin que je les contrôle au besoin ?

— En voici quelques-uns, répondis-je, qui me reviennent à la mémoire. Si je ne me trompe, on a trouvé une profondeur moyenne de huit mille deux cents mètres dans l'Atlantique nord, et de deux mille cinq cents mètres dans la Méditerranée. Les plus remarquables sondes ont été faites dans l'Atlantique sud, près du trente-cinquième degré, et elles ont donné douze mille mètres, quatorze mille quatre-vingt-onze mètres, et quinze mille cent quarante-neuf mètres. En somme, on estime que si le fond de la mer était nivelé, sa profondeur moyenne serait de sept kilomètres environ.

— Bien, monsieur le professeur, répondit le capitaine Nemo, nous vous montrerons mieux que cela, je l'espère. Quant à la profondeur moyenne de cette partie du Pacifique, je vous apprendrai qu'elle est seulement de quatre mille mètres. »

Ceci dit, le capitaine Nemo se dirigea vers le panneau et disparut par l'échelle. Je le suivis, et je regagnai le grand salon. L'hélice se mit aussitôt en mouvement, et le loch accusa une vitesse de vingt milles à l'heure.

Pendant les jours, pendant les semaines qui s'écoulèrent, le capitaine Nemo fut très sobre de visites. Je ne le vis qu'à de rares intervalles. Son second faisait régulièrement le point que je trouvais reporté sur la carte, de telle sorte que je pouvais relever exactement la route du *Nautilus*.

Conseil et Land passaient de longues heures avec moi. Conseil avait raconté à son ami les merveilles de notre promenade, et le Canadien regrettait de ne nous avoir point accompagnés. Mais j'espérais que l'occasion se représenterait de visiter les forêts océaniennes.

Presque chaque jour, pendant quelques heures, les panneaux du salon s'ouvraient, et nos yeux ne se fatiguaient pas de pénétrer les mystères du monde sous-marin.

La direction générale du *Nautilus* était sud-est, et il se maintenait entre cent mètres et cent cinquante mètres de profondeur. Un jour, cependant, par je ne sais quel caprice, entraîné diagonalement au moyen de ses plans inclinés, il atteignit les couches d'eau situées par deux mille mètres. Le thermomètre indiquait une température de 4,25 centigrades, température qui, sous cette profondeur, paraît être commune à toutes les latitudes.

Le 26 novembre, à trois heures du matin, le *Nautilus* franchit le tropique du Cancer par 172° de longitude. Le 27, il passa en vue des Sandwich, où l'illustre Cook trouva la mort, le 14 février 1779. Nous avions alors fait quatre mille huit cent soixante lieues depuis notre point de départ. Le matin, lorsque j'arrivai sur la plate-forme, j'aperçus, à deux milles sous le vent, Hawaii, la plus considérable des sept îles qui forment cet archipel. Je distinguai nettement sa lisière cultivée, les diverses chaînes de montagnes qui courent parallèlement à la côte, et ses volcans que domine le Mauna-Kea, élevé de cinq mille mètres au-dessus du niveau de la mer. Entre autres échantillons de ces parages, les filets rapportèrent des flabellaires pavonées, polypes comprimés de forme gracieuse, et qui sont particuliers à cette partie de l'océan.

La direction du *Nautilus* se maintint au sud-est. Il coupa l'Equateur, le 1er décembre, par 142° de longitude, et le 4 du même mois, après une rapide traversée que ne signala aucun incident, nous eûmes connaissance du groupe des Marquises. J'aperçus à trois milles, par 8° 57' de latitude sud et 139° 32' de longitude ouest, la pointe Martin de Nouka-Hiva, la principale de ce groupe qui appartient à la France. Je vis seulement les montagnes boisées qui se dessinaient à l'horizon, car le capitaine Nemo n'aimait pas à rallier les terres. Là, les filets rapportèrent de beaux spécimens de poissons, des choryphènes aux nageoires azurées et à la queue d'or, dont la chair est sans rivale au monde, des hologymnoses à peu près dépourvus d'écailles, mais d'un goût exquis, des ostorhinques à mâchoire osseuse, des thasards jaunâtres qui valaient la bonite, tous poissons dignes d'être classés à l'office du bord.

Après avoir quitté ces îles charmantes protégées par le pavillon français, du 4 au 11 décembre, le *Nautilus* parcourut environ deux mille milles. Cette navigation fut marquée par la rencontre d'une immense troupe de calmars, curieux mollusques, très voisins de la seiche. Les pêcheurs français les désignent sous le nom d'encornets, et ils appartiennent à la classe des céphalopodes et à la famille des dibranchiaux, qui comprend avec eux les seiches et les argonautes. Ces animaux furent particulièrement étudiés par les naturalistes de l'Antiquité, et ils fournissaient de nombreuses métaphores aux orateurs de l'Agora, en même temps qu'un plat excellent à la table des riches citoyens, s'il faut en croire Athénée, médecin grec, qui vivait avant Gallien.

Ce fut pendant la nuit du 9 au 10 décembre, que le *Nautilus* rencontra cette armée de mollusques qui sont particulièrement nocturnes. On pouvait les compter par millions. Ils émigraient des zones tempérées vers les zones plus chaudes, en suivant l'itinéraire des harengs et des sardines. Nous les regardions à travers les épaisses vitres de cristal, nageant à reculons avec une extrême rapidité, se mouvant au moyen de leur tube locomoteur, poursuivant les poissons et les mollusques, mangeant les petits, mangés des gros, et agitant dans une confusion indescriptible les dix pieds que la nature leur a implantés sur la tête, comme une chevelure de serpents pneumatiques. Le *Nautilus,* malgré sa vitesse, navigua pendant plusieurs heures au milieu de cette troupe d'animaux, et ses filets en ramenèrent une innombrable quantité, où je reconnus les neuf espèces que d'Orbigny a classées pour l'océan Pacifique.

On le voit, pendant cette traversée, la mer prodiguait incessamment ses plus merveilleux spectacles. Elle les variait à l'infini. Elle changeait son décor et sa mise en scène pour le plaisir de nos yeux, et nous étions appelés non seulement à contempler les œuvres du Créateur au milieu de l'élément liquide, mais encore à pénétrer les plus redoutables mystères de l'océan.

Pendant la journée du 11 décembre, j'étais occupé à lire dans le grand salon. Ned Land et Conseil observaient les eaux lumineuses par les panneaux entrouverts. Le *Nautilus* était immobile. Ses réservoirs remplis, il se tenait à une profondeur de mille mètres, région peu habitée des océans, dans laquelle les gros poissons faisaient seuls de rares apparitions.

Je lisais en ce moment un livre charmant de Jean Macé, *Les Serviteurs de l'estomac,* et j'en savourais les leçons ingénieuses, lorsque Conseil interrompit ma lecture.

« Monsieur veut-il venir un instant ? me dit-il d'une voix singulière.

— Qu'y a-t-il donc, Conseil ?

— Que monsieur regarde. »

Je me levai, j'allai m'accouder devant la vitre, et je regardai.

En pleine lumière électrique, une énorme masse noirâtre, immobile, se tenait suspendue au milieu des eaux. Je l'observai attentivement, cherchant à reconnaître la nature de ce gigantesque cétacé. Mais une pensée traversa subitement mon esprit.

« Un navire ! m'écriai-je.

— Oui, répondit le Canadien, un bâtiment désemparé qui a coulé à pic ! »

Ned Land ne se trompait pas. Nous étions en présence

d'un navire, dont les haubans coupés pendaient encore à leurs cadènes. Sa coque paraissait être en bon état, et son naufrage datait au plus de quelques heures. Trois tronçons de mâts, rasés à deux pieds au-dessus du pont, indiquaient que ce navire engagé avait dû sacrifier sa mâture. Mais, couché sur le flanc, il s'était rempli, et il donnait encore la bande à bâbord. Triste spectacle que celui de cette carcasse perdue sous les flots, mais plus triste encore la vue de son pont où quelques cadavres, amarrés par des cordes, gisaient encore ! J'en comptai quatre — quatre hommes, dont l'un se tenait debout, au gouvernail — puis une femme, à demi sortie par la claire-voie de la dunette, et tenant un enfant dans ses bras. Cette femme était jeune. Je pus reconnaître, vivement éclairés par les feux du *Nautilus,* ses traits que l'eau n'avait pas encore décomposés. Dans un suprême effort, elle avait élevé au-dessus de sa tête son enfant, pauvre petit être dont les bras enlaçaient le cou de sa mère ! L'attitude des quatre marins me parut effrayante, tordus qu'ils étaient dans des mouvements convulsifs, et faisant un dernier effort pour s'arracher des cordes qui les liaient au navire. Seul, plus calme, la face nette et grave, ses cheveux grisonnants collés à son front, la main crispée à la roue du gouvernail, le timonier semblait encore conduire son trois-mâts naufragé à travers les profondeurs de l'océan !

Quelle scène ! Nous étions muets, le cœur palpitant, devant ce naufrage pris sur le fait, et, pour ainsi dire, photographié à sa dernière minute ! Et je voyais déjà s'avancer, l'œil en feu, d'énormes squales, attirés par cet appât de chair humaine !

Cependant le *Nautilus,* évoluant, tourna autour du navire submergé, et, un instant, je pus lire sur son tableau d'arrière :

Florida, Sunderland.

XIX
Vanikoro

Ce terrible spectacle inaugurait la série des catastrophes maritimes que le *Nautilus* devait rencontrer sur sa route. Depuis qu'il suivait des mers plus fréquentées, nous apercevions souvent des coques naufragées qui achevaient de pourrir entre deux eaux, et, plus profondément, des canons, des boulets, des ancres, des chaînes, et mille autres objets de fer, que la rouille dévorait.

Cependant, toujours entraînés par ce *Nautilus,* où nous vivions comme isolés, le 11 décembre, nous eûmes connaissance de l'archipel des Pomotou, ancien « groupe dangereux » de Bougainville, qui s'étend sur un espace de cinq cents lieues de l'est-sud-est à l'ouest-nord-ouest, entre 13° 30' et 23° 50' de latitude sud, et 125° 30' et 151° 30' de longitude ouest, depuis l'île Ducie jusqu'à l'île Lazareff. Cet archipel couvre une superficie de trois cent soixante-dix lieues carrées, et il est formé d'une soixantaine de groupes d'îles, parmi lesquels on remarque le groupe Gambier, auquel la France a imposé son protectorat. Ces îles sont coralligènes. Un soulèvement lent, mais continu, provoqué par le travail des polypes, les reliera un jour entre elles. Puis, cette nouvelle île se soudera plus tard aux archipels voisins, et un cinquième continent s'étendra depuis la Nouvelle-Zélande et la Nouvelle-Calédonie jusqu'aux Marquises.

Le jour où je développai cette théorie devant le capitaine Nemo, il me répondit froidement :

« Ce ne sont pas de nouveaux continents qu'il faut à la terre, mais de nouveaux hommes ! »

Les hasards de sa navigation avaient précisément conduit le *Nautilus* vers l'île Clermont-Tonnerre, l'une des plus curieuses du groupe, qui fut découvert en 1822, par le capitaine Bell, de *La Minerve.* Je pus alors étudier ce

FLORIDA

système madréporique auquel sont dues les îles de cet océan.

Les madrépores, qu'il faut se garder de confondre avec les coraux, ont un tissu revêtu d'un encroûtement calcaire, et les modifications de sa structure ont amené M. Milne-Edwards, mon illustre maître, à les classer en cinq sections. Les petits animalcules qui sécrètent ce polypier vivent par milliards au fond de leurs cellules. Ce sont leurs dépôts calcaires qui deviennent rochers, récifs, îlots, îles. Ici, ils forment un anneau circulaire, entourant un lagon ou petit lac intérieur, que des brèches mettent en communication avec la mer. Là, ils figurent des barrières de récifs semblables à celles qui existent sur les côtes de la Nouvelle-Calédonie et de diverses îles des Pomotou. En d'autres endroits, comme à la Réunion et à Maurice, ils élèvent des récifs frangés, hautes murailles droites, près desquelles les profondeurs de l'océan sont considérables.

En prolongeant à quelques encablures seulement les accores de l'île Clermont-Tonnerre, j'admirai l'ouvrage gigantesque, accompli par ces travailleurs microscopiques. Ces murailles étaient spécialement l'œuvre des madréporaires désignés par les noms de millepores, de porites, d'astrées et de méandrines. Ces polypes se développent particulièrement dans les couches agitées de la surface de la mer, et par conséquent, c'est par leur partie supérieure qu'ils commencent ces substructions, lesquelles s'enfoncent peu à peu avec les débris de sécrétions qui les supportent. Telle est, du moins, la théorie de M. Darwin, qui explique ainsi la formation des atolls — théorie supérieure, selon moi, à celle qui donne pour base aux travaux madréporiques des sommets de montagnes ou de volcans, immergés à quelques pieds au-dessous du niveau de la mer.

Je pus observer de très près ces curieuses murailles, car, à leur aplomb, la sonde accusait plus de trois cents mètres de profondeur, et nos nappes électriques faisaient étinceler ce brillant calcaire.

Répondant à une question que me posa Conseil, sur la durée d'accroissement de ces barrières colossales, je l'étonnai beaucoup en lui disant que les savants portaient cet accroissement à un huitième de pouce par siècle.

« Donc, pour élever ces murailles, me dit-il, il a fallu ?...

— Cent quatre-vingt-douze mille ans, mon brave Conseil, ce qui allonge singulièrement les jours bibliques. D'ailleurs, la formation de la houille, c'est-à-dire la minéralisation des forêts enlisées par les déluges, a exigé un temps beaucoup plus considérable. Mais j'ajouterai que les jours de la Bible ne sont que des époques et non l'intervalle qui s'écoule entre deux levers de soleil, car, d'après la Bible elle-même, le soleil ne date pas du premier jour de la création. »

Lorsque le *Nautilus* revint à la surface de l'océan, je pus embrasser dans tout son développement cette île de Clermont-Tonnerre, basse et boisée. Ses roches madréporiques furent évidemment fertilisées par les trombes et les tempêtes. Un jour, quelque graine, enlevée par l'ouragan aux terres voisines, tomba sur les couches calcaires, mêlées des détritus décomposés de poissons et de plantes marines qui formèrent l'humus végétal. Une noix de coco, poussée par les lames, arriva sur cette côte nouvelle. Le germe prit racine. L'arbre, grandissant, arrêta la vapeur d'eau. Le ruisseau naquit. La végétation gagna peu à peu. Quelques animalcules, des vers, des insectes, abordèrent sur des troncs arrachés aux îles du vent. Les tortues vinrent pondre leurs œufs. Les oiseaux nichèrent dans les jeunes arbres. De cette façon, la vie animale se développa, et attiré par la verdure et la fertilité, l'homme apparut. Ainsi se formèrent ces îles, œuvres immenses d'animaux microscopiques.

Vers le soir, Clermont-Tonnerre se fondit dans l'éloignement, et la route du *Nautilus* se modifia d'une manière sensible. Après avoir touché le tropique du Capricorne par le cent trente-cinquième degré de longitude, il se dirigea vers l'ouest-nord-ouest, remontant toute la zone intertropicale. Quoique le soleil de l'été fût prodigue de ses rayons, nous ne souffrions aucunement de la chaleur, car à trente ou quarante mètres au-dessous de l'eau, la température ne s'élevait pas au-dessus de dix à douze degrés.

Le 15 décembre, nous laissions dans l'est le séduisant archipel de la Société, et la gracieuse Tahiti, la reine du Pacifique. J'aperçus le matin, à quelques milles sous le vent, les sommets élevés de cette île. Ses eaux fournirent aux tables du bord d'excellents poissons, des maquereaux, des bonites, des albicores, et des variétés d'un serpent de mer nommé munérophis.

Le *Nautilus* avait franchi huit mille cent milles. Neuf mille sept cent vingt milles étaient relevés au loch, lorsqu'il passa entre l'archipel de Tonga-Tabou, où périrent les équipages de l'*Argo,* du *Port-au-Prince* et du *Duke of Portland,* et l'archipel des Navigateurs, où fut tué le capitaine de Langle, l'ami de La Pérouse. Puis, il eut connaissance de l'archipel Viti, où les sauvages massacrèrent les matelots de l'*Union* et le capitaine Bureau, de Nantes, commandant l'*Aimable Joséphine.*

Cet archipel qui se prolonge sur une étendue de cent lieues du nord au sud, et sur quatre-vingt-dix lieues de l'est à l'ouest, est compris entre 6° et 2° de latitude sud, et 174° et 179° de longitude est. Il se compose d'un certain nombre d'îles, d'îlots et d'écueils, parmi lesquels on remarque les îles de Viti-Levou, de Vanoua-Levou et de Kandubon.

Ce fut Tasman qui découvrit ce groupe en 1643, l'année même où Torricelli inventait le baromètre, et où Louis XIV montait sur le trône. Je laisse à penser lequel de ces faits fut le plus utile à l'humanité. Vinrent ensuite Cook en 1773, d'Entrecasteaux en 1793, et enfin Dumont d'Urville, en 1827, débrouilla tout le chaos géographique de cet archipel. Le *Nautilus* s'approcha de la baie de Wailea, théâtre des terribles aventures de ce capitaine Dillon, qui, le premier, éclaira le mystère du naufrage de La Pérouse.

Cette baie, draguée à plusieurs reprises, fournit abondamment des huîtres excellentes. Nous en mangeâmes immodérément, après les avoir ouvertes sur notre table même, suivant le précepte de Sénèque. Ces mollusques appartenaient à l'espèce connue sous le nom d'*ostrea lamellosa,* qui est très commune en Corse. Ce banc de Wailea devait être considérable, et, certainement, sans des causes multiples de destruction, ces agglomérations finiraient par combler les baies, puisque l'on compte jusqu'à deux millions d'œufs dans un seul individu.

Et si maître Ned Land n'eut pas à se repentir de sa gloutonnerie en cette circonstance, c'est que l'huître est le seul mets qui ne provoque jamais d'indigestion. En effet, il ne faut pas moins de seize douzaines de ces mollusques acéphales pour fournir les trois cent quinze grammes de substance azotée, nécessaires à la nourriture quotidienne d'un seul homme.

Le 25 décembre, le *Nautilus* naviguait au milieu de l'archipel des Nouvelles-Hébrides, que Quiros découvrit en 1606, que Bougainville explora en 1768, et auquel Cook donna son nom actuel en 1773. Ce groupe se compose principalement de neuf grandes îles, et forme une bande de cent vingt lieues du nord-nord-ouest au sud-sud-est comprise entre 15° et 2° de latitude sud, et entre 164° et 168° de longitude. Nous passâmes assez près de l'île d'Aurou, qui, au moment des observations de midi, m'apparut comme une masse de bois verts, dominée par un pic d'une grande hauteur.

Ce jour-là, c'était Noël, et Ned Land me sembla regretter vivement la célébration du « Christmas », la véritable fête de la famille, dont les protestants sont fanatiques.

Je n'avais pas aperçu le capitaine Nemo depuis une huitaine de jours, quand le 27, au matin, il entra dans le grand salon, ayant toujours l'air d'un homme qui vous a quitté depuis cinq minutes. J'étais occupé à reconnaître sur le planisphère la route du *Nautilus*. Le capitaine s'approcha, posa un doigt sur un point de la carte, et prononça ce seul mot :

« Vanikoro. »

Ce nom fut magique. C'était le nom des îlots sur lesquels vinrent se perdre les vaisseaux de La Pérouse. Je me relevai subitement.

« Le *Nautilus* nous porte à Vanikoro ? demandai-je.

— Oui, monsieur le professeur, répondit le capitaine.

— Et je pourrai visiter ces îles célèbres où se brisèrent *La Boussole* et *L'Astrolabe ?*

— Si cela vous plaît, monsieur le professeur.

— Quand serons-nous à Vanikoro ?

— Nous y sommes, monsieur le professeur. »

Suivi du capitaine Nemo, je montai sur la plate-forme, et de là, mes regards parcoururent avidement l'horizon.

Dans le nord-est émergeaient deux îles volcaniques d'inégale grandeur, entourées d'un récif de coraux qui mesurait quarante milles de circuit. Nous étions en présence de l'île de Vanikoro proprement dite, à laquelle Dumont d'Urville imposa le nom d'île de la Recherche, et précisément devant le petit havre de Vanou, situé par 16° 4' de latitude sud, et 164° 32' de longitude est. Les terres semblaient recouvertes de verdure depuis la plage jusqu'aux sommets de l'intérieur, que dominait le mont Kapogo, haut de quatre cent soixante-seize toises.

Le *Nautilus,* après avoir franchi la ceinture extérieure de roches par une étroite passe, se trouva en dedans des brisants, où la mer avait une profondeur de trente à quarante brasses. Sous le verdoyant ombrage des palétuviers, j'aperçus quelques sauvages qui montrèrent une extrême surprise à notre approche. Dans ce long corps noirâtre, s'avançant à fleur d'eau, ne voyaient-ils pas quelque cétacé formidable dont ils devaient se défier ?

En ce moment, le capitaine Nemo me demanda ce que je savais du naufrage de La Pérouse.

« Ce que tout le monde en sait, capitaine, lui répondis-je.

— Et pourriez-vous m'apprendre ce que tout le monde en sait ? me demanda-t-il d'un ton un peu ironique.

— Très facilement. »

Je lui racontai ce que les derniers travaux de Dumont

d'Urville avaient fait connaître, travaux dont voici le résumé très succinct.

La Pérouse et son second, le capitaine de Langle, furent envoyés par Louis XVI, en 1785, pour accomplir un voyage de circumnavigation. Ils montaient les corvettes *La Boussole* et *L'Astrolabe,* qui ne reparurent plus.

En 1791, le gouvernement français, justement inquiet du sort des deux corvettes, arma deux grandes flûtes, *La Recherche* et *L'Espérance,* qui quittèrent Brest, le 28 septembre, sous les ordres de Bruni d'Entrecasteaux. Deux mois après, on apprenait par la déposition d'un certain Bowen, commandant l'*Albermale,* que des débris de navires naufragés avaient été vus sur les côtes de la Nouvelle-Géorgie. Mais d'Entrecasteaux, ignorant cette communication — assez incertaine, d'ailleurs —, se dirigea vers les îles de l'Amirauté, désignées dans un rapport du capitaine Hunter comme étant le lieu du naufrage de La Pérouse.

Ses recherches furent vaines. *L'Espérance* et *La Recherche* passèrent même devant Vanikoro sans s'y arrêter, et, en somme, ce voyage fut très malheureux, car il coûta la vie à d'Entrecasteaux, à deux de ses seconds et à plusieurs marins de son équipage.

Ce fut un vieux routier du Pacifique, le capitaine Dillon, qui, le premier, retrouva des traces indiscutables des naufragés. Le 15 mai 1824, son navire, le *Saint-Patrick,* passa près de l'île de Tikopia, l'une des Nouvelles-Hébrides. Là, un lascar, l'ayant accosté dans une pirogue, lui vendit une poignée d'épée en argent qui portait l'empreinte de caractères gravés au burin. Ce lascar prétendait, en outre, que, six ans auparavant, pendant un séjour à Vanikoro, il avait vu deux Européens qui appartenaient à des navires échoués depuis de longues années sur les récifs de l'île.

Dillon devina qu'il s'agissait des navires de La Pérouse, dont la disparition avait ému le monde entier. Il voulut gagner Vanikoro, où, suivant le lascar, se trouvaient de nombreux débris du naufrage ; mais les vents et les courants l'en empêchèrent.

Dillon revint à Calcutta. Là, il sut intéresser à sa découverte la Société asiatique et la Compagnie des Indes. Un navire, auquel on donna le nom de *La Recherche,* fut mis à sa disposition, et il partit, le 23 janvier 1827, accompagné d'un agent français.

La Recherche, après avoir relâché sur plusieurs points du Pacifique, mouilla devant Vanikoro, le 7 juillet 1827, dans ce même havre de Vanou, où le *Nautilus* flottait en ce moment.

Là, il recueillit de nombreux restes du naufrage, des ustensiles de fer, des ancres, des estropes de poulies, des pierriers, un boulet de dix-huit, des débris d'instruments d'astronomie, un morceau de couronnement, et une cloche en bronze portant cette inscription : « *Bazin m'a fait* », marque de la fonderie de l'Arsenal de Brest vers 1785. Le doute n'était donc plus possible.

Dillon, complétant ses renseignements, resta sur le lieu du sinistre jusqu'au mois d'octobre. Puis, il quitta Vanikoro, se dirigea vers la Nouvelle-Zélande, mouilla à Calcutta, le 7 avril 1828, et revint en France, où il fut très sympathiquement accueilli par Charles X.

Mais, à ce moment, Dumont d'Urville, sans avoir eu connaissance des travaux de Dillon, était déjà parti pour chercher ailleurs le théâtre du naufrage. Et, en effet, on avait appris par les rapports d'un baleinier que des médailles et une croix de Saint-Louis se trouvaient entre les mains des sauvages de la Louisiade et de la Nouvelle-Calédonie.

Dumont d'Urville, commandant *L'Astrolabe,* avait donc pris la mer, et, deux mois après que Dillon venait de quitter Vanikoro, il mouillait devant Hobart Town. Là, il avait connaissance des résultats obtenus par Dillon, et, de plus, il apprenait qu'un certain James Hobbs, second de l'*Union,* de Calcutta, ayant pris terre sur une île située par 8° 18' de latitude sud et 156° 30' de longitude est, avait remarqué des barres de fer et des étoffes rouges dont se servaient les naturels de ces parages.

Dumont d'Urville, assez perplexe, et ne sachant s'il devait ajouter foi à ces récits rapportés par des journaux peu dignes de confiance, se décida cependant à se lancer sur les traces de Dillon.

Le 10 février 1828, *L'Astrolabe* se présenta devant Tikopia, prit pour guide et interprète un déserteur fixé sur cette île, fit route vers Vanikoro, en eut connaissance le 12 février, prolongea ses récifs jusqu'au 14, et, le 20 seulement, mouilla au-dedans de la barrière, dans le havre de Vanou.

Le 23, plusieurs des officiers firent le tour de l'île, et rapportèrent quelques débris peu importants. Les naturels, adoptant un système de dénégations et de faux-fuyants, refusaient de les mener sur le lieu du sinistre. Cette conduite, très louche, laissa croire qu'ils avaient maltraité les naufragés, et, en effet, ils semblaient craindre que Dumont d'Urville ne fût venu venger La Pérouse et ses infortunés compagnons.

Cependant, le 26, décidés par des présents, et comprenant qu'ils n'avaient à craindre aucune représaille, ils conduisirent le second, M. Jacquinot, sur le théâtre du naufrage.

Là, par trois ou quatre brasses d'eau, entre les récifs Pacou et Vanou, gisaient des ancres, des canons, des saumons de fer et de plomb, empâtés dans les concrétions calcaires. La chaloupe et la baleinière de *L'Astrolabe* furent dirigées vers cet endroit, et, non sans de longues fatigues, leurs équipages parvinrent à retirer une ancre pesant dix-huit cents livres, un canon de huit en fonte, un saumon de plomb et deux pierriers de cuivre.

Dumont d'Urville, interrogeant les naturels, apprit aussi que La Pérouse, après avoir perdu ses deux navires sur les récifs de l'île, avait construit un bâtiment plus petit, pour aller se perdre une seconde fois... Où ? On ne savait.

Le commandant de *L'Astrolabe* fit alors élever, sous

une touffe de mangliers, un cénotaphe à la mémoire du célèbre navigateur et de ses compagnons. Ce fut une simple pyramide quadrangulaire, assise sur une base de coraux, et dans laquelle n'entra aucune ferrure qui pût tenter la cupidité des naturels.

Puis, Dumont d'Urville voulut partir ; mais ses équipages étaient minés par les fièvres de ces côtes malsaines, et très malade lui-même, il ne put appareiller que le 17 mars.

Cependant, le gouvernement français, craignant que Dumont d'Urville ne fût pas au courant des travaux de Dillon, avait envoyé à Vanikoro la corvette la *Bayonnaise,* commandée par Legoarant de Tromelin, qui était en station sur la côte ouest de l'Amérique. La *Bayonnaise* mouilla devant Vanikoro, quelques mois après le départ de *L'Astrolabe,* ne trouva aucun document nouveau, mais constata que les sauvages avaient respecté le mausolée de La Pérouse.

Telle est la substance du récit que je fis au capitaine Nemo.

« Ainsi, me dit-il, on ne sait encore où est allé périr ce troisième navire construit par les naufragés sur l'île de Vanikoro ?

— On ne sait. »

Le capitaine Nemo ne répondit rien, et me fit signe de le suivre au grand salon. Le *Nautilus* s'enfonça de quelques mètres au-dessous des flots, et les panneaux s'ouvrirent.

Je me précipitai vers la vitre, et sous les empâtements de coraux, revêtus de fongies, de syphonules, d'alcyons, de cariophyllées, à travers des myriades de poissons charmants, des girelles, des glyphisidons, des pomphérides, des diacopes, des holocentres, je reconnus certains débris que les dragues n'avaient pu arracher, des étriers de fer, des ancres, des canons, des boulets, une garniture de cabestan, une étrave, tous objets provenant des navires naufragés et maintenant tapissés de fleurs vivantes.

Et pendant que je regardais ces épaves désolées, le capitaine Nemo me dit d'une voix grave :

« Le commandant La Pérouse partit le 7 décembre 1785 avec ses navires *La Boussole* et *L'Astrolabe*. Il mouilla d'abord à Botany Bay, visita l'archipel des Amis, la Nouvelle-Calédonie, se dirigea vers Santa Cruz et relâcha à Namouka, l'une des îles du groupe Hapaï. Puis, ses navires arrivèrent sur les récifs inconnus de Vanikoro. *La Boussole,* qui marchait en avant, s'engagea sur la côte méridionale. *L'Astrolabe* vint à son secours et s'échoua de même. Le premier navire se détruisit presque immédiatement. Le second, engravé sous le vent, résista quelques jours. Les naturels firent assez bon accueil aux naufragés. Ceux-ci s'installèrent dans l'île, et construisirent un bâtiment plus petit avec les débris des deux grands. Quelques matelots restèrent volontairement à Vanikoro. Les autres, affaiblis, malades, partirent avec La Pérouse. Ils se dirigèrent vers les îles Salomon, et ils périrent, corps et biens, sur la côte occidentale de l'île principale du groupe, entre les caps Déception et Satisfaction !

— Et comment le savez-vous ? m'écriai-je.

— Voici ce que j'ai trouvé sur le lieu même de ce dernier naufrage ! »

Le capitaine Nemo me montra une boîte de fer-blanc, estampillée aux armes de France, et toute corrodée par les eaux salines. Il l'ouvrit, et je vis une liasse de papiers jaunis, mais encore lisibles.

C'étaient les instructions mêmes du ministre de la Marine au commandant La Pérouse, annotées en marge de la main de Louis XVI !

« Ah ! c'est une belle mort pour un marin ! dit alors le capitaine Nemo. C'est une tranquille tombe que cette tombe de corail, et fasse le Ciel que, mes compagnons et moi, nous n'en ayons jamais d'autre ! »

XX
Le détroit de Torrès

Pendant la nuit du 27 au 28 décembre, le *Nautilus* abandonna les parages de Vanikoro avec une vitesse excessive. Sa direction était sud-ouest, et, en trois jours, il franchit les sept cent cinquante lieues qui séparent le groupe de La Pérouse de la pointe sud-est de la Papouasie.

Le 1er janvier 1868, de grand matin, Conseil me rejoignit sur la plate-forme.

« Monsieur, me dit ce brave garçon, monsieur me permettra-t-il de lui souhaiter une bonne année ?

— Comment donc, Conseil, mais exactement comme si j'étais à Paris, dans mon cabinet du Jardin des Plantes. J'accepte tes vœux et je t'en remercie. Seulement, je te demanderai ce que tu entends par « une bonne année », dans les circonstances où nous nous trouvons. Est-ce l'année qui amènera la fin de notre emprisonnement, ou l'année qui verra se continuer cet étrange voyage ?

— Ma foi, répondit Conseil, je ne sais trop que dire à monsieur. Il est certain que nous voyons de curieuses choses, et que, depuis deux mois, nous n'avons pas eu le temps de nous ennuyer. La dernière merveille est toujours la plus étonnante, et si cette progression se maintient, je ne sais pas comment cela finira. M'est avis que nous ne retrouverons jamais une occasion semblable.

— Jamais, Conseil.

— En outre, monsieur Nemo, qui justifie bien son nom latin, n'est pas plus gênant que s'il n'existait pas.

— Comme tu le dis, Conseil.

— Je pense donc, n'en déplaise à monsieur, qu'une bonne année serait une année qui nous permettrait de tout voir...

— De tout voir, Conseil ? Ce serait peut-être long. Mais qu'en pense Ned Land ?

— Ned Land pense exactement le contraire de moi, répondit Conseil. C'est un esprit positif et un estomac impérieux. Regarder les poissons et toujours en manger ne lui suffit pas. Le manque de vin, de pain, de viande, cela ne convient guère à un digne Saxon auquel les biftecks sont familiers, et que le brandy ou le gin, pris dans une proportion modérée, n'effraient guère !

— Pour mon compte, Conseil, ce n'est point là ce qui me tourmente, et je m'accommode très bien du régime du bord.

— Moi de même, répondit Conseil. Aussi je pense autant à rester que maître Land à prendre la fuite. Donc, si l'année qui commence n'est pas bonne pour moi, elle le sera pour lui, et réciproquement. De cette façon, il y aura toujours quelqu'un de satisfait. Enfin, pour conclure, je souhaite à monsieur ce qui fera plaisir à monsieur.

— Merci, Conseil. Seulement je te demanderai de remettre à plus tard la question des étrennes, et de les remplacer provisoirement par une bonne poignée de main. Je n'ai que cela sur moi.

— Monsieur n'a jamais été si généreux », répondit Conseil.

Et là-dessus, le brave garçon s'en alla.

Le 2 janvier, nous avions fait onze mille trois cent quarante milles, soit cinq mille deux cent cinquante lieues, depuis notre point de départ dans les mers du Japon. Devant l'éperon du *Nautilus* s'étendaient les dangereux parages de la mer de Corail, sur la côte nord-est de l'Australie. Notre bateau prolongeait à une distance de quelques milles ce redoutable banc sur lequel les navires de Cook faillirent se perdre, le 10 juin 1770. Le bâtiment que montait Cook donna sur un roc, et s'il ne coula pas, ce fut grâce à cette circonstance que le morceau de corail, détaché au choc, resta engagé dans la coque entrouverte.

J'aurais vivement souhaité de visiter ce récif long de

trois cent soixante lieues, contre lequel la mer, toujours houleuse, se brisait avec une intensité formidable et comparable aux roulements du tonnerre. Mais en ce moment, les plans inclinés du *Nautilus* nous entraînaient à une grande profondeur, et je ne pus rien voir de ces hautes murailles coralligènes. Je dus me contenter des divers échantillons de poissons rapportés par nos filets. Je remarquai, entre autres, des germons, espèces de scombres grands comme des thons, aux flancs bleuâtres, et rayés de bandes transversales qui disparaissent avec la vie de l'animal. Ces poissons nous accompagnaient par troupes et fournirent à notre table une chair excessivement délicate. On prit aussi un grand nombre de spares vertors, longs d'un demi-décimètre, ayant le goût de la dorade, et des pyrapèdes volants, véritables hirondelles sous-marines, qui, par les nuits obscures, raient alternativement les airs et les eaux de leurs lueurs phosphorescentes. Parmi les mollusques et les zoophytes, je trouvai dans les mailles du chalut diverses espèces d'alcyonaires, des oursins, des marteaux, des éperons, des cadrans, des cérites, des hyalles. La flore était représentée par de belles algues flottantes, des laminaires et des macrocystes, imprégnées du mucilage qui transsudait à travers leurs pores, et parmi lesquelles je recueillis une admirable *Nemastoma geliniaroïde,* qui fut classée parmi les curiosités naturelles du musée.

Deux jours après avoir traversé la mer de Corail, le 4 janvier, nous eûmes connaissance des côtes de la Papouasie. A cette occasion, le capitaine Nemo m'apprit que son intention était de gagner l'océan Indien par le détroit de Torrès. Sa communication se borna là. Ned vit avec plaisir que cette route le rapprochait des mers européennes.

Ce détroit de Torrès est regardé comme non moins dangereux par les écueils qui le hérissent que par les sauvages habitants qui fréquentent ses côtes. Il sépare de la Nouvelle-Hollande la grande île de la Papouasie, nommée aussi Nouvelle-Guinée.

La Papouasie a quatre cents lieues de long sur cent trente lieues de large, et une superficie de quarante mille lieues géographiques. Elle est située, en latitude, entre 0° 19' et 10° 2' sud, et, en longitude, entre 128° 23' et 146° 15'. A midi, pendant que le second prenait la hauteur du soleil, j'aperçus les sommets des monts Arfalxs, élevés par plans et terminés par des pitons aigus.

Cette terre, découverte en 1511 par le Portugais Francisco Serrano, fut visitée successivement par don José de Menesès en 1526, par Grijalva en 1527, par le général espagnol Alvar de Saavedra en 1528, par Juigo Ortez en 1545, par le Hollandais Shouten en 1616, par Nicolas Sruick en 1753, par Tasman, Dampier, Fumel, Carteret, Edwards, Bougainville, Cook, Forrest, Mac Cluer, par d'Entrecasteaux en 1792, par Duperrey en 1823, et par Dumont d'Urville en 1827. « C'est le foyer des Noirs qui occupent toute la Malaisie », a dit M. de Rienzi, et je ne me doutais guère que les hasards de cette navigation allaient me mettre en présence des redoutables Andamènes.

Le *Nautilus* se présenta donc à l'entrée du plus dangereux détroit du globe, de celui que les plus hardis navigateurs osent à peine franchir, détroit que Louis Paz de Torrès affronta en revenant des mers du Sud dans la Mélanésie, et dans lequel, en 1840, les corvettes échouées de Dumont d'Urville furent sur le point de se perdre corps et biens. Le *Nautilus* lui-même, supérieur à tous les dangers de la mer, allait, cependant, faire connaissance avec les récifs coralliens.

Le détroit de Torrès a environ trente-quatre lieues de large, mais il est obstrué par une innombrable quantité d'îles, d'îlots, de brisants, de rochers, qui rendent sa navigation presque impraticable. En conséquence, le capitaine Nemo prit toutes les précautions voulues pour le traverser. Le *Nautilus*, flottant à fleur d'eau, s'avançait sous une allure modérée. Son hélice, comme une queue de cétacé, battait les flots avec lenteur.

Profitant de cette situation, mes deux compagnons et

moi, nous avions pris place sur la plate-forme toujours déserte. Devant nous s'élevait la cage du timonier, et je me trompe fort, ou le capitaine Nemo devait être là, dirigeant lui-même son *Nautilus*.

J'avais sous les yeux les excellentes cartes du détroit de Torrès levées et dressées par l'ingénieur hydrographe Vincendon Dumoulin et l'enseigne de vaisseau Coupvent-Desbois — maintenant amiral — qui faisaient partie de l'état-major de Dumont d'Urville pendant son dernier voyage de circumnavigation. Ce sont, avec celles du capitaine King, les meilleures cartes qui débrouillent l'imbroglio de cet étroit passage, et je les consultais avec une scrupuleuse attention.

Autour du *Nautilus* la mer bouillonnait avec furie. Le courant des flots, qui portait du sud-est ou nord-ouest avec une vitesse de deux milles et demi, se brisait sur les coraux dont la tête émergeait çà et là.

« Voilà une mauvaise mer ! me dit Ned Land.

— Détestable, en effet, répondis-je, et qui ne convient guère à un bâtiment comme le *Nautilus*.

— Il faut, reprit le Canadien, que ce damné capitaine soit bien certain de sa route, car je vois là des pâtés de coraux qui mettraient sa coque en mille pièces, si elle les effleurait seulement ! »

En effet, la situation était périlleuse, mais le *Nautilus* semblait se glisser comme par enchantement au milieu de ces furieux écueils. Il ne suivait pas exactement la route de *L'Astrolabe* et de *La Zélée* qui fut fatale à Dumont d'Urville. Il prit plus au nord, rangea l'île Murray, et revint au sud-ouest, vers le passage de Cumberland. Je croyais qu'il allait y donner franchement, quand, remontant dans le nord-ouest, il se porta, à travers une grande quantité d'îles et d'îlots peu connus, vers l'île Tound et le canal Maüvais.

Je me demandais déjà si le capitaine Nemo, imprudent jusqu'à la folie, voulait engager son navire dans cette passe où touchèrent les deux corvettes de Dumont d'Urville, quand, modifiant une seconde fois sa direction et coupant droit à l'ouest, il se dirigea vers l'île Gueboroar.

Il était alors trois heures après midi. Le flot se cassait, la marée étant presque pleine. Le *Nautilus* s'approcha de cette île que je vois encore avec sa remarquable lisière de pendanus. Nous la rangions à moins de deux milles.

Soudain, un choc me renversa. Le *Nautilus* venait de toucher contre un écueil, et il demeura immobile, donnant une légère gîte sur bâbord.

Quand je me relevai, j'aperçus sur la plate-forme le capitaine Nemo et son second. Ils examinaient la situation du navire, échangeant quelques mots dans leur incompréhensible idiome.

Voici quelle était cette situation. A deux milles, par tribord, apparaissait l'île Gueboroar dont la côte s'arrondissait du nord à l'ouest, comme un immense bras. Vers le sud et l'est se montraient déjà quelques têtes de coraux que le jusant laissait à découvert. Nous nous étions échoués au plein, et dans une de ces mers où les marées sont médiocres, circonstance fâcheuse pour le renflouage du *Nautilus*. Cependant, le navire n'avait aucunement souffert, tant sa coque était solidement liée. Mais s'il ne pouvait ni couler, ni s'ouvrir, il risquait fort d'être à jamais attaché sur ces écueils, et alors c'en était fait de l'appareil sous-marin du capitaine Nemo.

Je réfléchissais ainsi, quand le capitaine, froid et calme, toujours maître de lui, ne paraissant ni ému ni contrarié, s'approcha :

« Un accident ? lui dis-je.

— Non, un incident, me répondit-il.

— Mais un incident, répliquai-je, qui vous obligera peut-être à redevenir un habitant de ces terres que vous fuyez ! »

Le capitaine Nemo me regarda d'un air singulier, et fit un geste négatif. C'était me dire assez clairement que rien ne le forcerait jamais à remettre les pieds sur un continent. Puis il dit :

« D'ailleurs, monsieur Aronnax, le *Nautilus* n'est pas en perdition. Il vous transportera encore au milieu des merveilles de l'océan. Notre voyage ne fait que commencer, et je ne désire pas me priver si vite de l'honneur de votre compagnie.

— Cependant, capitaine Nemo, repris-je sans relever la tournure ironique de cette phrase, le *Nautilus* s'est échoué au moment de la pleine mer. Or, les marées ne sont pas fortes dans le Pacifique, et, si vous ne pouvez délester le *Nautilus* — ce qui me paraît impossible —, je ne vois pas comment il sera renfloué.

— Les marées ne sont pas fortes dans le Pacifique, vous avez raison, monsieur le professeur, répondit le capitaine Nemo, mais, au détroit de Torrès, on trouve encore une différence d'un mètre et demi entre le niveau des hautes et basses mers. C'est aujourd'hui le 4 janvier, et dans cinq jours la pleine lune. Or, je serai bien étonné si ce complaisant satellite ne soulève pas suffisamment ces masses d'eau, et ne me rend pas un service que je ne veux devoir qu'à lui seul. »

Ceci dit, le capitaine Nemo, suivi de son second, redescendit à l'intérieur du *Nautilus*. Quant au bâtiment, il ne bougeait plus et demeurait immobile, comme si les polypes coralliens l'eussent déjà maçonné dans leur indestructible ciment.

« Eh bien ! monsieur ? me dit Ned Land, qui vint à moi après le départ du capitaine.

— Eh bien ! ami Ned, nous attendrons tranquillement la marée du 9, car il paraît que la lune aura la complaisance de nous remettre à flot.

— Tout simplement ?

— Tout simplement.

— Et ce capitaine ne va pas mouiller ses ancres au large, mettre sa machine sur ses chaînes, et tout faire pour se déhaler ?

— Puisque la marée suffira ! » répondit simplement Conseil.

Le Canadien regarda Conseil, puis il haussa les épaules. C'était le marin qui parlait en lui.

« Monsieur, répliqua-t-il, vous pouvez me croire quand je vous dis que ce morceau de fer ne naviguera plus jamais ni sur ni sous les mers. Il n'est bon qu'à vendre au poids. Je pense donc que le moment est venu de fausser compagnie au capitaine Nemo.

— Ami Ned, répondis-je, je ne désespère pas comme vous de ce vaillant *Nautilus,* et dans quatre jours nous saurons à quoi nous en tenir sur les marées du Pacifique. D'ailleurs, le conseil de fuir pourrait être opportun si nous étions en vue des côtes de l'Angleterre ou de la Provence, mais dans les parages de la Papouasie, c'est autre chose, et il sera toujours temps d'en venir à cette extrémité, si le *Nautilus* ne parvient pas à se relever, ce que je regarderais comme un événement grave.

— Mais ne saurait-on tâter, au moins, de ce terrain ? reprit Ned Land. Voilà une île. Sur cette île, il y a des arbres. Sous ces arbres, des animaux terrestres, des porteurs de côtelettes et de rosbifs, auxquels je donnerais volontiers quelques coups de dent.

— Ici, l'ami Ned a raison, dit Conseil, et je me range à son avis. Monsieur ne pourrait-il obtenir de son ami le capitaine Nemo de nous transporter à terre, ne fût-ce que pour ne pas perdre l'habitude de fouler du pied les parties solides de notre planète ?

— Je peux le lui demander, répondis-je, mais il refusera.

— Que monsieur se risque, dit Conseil, et nous saurons à quoi nous en tenir sur l'amabilité du capitaine. »

A ma grande surprise, le capitaine Nemo m'accorda la permission que je lui demandais, et il le fit avec beaucoup de grâce et d'empressement, sans même avoir exigé de moi la promesse de revenir à bord. Mais une fuite à travers les terres de la Nouvelle-Guinée eût été très périlleuse, et je n'aurais pas conseillé à Ned Land de la tenter. Mieux valait être prisonnier à bord du *Nautilus,* que de tomber entre les mains des naturels de la Papouasie.

Le canot fut mis à notre disposition pour le lendemain matin. Je ne cherchai pas à savoir si le capitaine Nemo nous accompagnerait. Je pensai même qu'aucun homme de l'équipage ne nous serait donné, et que Ned Land serait seul chargé de diriger l'embarcation. D'ailleurs, la terre se trouvait à deux milles au plus, et ce n'était qu'un jeu pour le Canadien de conduire ce léger canot entre les lignes de récifs si fatales aux grands navires.

Le lendemain, 5 janvier, le canot, déponté, fut arraché de son alvéole et lancé à la mer du haut de la plate-forme. Deux hommes suffirent à cette opération. Les avirons étaient dans l'embarcation, et nous n'avions plus qu'à y prendre place.

A huit heures, armés de fusils et de haches, nous débordions du *Nautilus*. La mer était assez calme. Une petite brise soufflait de terre. Conseil et moi, placés aux avirons, nous nagions vigoureusement, et Ned gouvernait dans les étroites passes que les brisants laissaient entre eux. Le canot se maniait bien et filait rapidement.

Ned Land ne pouvait contenir sa joie. C'était un prisonnier échappé de sa prison, et il ne songeait guère qu'il lui faudrait y rentrer.

« De la viande ! répétait-il, nous allons donc manger de la viande, et quelle viande ! Du véritable gibier ! Pas de pain, par exemple ! Je ne dis pas que le poisson ne soit une bonne chose, mais il ne faut pas en abuser, et un morceau de fraîche venaison, grillé sur des charbons ardents, variera agréablement notre ordinaire.

— Gourmand ! répondait Conseil, il m'en fait venir l'eau à la bouche.

— Il reste à savoir, dis-je, si ces forêts sont giboyeuses, et si le gibier n'y est pas de telle taille qu'il puisse lui-même chasser le chasseur.

— Bon ! monsieur Aronnax, répondit le Canadien, dont les dents semblaient être affûtées comme un tranchant de hache, mais je mangerai du tigre, de l'aloyau de tigre, s'il n'y a pas d'autre quadrupède dans cette île.

— L'ami Ned est inquiétant, répondit Conseil.

— Quel qu'il soit, reprit Ned Land, tout animal à quatre pattes sans plumes, ou à deux pattes avec plumes, sera salué de mon premier coup de fusil.

— Bon ! répondis-je, voilà les imprudences de maître Land qui vont recommencer !

— N'ayez pas peur, monsieur Aronnax, répondit le Canadien, et nagez ferme ! Je ne demande pas vingt-cinq minutes pour vous offrir un mets de ma façon. »

A huit heures et demie, le canot du *Nautilus* venait s'échouer doucement sur une grève de sable, après avoir heureusement franchi l'anneau coralligène qui entourait l'île de Gueboroar.

XXI
Quelques jours à terre

Je fus assez vivement impressionné en touchant terre. Ned Land essayait le sol du pied, comme pour en prendre possession. Il n'y avait pourtant que deux mois que nous étions, suivant l'expression du capitaine Nemo, les « passagers du *Nautilus* », c'est-à-dire, en réalité, les prisonniers de son commandant.

En quelques minutes, nous fûmes à une portée de fusil de la côte. Le sol était presque entièrement madréporique, mais certains lits de torrents desséchés, semés de débris granitiques, démontraient que cette île était due à une formation primordiale. Tout l'horizon se cachait derrière un rideau de forêts admirables. Des arbres énormes, dont la taille atteignait parfois deux cents pieds, se reliaient l'un à l'autre par des guirlandes de lianes, vrais hamacs naturels que berçait une brise légère. C'étaient des mimosas, des ficus, des casuarinas, des teks, des hibiscus, des pendanus, des palmiers, mélangés à profusion, et sous l'abri de leur voûte verdoyante, au pied de leur stipe gigantesque, croissaient des orchidées, des légumineuses et des fougères.

Mais, sans remarquer tous ces beaux échantillons de la flore papouasienne, le Canadien abandonna l'agréable pour l'utile. Il aperçut un cocotier, abattit quelques-uns de ses fruits, les brisa, et nous bûmes leur lait, nous mangeâmes leur amande, avec une satisfaction qui protestait contre l'ordinaire du *Nautilus*.

« Excellent ! disait Ned Land.

— Exquis ! répondait Conseil.

— Et je ne pense pas, dit le Canadien, que votre Nemo s'oppose à ce que nous introduisions une cargaison de cocos à son bord ?

— Je ne le crois pas, répondis-je, mais il n'y voudra pas goûter !

— Tant pis pour lui ! dit Conseil.

— Et tant mieux pour nous ! riposta Ned Land. Il en restera davantage.

— Un mot seulement, maître Land, dis-je au harponneur qui se disposait à ravager un autre cocotier, le coco est une bonne chose, mais avant d'en remplir le canot, il me paraît sage de reconnaître si l'île ne produit pas quelque substance non moins utile. Des légumes frais seraient bien reçus à l'office du *Nautilus*.

— Monsieur a raison, répondit Conseil, et je propose de réserver trois places dans notre embarcation, l'une pour les fruits, l'autre pour les légumes, et la troisième pour la venaison, dont je n'ai pas encore entrevu le plus mince échantillon.

— Conseil, il ne faut désespérer de rien, répondit le Canadien.

— Continuons donc notre excursion, repris-je, mais ayons l'œil aux aguets. Quoique l'île paraisse inhabitée, elle pourrait renfermer, cependant, quelques individus qui seraient moins difficiles que nous sur la nature du gibier !

— Hé ! hé ! fit Ned Land, avec un mouvement de mâchoire très significatif.

— Eh bien ! Ned ! s'écria Conseil.

— Ma foi, riposta le Canadien, je commence à comprendre les charmes de l'anthropophagie !

— Ned ! Ned ! que dites-vous là ! répliqua Conseil. Vous, anthropophage ! Mais je ne serai plus en sûreté près de vous, moi qui partage votre cabine ! Devrai-je donc me réveiller un jour à demi dévoré ?

— Ami Conseil, je vous aime beaucoup, mais pas assez pour vous manger sans nécessité.

— Je ne m'y fie pas, répondit Conseil. En chasse ! Il faut absolument abattre quelque gibier pour satisfaire ce cannibale, ou bien, l'un de ces matins, monsieur ne trouvera plus que des morceaux de domestique pour le servir. »

Tandis que s'échangeaient ces divers propos, nous pénétrions sous les sombres voûtes de la forêt, et pendant deux heures, nous la parcourûmes en tous sens.

Le hasard servit à souhait cette recherche de végétaux comestibles, et l'un des plus utiles produits des zones tropicales nous fournit un aliment précieux qui manquait à bord.

Je veux parler de l'arbre à pain, très abondant dans l'île Gueboroar, et j'y remarquai principalement cette variété dépourvue de graines, qui porte en malais le nom de « Rima ».

Cet arbre se distinguait des autres arbres par un tronc droit et haut de quarante pieds. Sa cime, gracieusement arrondie et formée de grandes feuilles multilobées, désignait suffisamment aux yeux d'une naturaliste cet « artocarpus » qui a été très heureusement naturalisé aux îles Mascareignes. De sa masse de verdure se détachaient de gros fruits globuleux, larges d'un décimètre, et pourvus extérieurement de rugosités qui prenaient une disposition hexagonale. Utile végétal dont la nature a gratifié les régions auxquelles le blé manque, et qui, sans exiger aucune culture, donne des fruits pendant huit mois de l'année.

Ned Land les connaissait bien, ces fruits. Il en avait

déjà mangé pendant ses nombreux voyages, et il savait préparer leur substance comestible. Aussi leur vue excita-t-elle ses désirs, et il n'y put tenir plus longtemps.

« Monsieur, me dit-il, que je meure si je ne goûte pas un peu de cette pâte de l'arbre à pain !

— Goûtez, ami Ned, goûtez à votre aise. Nous sommes ici pour faire des expériences, faisons-les.

— Ce ne sera pas long », répondit le Canadien.

Et, armé d'une lentille, il alluma un feu de bois mort qui pétilla joyeusement. Pendant ce temps, Conseil et moi, nous choisissions les meilleurs fruits de l'artocarpus. Quelques-uns n'avaient pas encore atteint un degré suffisant de maturité, et leur peau épaisse recouvrait une pulpe blanche, mais peu fibreuse. D'autres, en très grand nombre, jaunâtres et gélatineux, n'attendaient que le moment d'être cueillis.

Ces fruits ne renfermaient aucun noyau. Conseil en apporta une douzaine à Ned Land, qui les plaça sur un feu de charbons, après les avoir coupés en tranches épaisses, et ce faisant, il répétait toujours :

« Vous verrez, monsieur, comme ce pain est bon !

— Surtout quand on en est privé depuis longtemps, dit Conseil.

— Ce n'est même plus du pain, ajouta le Canadien. C'est une pâtisserie délicate. Vous n'en avez jamais mangé, monsieur ?

— Non, Ned.

— Eh bien ! préparez-vous à absorber une chose succulente. Si vous n'y revenez pas, je ne suis plus le roi des harponneurs ! »

Au bout de quelques minutes, la partie des fruits exposée au feu fut complètement charbonnée. A l'intérieur apparaissait une pâte blanche, sorte de mie tendre, dont la saveur rappelait celle de l'artichaut.

Il faut l'avouer, ce pain était excellent, et j'en mangeai avec grand plaisir.

« Malheureusement, dis-je, une telle pâte ne peut se

garder fraîche, et il me paraît inutile d'en faire une provision pour le bord.

— Par exemple, monsieur ! s'écria Ned Land. Vous parlez là comme un naturaliste, mais moi, je vais agir comme un boulanger. Conseil, faites une récolte de ces fruits que nous reprendrons à notre retour.

— Et comment les préparerez-vous ? demandai-je au Canadien.

— En fabriquant avec leur pulpe une pâte fermentée qui se gardera indéfiniment et sans se corrompre. Lorsque je voudrai l'employer, je la ferai cuire à la cuisine du bord, et malgré sa saveur un peu acide, vous la trouverez excellente.

— Alors, maître Ned, je vois qu'il ne manque rien à ce pain...

— Si, monsieur le professeur, répondit le Canadien, il y manque quelques fruits ou tout au moins quelques légumes !

— Cherchons les fruits et les légumes. »

Lorsque notre récolte fut terminée, nous nous mîmes en route pour compléter ce dîner « terrestre ».

Nos recherches ne furent pas vaines, et, vers midi, nous avions fait une ample provision de bananes. Ces produits délicieux de la zone torride mûrissent pendant toute l'année, et les Malais, qui leur ont donné le nom de « pisang », les mangent sans les faire cuire. Avec ces bananes, nous recueillîmes des jaks énormes dont le goût est très accusé, des mangues savoureuses, et des ananas d'une grosseur invraisemblable. Mais cette récolte prit une grande partie de notre temps, que, d'ailleurs, il n'y avait pas lieu de regretter.

Conseil observait toujours Ned. Le harponneur marchait en avant, et, pendant sa promenade à travers la forêt, il glanait d'une main sûre d'excellents fruits qui devaient compléter sa provision.

« Enfin, demanda Conseil, il ne vous manque plus rien, ami Ned ?

— Hum ! fit le Canadien.

— Quoi ! vous vous plaignez ?

— Tous ces végétaux ne peuvent constituer un repas, répondit Ned. C'est la fin d'un repas, c'est un dessert. Mais le potage ? mais le rôti ?

— En effet, dis-je, Ned nous avait promis des côtelettes qui me semblent fort problématiques.

— Monsieur, répondit le Canadien, non seulement la chasse n'est pas finie, mais elle n'est même pas commencée. Patience ! Nous finirons bien par rencontrer quelque animal de plume ou de poil, et, si ce n'est pas en cet endroit, ce sera dans un autre...

— Et si ce n'est pas aujourd'hui, ce sera demain, ajouta Conseil, car il ne faut pas trop s'éloigner. Je propose même de revenir au canot.

— Quoi, déjà ! s'écria Ned.

— Nous devons être de retour avant la nuit, dis-je.

— Mais quelle heure est-il donc ? demanda le Canadien.

— Deux heures, au moins, répondit Conseil.

— Comme le temps passe sur ce sol ferme ! s'écria maître Ned Land avec un soupir de regret.

— En route », répondit Conseil.

Nous revînmes donc à travers la forêt, et nous complétâmes notre récolte en faisant une razzia de choux-palmistes qu'il fallut cueillir à la cime des arbres, de petits haricots que je reconnus pour être les « abrou » des Malais, et d'ignames d'une qualité supérieure.

Nous étions surchargés quand nous arrivâmes au canot. Cependant, Ned Land ne trouvait pas encore sa provision suffisante. Mais le sort le favorisa. Au moment de s'embarquer, il aperçut plusieurs arbres, hauts de vingt-cinq à trente pieds, qui appartenaient à l'espèce des palmiers. Ces arbres, aussi précieux que l'artocarpus, sont justement comptés parmi les plus utiles produits de la Malaisie.

C'étaient des sagoutiers, végétaux qui croissent sans culture, se reproduisant, comme les mûriers, par leurs rejetons et leurs graines.

Ned Land connaissait la manière de traiter ces arbres. Il prit sa hache, et la maniant avec une grande vigueur, il eut bientôt couché sur le sol deux ou trois sagoutiers dont la maturité se reconnaissait à la poussière blanche qui saupoudrait leurs palmes.

Je le regardai faire plutôt avec les yeux d'un naturaliste qu'avec les yeux d'un homme affamé. Il commença par enlever à chaque tronc une bande d'écorce, épaisse d'un pouce, qui recouvrait un réseau de fibres allongées formant d'inextricables nœuds, que mastiquait une sorte de farine gommeuse. Cette farine, c'était le sagou, substance comestible qui sert principalement à l'alimentation des populations mélanésiennes.

Ned Land se contenta, pour le moment, de couper ces troncs par morceaux, comme il eût fait de bois à brûler, se réservant d'en extraire plus tard la farine, de la passer dans une étoffe afin de la séparer de ses ligaments fibreux, d'en faire évaporer l'humidité au soleil, et de la laisser durcir dans des moules.

Enfin, à cinq heures du soir, chargés de toutes nos richesses, nous quittions le rivage de l'île, et, une demi-heure après, nous accostions le *Nautilus*. Personne ne parut à notre arrivée. L'énorme cylindre de tôle semblait désert. Les provisions embarquées, je descendis à ma chambre. J'y trouvai mon souper prêt. Je mangeai, puis je m'endormis.

Le lendemain, 6 janvier, rien de nouveau à bord. Pas un bruit à l'intérieur, pas un signe de vie. Le canot était resté le long du bord, à la place même où nous l'avions laissé. Nous résolûmes de retourner à l'île Gueboroar. Ned Land espérait être plus heureux que la veille au point de vue du chasseur, et désirait visiter une autre partie de la forêt.

Au lever du soleil, nous étions en route. L'embarcation, enlevée par le flot qui portait à terre, atteignit l'île en peu d'instants.

Nous débarquâmes, et, pensant qu'il valait mieux s'en rapporter à l'instinct du Canadien, nous suivîmes Ned

Land dont les longues jambes menaçaient de nous distancer.

Ned Land remonta la côte vers l'ouest, puis, passant à gué quelques lits de torrents, il gagna la haute plaine que bordaient d'admirables forêts. Quelques martins-pêcheurs rôdaient le long des cours d'eau, mais ils ne se laissaient pas approcher. Leur circonspection me prouva que ces volatiles savaient à quoi s'en tenir sur des bipèdes de notre espèce, et j'en conclus que, si l'île n'était pas habitée, du moins, des êtres humains la fréquentaient.

Après avoir traversé une assez grasse prairie, nous arrivâmes à la lisière d'un petit bois qu'animaient le chant et le vol d'un grand nombre d'oiseaux.

« Ce ne sont encore que des oiseaux, dit Conseil.

— Mais il y en a qui se mangent ! répondit le harponneur.

— Point, ami Ned, répliqua Conseil, car je ne vois là que de simples perroquets.

— Ami Conseil, répondit gravement Ned, le perroquet est le faisan de ceux qui n'ont pas autre chose à manger.

— Et j'ajouterai, dis-je, que cet oiseau, convenablement préparé, vaut son coup de fourchette. »

En effet, sous l'épais feuillage de ce bois, tout un monde de perroquets voltigeait de branche en branche, n'attendant qu'une éducation plus soignée pour parler la langue humaine. Pour le moment, ils caquetaient en compagnie de perruches de toutes couleurs, de graves kakatoès, qui semblaient méditer quelque problème philosophique, tandis que des loris d'un rouge éclatant passaient comme un morceau d'étamine emporté par la brise, au milieu de kalaos au vol bruyant, de papouas peints des plus fines nuances de l'azur, et de toute une variété de volatiles charmants, mais généralement peu comestibles.

Cependant, un oiseau particulier à ces terres, et qui n'a jamais dépassé la limite des îles d'Arrou et des îles des Papouas, manquait à cette collection. Mais le sort me réservait de l'admirer avant peu.

Après avoir traversé un taillis de médiocre épaisseur, nous avions retrouvé une plaine obstruée de buissons. Je vis alors s'enlever de magnifiques oiseaux que la disposition de leurs longues plumes obligeait à se diriger contre le vent. Leur vol ondulé, la grâce de leurs courbes aériennes, le chatoiement de leurs couleurs, attiraient et charmaient le regard. Je n'eus pas de peine à les reconnaître.

« Des oiseaux de paradis ! m'écriai-je.

— Ordre des passereaux, section des clystomores, répondit Conseil.

— Famille des perdreaux? demanda Ned Land.

— Je ne crois pas, maître Land. Néanmoins, je compte sur votre adresse pour attraper un de ces charmants produits de la nature tropicale !

— On essaiera, monsieur le professeur, quoique je sois plus habitué à manier le harpon que le fusil. »

Les Malais, qui font un grand commerce de ces oiseaux avec les Chinois, ont, pour les prendre, divers moyens que nous ne pouvions employer. Tantôt ils disposent des lacets au sommet des arbres élevés que les paradisiers habitent de préférence. Tantôt ils s'en emparent avec une glu tenace qui paralyse leurs mouvements. Ils vont même jusqu'à empoisonner les fontaines où ces oiseaux ont l'habitude de boire. Quant à nous, nous étions réduits à les tirer au vol, ce qui nous laissait peu de chances de les atteindre. Et en effet, nous épuisâmes vainement une partie de nos munitions.

Vers onze heures du matin, le premier plan des montagnes qui forment le centre de l'île était franchi, et nous n'avions encore rien tué. La faim nous aiguillonnait. Les chasseurs s'étaient fiés au produit de leur chasse, et ils avaient eu tort. Très heureusement, Conseil, à sa grande surprise, fit un coup double et assura le déjeuner. Il abattit un pigeon blanc et un ramier, qui, lestement plumés et suspendus à une brochette, rôtirent devant un feu ardent de bois mort. Pendant que ces intéressants animaux cuisaient, Ned prépara des fruits de l'artocarpus. Puis, le pigeon et le ramier furent dévorés jusqu'aux os et déclarés excellents. La muscade, dont ils ont l'habitude de se gaver, parfume leur chair et en fait un manger délicieux.

« C'est comme si les poulardes se nourrissaient de truffes, dit Conseil.

— Et maintenant, Ned, que vous manque-t-il ? demandai-je au Canadien.

— Un gibier à quatre pattes, monsieur Aronnax, répondit Ned Land. Tous ces pigeons ne sont que hors-d'œuvre et amusettes de la bouche ! Aussi, tant que je n'aurai pas tué un animal à côtelettes, je ne serai pas content !

— Ni moi, Ned, si je n'attrape pas un paradisier.

— Continuons donc la chasse, répondit Conseil, mais en revenant vers la mer. Nous sommes arrivés aux premières pentes des montagnes, et je pense qu'il vaut mieux regagner la région des forêts. »

C'était un avis sensé, et il fut suivi. Après une heure de marche, nous avions atteint une véritable forêt de sagoutiers. Quelques serpents inoffensifs fuyaient sous nos pas. Les oiseaux de paradis se dérobaient à notre approche, et véritablement, je désespérais de les atteindre, lorsque Conseil, qui marchait en avant, se baissa soudain, poussa un cri de triomphe, et revint à moi, rapportant un magnifique paradisier.

« Ah ! bravo ! Conseil, m'écriai-je.

— Monsieur est bien bon, répondit Conseil.

— Mais non, mon garçon. Tu as fait là un coup de maître. Prendre un de ces oiseaux vivants, et le prendre à la main !

— Si monsieur veut l'examiner de près, il verra que je n'ai pas eu grand mérite.

— Et pourquoi, Conseil ?

— Parce que cet oiseau est ivre comme une caille.

— Ivre ?

— Oui, monsieur, ivre des muscades qu'il dévorait sous le muscadier où je l'ai pris. Voyez, ami Ned, voyez les monstrueux effets de l'intempérance !

— Mille diables ! riposta le Canadien, pour ce que j'ai bu de gin depuis deux mois, ce n'est pas la peine de me le reprocher ! »

Cependant, j'examinais le curieux oiseau. Conseil ne se trompait pas. Le paradisier, enivré par le suc capiteux, était réduit à l'impuissance. Il ne pouvait voler. Il marchait à peine. Mais cela m'inquiéta peu, et je le laissai cuver ses muscades.

Cet oiseau appartenait à la plus belle des huit espèces que l'on compte en Papouasie et dans les îles voisines. C'était le paradisier « grand-émeraude », l'un des plus rares. Il mesurait trois décimètres de longueur. Sa tête était relativement petite, ses yeux placés près de l'ouverture du bec, et petits aussi. Mais il offrait une admirable réunion de nuances, étant jaune de bec, brun de pieds et d'ongles, noisette aux ailes empourprées à leurs extrémités, jaune pâle à la tête et sur le derrière du cou, couleur d'émeraude à la gorge, brun marron au ventre et à la poitrine. Deux filets cornés et duveteux s'élevaient au-dessus de sa queue, que prolongeaient de longues plumes très légères, d'une finesse admirable, et ils complétaient l'ensemble de ce merveilleux oiseau que les indigènes ont poétiquement appelé l'« oiseau du soleil ».

Je souhaitais vivement de pouvoir ramener à Paris ce superbe spécimen des paradisiers, afin d'en faire don au Jardin des Plantes, qui n'en possède pas un seul vivant.

« C'est donc bien rare ? demanda le Canadien, du ton d'un chasseur qui estime fort peu le gibier au point de vue de l'art.

— Très rare, mon brave compagnon, et surtout très difficile à prendre vivant. Et même morts, ces oiseaux sont encore l'objet d'un important trafic. Aussi les naturels ont-ils imaginé d'en fabriquer comme on fabrique des perles ou des diamants.

— Quoi ! s'écria Conseil, on fait de faux oiseaux de paradis ?

— Oui, Conseil.

— Et monsieur connaît-il le procédé des indigènes ?

— Parfaitement. Les paradisiers, pendant la mousson d'est, perdent ces magnifiques plumes qui entourent leur queue, et que les naturalistes ont appelées plumes subalaires. Ce sont ces plumes que recueillent les faux monnayeurs en volatiles, et qu'ils adaptent adroitement à quelque pauvre perruche préalablement mutilée. Puis ils teignent la suture, ils vernissent l'oiseau, et ils expédient aux muséums et aux amateurs d'Europe ces produits de leur singulière industrie.

— Bon ! fit Ned Land, si ce n'est pas l'oiseau, ce sont toujours ses plumes, et tant que l'objet n'est pas destiné à être mangé, je n'y vois pas grand mal ! »

Mais si mes désirs étaient satisfaits par la possession de ce paradisier, ceux du chasseur canadien ne l'étaient pas encore. Heureusement, vers deux heures, Ned Land abattit un magnifique cochon des bois, de ceux que les naturels appellent « bari-outang ». L'animal venait à propos pour nous procurer de la vraie viande de quadrupède, et il fut bien reçu. Ned Land se montra très glorieux de son coup de fusil. Le cochon, touché par la balle électrique, était tombé raide mort.

Le Canadien le dépouilla et le vida proprement, après en avoir retiré une demi-douzaine de côtelettes destinées à fournir une grillade pour le repas du soir. Puis, cette chasse fut reprise, qui devait encore être marquée par les exploits de Ned et de Conseil.

En effet, les deux amis, battant les buissons, firent lever une troupe de kangourous, qui s'enfuirent en bondissant sur leurs pattes élastiques. Mais ces animaux ne s'enfuirent pas si rapidement que la capsule électrique ne pût les arrêter dans leur course.

« Ah ! monsieur le professeur, s'écria Ned Land que la rage du chasseur prenait à la tête, quel gibier excellent, cuit à l'étuvée surtout ! Quel approvisionnement pour le *Nautilus!* Deux! trois! cinq à terre! Et quand je pense que nous dévorerons toute cette chair, et que ces imbéciles du bord n'en auront pas miette ! »

Je crois que, dans l'excès de sa joie, le Canadien, s'il n'avait pas tant parlé, aurait massacré toute la bande ! Mais il se contenta d'une douzaine de ces intéressants marsupiaux, qui forment le premier ordre des mammifères aplacentaires, nous dit Conseil.

Ces animaux étaient de petite taille. C'était une espèce de ces « kangourous-lapins », qui gîtent habituellement dans le creux des arbres, et dont la vélocité est extrême ; mais s'ils sont de médiocre grosseur, ils fournissent, du moins, la chair la plus estimée.

Nous étions très satisfaits des résultats de notre chasse. Le joyeux Ned se proposait de revenir le lendemain à cette île enchantée, qu'il voulait dépeupler de tous ses quadrupèdes comestibles. Mais il comptait sans les événements.

A six heures du soir, nous avions regagné la plage. Notre canot était échoué à sa place habituelle. Le *Nautilus,* semblable à un long écueil, émergeait des flots à deux milles du rivage.

Ned Land, sans plus tarder, s'occupa de la grande affaire du dîner. Il s'entendait admirablement à toute cette cuisine. Les côtelettes de « bari-outang », grillées sur des charbons, répandirent bientôt une délicieuse odeur qui parfuma l'atmosphère !...

Mais je m'aperçois que je marche sur les traces du Canadien. Me voici en extase devant une grillade de porc frais ! Que l'on me pardonne, comme j'ai pardonné à maître Land, et pour les mêmes motifs !

Enfin, le dîner fut excellent. Deux ramiers complétèrent ce menu extraordinaire. La pâte de sagou, le pain de l'artocarpus, quelques mangues, une demi-douzaine d'ananas, et la liqueur fermentée de certaines noix de coco, nous mirent en joie. Je crois même que les idées de mes dignes compagnons n'avaient pas toute la netteté désirable.

« Si nous ne retournions pas ce soir au *Nautilus ?* dit Conseil.

— Si nous n'y retournions jamais ? » ajouta Ned Land.

En ce moment une pierre vint tomber à nos pieds, et coupa court à la proposition du harponneur.

XXII
La foudre du capitaine Nemo

Nous avions regardé du côté de la forêt, sans nous lever, ma main s'arrêtant dans son mouvement vers ma bouche, celle de Ned Land achevant son office.

« Une pierre ne tombe pas du ciel, dit Conseil, ou bien elle mérite le nom d'aérolithe. »

Une seconde pierre, soigneusement arrondie, qui enleva de la main de Conseil une savoureuse cuisse de ramier, donna encore plus de poids à son observation.

Levés tous les trois, le fusil à l'épaule, nous étions prêts à répondre à toute attaque.

« Sont-ce des singes ? s'écria Ned Land.

— A peu près, répondit Conseil, ce sont des sauvages.

— Au canot ! » dis-je en me dirigeant vers la mer.

Il fallait, en effet, battre en retraite, car une vingtaine de naturels, armés d'arcs et de frondes, apparaissaient sur la lisière d'un taillis, qui masquait l'horizon de droite, à cent pas à peine.

Notre canot était échoué à dix toises de nous.

Les sauvages s'approchaient, sans courir, mais ils prodiguaient les démonstrations les plus hostiles. Les pierres et les flèches pleuvaient.

Ned Land n'avait pas voulu abandonner ses provisions, et malgré l'imminence du danger, son cochon d'un côté, ses kangourous de l'autre, il détalait avec une certaine rapidité.

En deux minutes, nous étions sur la grève. Charger

le canot des provisions et des armes, le pousser à la mer, armer les deux avirons, ce fut l'affaire d'un instant. Nous n'avions pas gagné deux encablures, que cent sauvages, hurlant et gesticulant, entrèrent dans l'eau jusqu'à la ceinture. Je regardai si leur apparition attirerait sur la plate-forme quelques hommes du *Nautilus*. Mais non. L'énorme engin, couché au large, demeurait absolument désert.

Vingt minutes plus tard, nous montions à bord. Les panneaux étaient ouverts. Après avoir amarré le canot, nous rentrâmes à l'intérieur du *Nautilus*.

Je descendis au salon, d'où s'échappaient quelques accords. Le capitaine Nemo était là, courbé sur son orgue et plongé dans une extase musicale.

« Capitaine ! » lui dis-je.

Il ne m'entendit pas.

« Capitaine ! » repris-je en le touchant de la main.

Il frissonna, et se retournant :

« Ah ! c'est vous, monsieur le professeur ? me dit-il. Eh bien ! avez-vous fait bonne chasse, avez-vous herborisé avec succès ?

— Oui, capitaine, répondis-je, mais nous avons malheureusement ramené une troupe de bipèdes dont le voisinage me paraît inquiétant.

— Quels bipèdes ?

— Des sauvages.

— Des sauvages ! répondit le capitaine Nemo d'un ton ironique. Et vous vous étonnez, monsieur le professeur, qu'ayant mis le pied sur une des terres de ce globe, vous y trouviez des sauvages ? Des sauvages, où n'y en a-t-il pas ? Et d'ailleurs, sont-ils pires que les autres, ceux que vous appelez des sauvages ?

— Mais, capitaine...

— Pour mon compte, monsieur, j'en ai rencontré partout.

— Eh bien ! répondis-je, si vous ne voulez pas en recevoir à bord du *Nautilus*, vous ferez bien de prendre quelques précautions.

— Tranquillisez-vous, monsieur le professeur, il n'y a pas là de quoi se préoccuper.

— Mais ces naturels sont nombreux.

— Combien en avez-vous compté ?

— Une centaine, au moins.

— Monsieur Aronnax, répondit le capitaine Nemo, dont les doigts s'étaient replacés sur les touches de l'orgue, quand tous les indigènes de la Papouasie seraient réunis sur cette plage, le *Nautilus* n'aurait rien à craindre de leurs attaques ! »

Les doigts du capitaine couraient alors sur le clavier de l'instrument, et je remarquai qu'il n'en frappait que les touches noires, ce qui donnait à ses mélodies une couleur essentiellement écossaise. Bientôt, il eut oublié ma présence, et fut plongé dans une rêverie que je ne cherchai plus à dissiper.

Je remontai sur la plate-forme. La nuit était déjà venue, car, sous cette basse latitude, le soleil se couche rapidement et sans crépuscule. Je n'aperçus plus que confusément l'île Gueboroar. Mais des feux nombreux, allumés sur la plage, attestaient que les naturels ne songeaient pas à la quitter.

Je restai seul ainsi pendant plusieurs heures, tantôt songeant à ces indigènes — mais sans les redouter autrement, car l'imperturbable confiance du capitaine me gagnait —, tantôt les oubliant, pour admirer les splendeurs de cette nuit des tropiques. Mon souvenir s'envolait vers la France, à la suite de ces étoiles zodiacales qui devaient l'éclairer dans quelques heures. La lune resplendissait au milieu des constellations du zénith. Je pensai alors que ce fidèle et complaisant satellite reviendrait après-demain, à cette même place, pour soulever ces ondes et arracher le *Nautilus* à son lit de coraux. Vers minuit, voyant que tout était tranquille sur les flots assombris aussi bien que sous les arbres du rivage, je regagnai ma cabine, et je m'endormis paisiblement.

La nuit s'écoula sans mésaventure. Les Papouas s'effrayaient, sans doute, à la seule vue du monstre échoué dans la baie, car les panneaux, restés ouverts, leur eussent offert un accès facile à l'intérieur du *Nautilus*.

A six heures du matin — 8 janvier —, je remontai sur la plate-forme. Les ombres du matin se levaient. L'île montra bientôt, à travers les brumes dissipées, ses plages d'abord, ses sommets ensuite.

Les indigènes étaient toujours là, plus nombreux que la veille — cinq ou six cents peut-être. Quelques-uns, profitant de la marée basse, s'étaient avancés sur les têtes de coraux, à moins de deux encablures du *Nautilus*. Je les distinguai facilement. C'étaient bien de véritables Papouas, à taille athlétique, hommes de belle race, au front large et élevé, au nez gros mais non épaté, aux dents blanches. Leur chevelure laineuse, teinte en rouge, tranchait sur un corps noir et luisant comme celui des Nubiens. Au lobe de leur oreille, coupé et distendu, pendaient des chapelets en os. Ces sauvages étaient généralement nus. Parmi eux, je remarquai quelques femmes, habillées, des hanches au genou, d'une véritable crinoline d'herbes que soutenait une ceinture végétale. Certains chefs avaient orné leur cou d'un croissant et de colliers de verroteries rouges et blanches. Presque tous, armés d'arcs, de flèches et de boucliers, portaient à leur épaule une sorte de filet contenant ces pierres arrondies que leur fronde lance avec adresse.

Un de ces chefs, assez rapproché du *Nautilus*, l'examinait avec attention. Ce devait être un « mado » de haut rang, car il se drapait dans une natte en feuilles de bananier, dentelée sur ses bords et relevée d'éclatantes couleurs.

J'aurais pu facilement abattre cet indigène, qui se trouvait à petite portée ; mais je crus qu'il valait mieux attendre des démonstrations véritablement hostiles. Entre Européens et sauvages, il convient que les Européens ripostent et n'attaquent pas.

Pendant tout le temps de la marée basse, ces indigènes rôdèrent près du *Nautilus*, mais ils ne se montrèrent pas bruyants. Je les entendais répéter fréquemment le mot

« assai », et à leurs gestes je compris qu'ils m'invitaient à aller à terre, invitation que je crus devoir décliner.

Donc, ce jour-là, le canot ne quitta pas le bord, au grand déplaisir de maître Land qui ne put compléter ses provisions. Cet adroit Canadien employa son temps à préparer les viandes et farines qu'il avait rapportées de l'île Gueboroar. Quant aux sauvages, ils regagnèrent la terre vers onze heures du matin, dès que les têtes de corail commencèrent à disparaître sous le flot de la marée montante. Mais je vis leur nombre s'accroître considérablement sur la plage. Il était probable qu'ils venaient des îles voisines ou de la Papouasie proprement dite. Cependant, je n'avais pas aperçu une seule pirogue indigène.

N'ayant rien de mieux à faire, je songeai à draguer ces belles eaux limpides, qui laissaient voir à profusion des coquilles, des zoophytes et des plantes pélagiennes. C'était, d'ailleurs, la dernière journée que le *Nautilus* allait passer dans ces parages, si, toutefois, il flottait à la pleine mer du lendemain, suivant la promesse du capitaine Nemo.

J'appelai donc Conseil qui m'apporta une petite drague légère, à peu près semblable à celles qui servent à pêcher les huîtres.

« Et ces sauvages ? me demanda Conseil. N'en déplaise à monsieur, ils ne me semblent pas très méchants !

— Ce sont pourtant des anthropophages, mon garçon.

— On peut être anthropophage et brave homme, répondit Conseil, comme on peut être gourmand et honnête. L'un n'exclut pas l'autre.

— Bon ! Conseil, je t'accorde que ce sont d'honnêtes anthropophages, et qu'ils dévorent honnêtement leurs prisonniers. Cependant, comme je ne tiens pas à être dévoré, même honnêtement, je me tiendrai sur mes gardes, car le commandant du *Nautilus* ne paraît prendre aucune précaution. Et maintenant à l'ouvrage. »

Pendant deux heures, notre pêche fut activement conduite, mais sans rapporter aucune rareté. La drague

s'emplissait d'oreilles-de-Midas, de harpes, de mélanies, et particulièrement des plus beaux marteaux que j'eusse vus jusqu'à ce jour. Nous prîmes aussi quelques holothuries, des huîtres perlières, et une douzaine de petites tortues qui furent réservées pour l'office du bord.

Mais, au moment où je m'y attendais le moins, je mis la main sur une merveille, je devrais dire sur une difformité naturelle, très rare à rencontrer. Conseil venait de donner un coup de drague, et son appareil remontait chargé de diverses coquilles assez ordinaires, quand, tout d'un coup, il me vit plonger rapidement le bras dans le filet, en retirer un coquillage, et pousser un cri de conchyliologue, c'est-à-dire le cri le plus perçant que puisse produire un gosier humain.

« Eh ! qu'a donc monsieur ? demanda Conseil, très surpris. Monsieur a-t-il été mordu ?

— Non, mon garçon, et cependant, j'eusse volontiers payé d'un doigt ma découverte !

— Quelle découverte ?

— Cette coquille, dis-je en montrant l'objet de mon triomphe.

— Mais c'est tout simplement une olive porphyre, genre olive, ordre des pectinibranches, classe des gastéropodes, embranchement des mollusques...

— Oui, Conseil, mais au lieu d'être enroulée de droite à gauche, cette olive tourne de gauche à droite !

— Est-il possible ! s'écria Conseil.

— Oui, mon garçon, c'est une coquille sénestre !

— Une coquille sénestre ! répétait Conseil, le cœur palpitant.

— Regarde sa spire !

— Ah ! monsieur peut m'en croire, dit Conseil en prenant la précieuse coquille d'une main tremblante, mais je n'ai jamais éprouvé une émotion pareille ! »

Et il y avait de quoi être ému ! On sait, en effet, comme l'ont fait observer les naturalistes, que la dextrosité est une loi de nature. Les astres et leurs satellites, dans leur mouvement de translation et de rotation, se meuvent de droite à gauche. L'homme se sert plus souvent de sa main droite que de sa main gauche, et, conséquemment, ses instruments et ses appareils, escaliers, serrures, ressorts de montres, etc., sont combinés de manière à être employés de droite à gauche. Or, la nature a généralement suivi cette loi pour l'enroulement de ses coquilles. Elles sont toutes dextres, à de rares exceptions, et quand, par hasard, leur spire est sénestre, les amateurs les paient au poids de l'or.

Conseil et moi, nous étions donc plongés dans la contemplation de notre trésor, et je me promettais bien d'en enrichir le Muséum, quand une pierre, malencontreusement lancée par un indigène, vint briser le précieux objet dans la main de Conseil.

Je poussai un cri de désespoir ! Conseil se jeta sur son fusil, et visa un sauvage qui balançait sa fronde à dix mètres de lui. Je voulus l'arrêter, mais son coup partit et brisa le bracelet d'amulettes qui pendait au bras de l'indigène.

« Conseil, m'écriai-je, Conseil !

— Eh quoi ! Monsieur ne voit-il pas que ce cannibale a commencé l'attaque ?

— Une coquille ne vaut pas la vie d'un homme ! lui dis-je.

— Ah ! le gueux ! s'écria Conseil, j'aurais mieux aimé qu'il m'eût cassé l'épaule ! »

Conseil était sincère, mais je ne fus pas de son avis. Cependant, la situation avait changé depuis quelques instants, et nous ne nous en étions pas aperçus. Une vingtaine de pirogues entouraient alors le *Nautilus*. Ces pirogues, creusées dans des troncs d'arbre, longues, étroites, bien combinées pour la marche, s'équilibraient au moyen d'un double balancier en bambou qui flottait à la surface de l'eau. Elles étaient manœuvrées par d'adroits pagayeurs à demi nus, et je ne les vis pas s'avancer sans inquiétude.

Il était évident que ces Papouas avaient eu déjà des relations avec les Européens, et qu'ils connaissaient leurs navires. Mais ce long cylindre de fer allongé dans la baie, sans mâts, sans cheminée, que devaient-ils en penser ? Rien de bon, car ils s'en étaient d'abord tenus à distance respectueuse. Cependant, le voyant immobile, ils reprenaient peu à peu confiance, et cherchaient à se familiariser avec lui. Or, c'était précisément cette familiarité qu'il fallait empêcher. Nos armes, auxquelles la détonation manquait, ne pouvaient produire qu'un effet médiocre sur ces indigènes, qui n'ont de respect que pour les engins bruyants. La foudre, sans les roulements du tonnerre, effraierait peu les hommes, bien que le danger soit dans l'éclair, non dans le bruit.

En ce moment, les pirogues s'approchèrent plus près du *Nautilus*, et une nuée de flèches s'abattit sur lui.

« Diable ! il grêle ! dit Conseil, et peut-être une grêle empoisonnée !

— Il faut prévenir le capitaine Nemo », dis-je en rentrant par le panneau.

Je descendis au salon. Je n'y trouvai personne. Je me hasardai à frapper à la porte qui s'ouvrait sur la chambre du capitaine.

Un « entrez » me répondit. J'entrai, et je trouvai le capitaine Nemo plongé dans un calcul où les x et autres signes algébriques ne manquaient pas.

« Je vous dérange ? dis-je par politesse.

— En effet, monsieur Aronnax, me répondit le capitaine, mais je pense que vous avez eu des raisons sérieuses de me voir ?

— Très sérieuses. Les pirogues des naturels nous entourent, et, dans quelques minutes, nous serons certainement assaillis par plusieurs centaines de sauvages.

— Ah ! fit tranquillement le capitaine Nemo, ils sont venus avec leurs pirogues ?

— Oui, monsieur.

— Eh bien ! monsieur, il suffit de fermer les panneaux.

— Précisément, et je venais vous dire...

— Rien n'est plus facile », dit le capitaine Nemo.

Et, pressant un bouton électrique, il transmit un ordre au poste de l'équipage.

« Voilà qui est fait, monsieur, me dit-il, après quelques instants. Le canot est en place, et les panneaux sont fermés. Vous ne craignez pas, j'imagine, que ces messieurs défoncent des murailles que les boulets de votre frégate n'ont pu entamer ?

— Non, capitaine, mais il existe encore un danger.

— Lequel, monsieur ?

— C'est que demain, à pareille heure, il faudra rouvrir les panneaux pour renouveler l'air du *Nautilus*...

— Sans contredit, monsieur, puisque notre bâtiment respire à la manière des cétacés.

— Or, si, à ce moment, les Papouas occupent la plate-forme, je ne vois pas comment vous pourrez les empêcher d'entrer.

— Alors, monsieur, vous supposez qu'ils monteront à bord ?

— J'en suis certain.

— Eh bien, monsieur, qu'ils montent. Je ne vois aucune raison pour les en empêcher. Au fond, ce sont de pauvres diables, ces Papouas, et je ne veux pas que ma visite à l'île Gueboroar coûte la vie à un seul de ces malheureux ! »

Cela dit, j'allais me retirer ; mais le capitaine Nemo me retint et m'invita à m'asseoir près de lui. Il me questionna avec intérêt sur nos excursions à terre, sur nos chasses, et n'eut pas l'air de comprendre ce besoin de viande qui passionnait le Canadien. Puis, la conversation effleura divers sujets, et, sans être plus communicatif, le capitaine Nemo se montra plus aimable.

Entre autres choses, nous en vînmes à parler de la situation du *Nautilus*, précisément échoué dans ce détroit où Dumont d'Urville fut sur le point de se perdre. Puis à ce propos :

« Ce fut un de vos grands marins, me dit le capitaine, un de vos plus intelligents navigateurs que ce d'Urville ! C'est votre capitaine Cook, à vous autres, Français.

Infortuné savant ! Avoir bravé les banquises du pôle Sud, les coraux de l'Océanie, les cannibales du Pacifique, pour périr misérablement dans un train de chemin de fer ! Si cet homme énergique a pu réfléchir pendant les dernières secondes de son existence, vous figurez-vous quelles ont dû être ses suprêmes pensées ! »

En parlant ainsi, le capitaine Nemo semblait ému, et je porte cette émotion à son actif.

Puis, la carte à la main, nous revîmes les travaux du navigateur français, ses voyages de circumnavigation, sa double tentative au pôle Sud qui amena la découverte des terres Adélie et Louis-Philippe, enfin ses levés hydrographiques des principales îles de l'Océanie.

« Ce que votre d'Urville a fait à la surface des mers, me dit le capitaine Nemo, je l'ai fait à l'intérieur de l'océan, et plus facilement, plus complètement que lui. *L'Astrolabe* et *La Zélée,* incessamment ballottées par les ouragans, ne pouvaient valoir le *Nautilus,* tranquille cabinet de travail, et véritablement sédentaire au milieu des eaux !

— Cependant, capitaine, dis-je, il y a un point de ressemblance entre les corvettes de Dumont d'Urville et le *Nautilus*.

— Lequel, monsieur ?

— C'est que le *Nautilus* s'est échoué comme elles !

— Le *Nautilus* ne s'est pas échoué, monsieur, me répondit froidement le capitaine Nemo. Le *Nautilus* est fait pour reposer sur le lit des mers, et les pénibles travaux, les manœuvres qu'imposa à d'Urville le renflouage de ses corvettes, je ne les entreprendrai pas. *L'Astrolabe* et *La Zélée* ont failli périr, mais mon *Nautilus* ne court aucun danger. Demain, au jour dit, à l'heure dite, la marée le soulèvera paisiblement, et il reprendra sa navigation à travers les mers.

— Capitaine, dis-je, je ne doute pas...

— Demain, ajouta le capitaine Nemo en se levant, demain, à deux heures quarante minutes du soir, le *Nautilus* flottera et quittera sans avarie le détroit de Torrès. »

Ces paroles prononcées d'un ton très bref, le capitaine Nemo s'inclina légèrement. C'était me donner congé, et je rentrai dans ma chambre.

Là, je trouvai Conseil, qui désirait connaître le résultat de mon entrevue avec le capitaine.

« Mon garçon, répondis-je, lorsque j'ai eu l'air de croire que son *Nautilus* était menacé par les naturels de la Papouasie, le capitaine m'a répondu très ironiquement. Je n'ai donc qu'une chose à te dire : Aie confiance en lui, et va dormir en paix.

— Monsieur n'a pas besoin de mes services ?

— Non, mon ami. Que fait Ned Land ?

— Que monsieur m'excuse, répondit Conseil, mais l'ami Ned confectionne un pâté de kangourou qui sera une merveille ! »

Je restai seul, je me couchai, mais je dormis assez mal. J'entendais le bruit des sauvages qui piétinaient sur la plate-forme en poussant des cris assourdissants. La nuit se passa ainsi, et sans que l'équipage sortît de son inertie habituelle. Il ne s'inquiétait pas plus de la présence de ces cannibales que les soldats d'un fort blindé ne se préoccupent des fourmis qui courent sur son blindage.

A six heures du matin, je me levai. Les panneaux n'avaient pas été ouverts. L'air ne fut donc pas renouvelé à l'intérieur, mais les réservoirs, chargés à toute occurrence, fonctionnèrent à propos et lancèrent quelques mètres cubes d'oxygène dans l'atmosphère appauvrie du *Nautilus.*

Je travaillai dans ma chambre jusqu'à midi, sans avoir vu, même un instant, le capitaine Nemo. On ne paraissait faire à bord aucun préparatif de départ.

J'attendis quelque temps encore, puis je me rendis au grand salon. La pendule marquait deux heures et demie. Dans dix minutes, le flot devait avoir atteint son maximum de hauteur, et, si le capitaine Nemo n'avait point fait une promesse téméraire, le *Nautilus* serait immédiatement dégagé. Sinon, bien des mois se passeraient avant qu'il pût quitter son lit de corail.

Cependant, quelques tressaillements avant-coureurs se firent bientôt sentir dans la coque du bateau. J'entendis grincer sur son bordage les aspérités calcaires du fond corallien.

A deux heures trente-cinq minutes, le capitaine Nemo parut dans le salon.

« Nous allons partir, dit-il.

— Ah ! fis-je.

— J'ai donné l'ordre d'ouvrir les panneaux.

— Et les Papouas ?

— Les Papouas ? répondit le capitaine Nemo, haussant légèrement les épaules.

— Ne vont-ils pas pénétrer à l'intérieur du *Nautilus ?*

— Et comment ?

— En franchissant les panneaux que vous aurez fait ouvrir.

— Monsieur Aronnax, répondit tranquillement le capitaine Nemo, on n'entre pas ainsi par les panneaux du *Nautilus,* même quand ils sont ouverts. »

Je regardai le capitaine.

« Vous ne comprenez pas ? me dit-il.

— Aucunement.

— Eh bien ! venez et vous verrez. »

Je me dirigeai vers l'escalier central. Là, Ned Land et Conseil, très intrigués, regardaient quelques hommes de l'équipage qui ouvraient les panneaux, tandis que des cris de rage et d'épouvantables vociférations résonnaient au-dehors.

Les mantelets furent rabattus extérieurement. Vingt figures horribles apparurent. Mais le premier de ces indigènes qui mit la main sur la rampe de l'escalier, rejeté en arrière par je ne sais quelle force invisible, s'enfuit, poussant des cris affreux et faisant des gambades exorbitantes.

Dix de ses compagnons lui succédèrent. Dix eurent le même sort.

Conseil était dans l'extase. Ned Land, emporté par ses instincts violents, s'élança sur l'escalier. Mais dès qu'il eut saisi la rampe à deux mains, il fut renversé à son tour.

« Mille diables ! s'écria-t-il. Je suis foudroyé ! »

Ce mot m'expliqua tout. Ce n'était plus une rampe, mais un câble de métal, tout chargé de l'électricité du bord, qui aboutissait à la plate-forme. Quiconque la touchait ressentait une formidable secousse — et cette secousse eût été mortelle, si le capitaine Nemo eût lancé dans ce conducteur tout le courant de ses appareils ! On peut réellement dire qu'entre ses assaillants et lui, il avait tendu un réseau électrique que nul ne pouvait impunément franchir.

Cependant, les Papouas épouvantés avaient battu en retraite, affolés de terreur. Nous, moitié riant, nous consolions et frictionnions le malheureux Ned Land qui jurait comme un possédé.

Mais, en ce moment, le *Nautilus*, soulevé par les dernières ondulations du flot, quitta son lit de corail à cette quarantième minute exactement fixée par le capitaine. Son hélice battit les eaux avec une majestueuse lenteur. Sa vitesse s'accrut peu à peu, et, naviguant à la surface de l'océan, il abandonna sain et sauf les dangereuses passes du détroit de Torrès.

XXIII
« Ægri somnia »

Le jour suivant, 10 janvier, le *Nautilus* reprit sa marche entre deux eaux, mais avec une vitesse remarquable que je ne puis estimer à moins de trente-cinq milles à l'heure. La rapidité de son hélice était telle que je ne pouvais ni suivre ses tours ni les compter.

Quand je songeais que ce merveilleux agent électrique, après avoir donné le mouvement, la chaleur, la lumière au *Nautilus*, le protégeait encore contre les attaques

extérieures, et le transformait en une arche sainte à laquelle nul profanateur ne touchait sans être foudroyé, mon admiration n'avait plus de bornes, et de l'appareil, elle remontait aussitôt à l'ingénieur qui l'avait créé.

Nous marchions directement vers l'ouest, et, le 11 janvier, nous doublâmes ce cap Wessel, situé par 135° de longitude et 10° de latitude sud, qui forme la pointe ouest du golfe de Carpentarie. Les récifs étaient encore nombreux, mais plus clairsemés, et relevés sur la carte avec une extrême précision. Le *Nautilus* évita facilement les brisants de Money à bâbord, et les récifs Victoria à tribord, placés par 130° de longitude, et sur ce dixième parallèle que nous suivions rigoureusement.

Le 13 janvier, le capitaine Nemo, arrivé dans la mer de Timor, avait connaissance de l'île de ce nom par 122° de longitude. Cette île, dont la superficie est de seize cent vingt-cinq lieues carrées, est gouvernée par des radjahs. Ces princes se disent fils de crocodiles, c'est-à-dire issus de la plus haute origine à laquelle un être humain puisse prétendre. Aussi, ces ancêtres écailleux foisonnent dans les rivières de l'île, et sont l'objet d'une vénération particulière. On les protège, on les gâte, on les adule, on les nourrit, on leur offre des jeunes filles en pâture, et malheur à l'étranger qui porte la main sur ces lézards sacrés.

Mais le *Nautilus* n'eut rien à démêler avec ces vilains animaux. Timor ne fut visible qu'un instant, à midi, pendant que le second relevait sa position. Egalement, je ne fis qu'entrevoir cette petite île Rotti, qui fait partie du groupe, et dont les femmes ont une réputation de beauté très établie sur les marchés malais.

A partir de ce point, la direction du *Nautilus,* en latitude, s'infléchit vers le sud-ouest. Le cap fut mis sur l'océan Indien. Où la fantaisie du capitaine Nemo allait-elle nous entraîner ? Remonterait-il vers les côtes de l'Asie ? Se rapprocherait-il des rivages de l'Europe ? Résolutions peu probables de la part d'un homme qui fuyait les continents habités ! Descendrait-il donc vers le sud ? Irait-il doubler le cap de Bonne-Espérance, puis le cap Horn, et pousser au pôle antarctique ? Reviendrait-il enfin vers ces mers du Pacifique, où son *Nautilus* trouvait une navigation facile et indépendante ? L'avenir devait nous l'apprendre.

Après avoir prolongé les écueils de Cartier, d'Hibernia, de Seringapatam, de Scott, derniers efforts de l'élément solide contre l'élément liquide, le 14 janvier, nous étions au-delà de toutes terres. La vitesse du *Nautilus* fut singulièrement ralentie, et, très capricieux dans ses allures, tantôt il nageait au milieu des eaux, et tantôt il flottait à leur surface.

Pendant cette période du voyage, le capitaine Nemo fit d'intéressantes expériences sur les diverses températures de la mer à des couches différentes. Dans les conditions ordinaires, ces relevés s'obtiennent au moyen d'instruments assez compliqués, dont les rapports sont au moins douteux, que ce soient des sondes thermométriques, dont les verres se brisent souvent sous la pression des eaux, ou des appareils basés sur la variation de résistance de métaux aux courants électriques. Ces résultats ainsi obtenus ne peuvent être suffisamment contrôlés. Au contraire, le capitaine Nemo allait lui-même chercher cette température dans les profondeurs de la mer, et son thermomètre, mis en communication avec les diverses nappes liquides, lui donnait immédiatement et sûrement le degré recherché.

C'est ainsi que, soit en surchargeant ses réservoirs, soit en descendant obliquement au moyen de ses plans inclinés, le *Nautilus* atteignit successivement des profondeurs de trois, quatre, cinq, sept, neuf et dix mille mètres, et le résultat définitif de ces expériences fut que la mer présentait une température permanente de quatre degrés et demi, à une profondeur de mille mètres, sous toutes les latitudes.

Je suivais ces expériences avec le plus vif intérêt. Le capitaine Nemo y apportait une véritable passion. Souvent, je me demandai dans quel but il faisait ces observations. Etait-ce au profit de ses semblables ? Ce n'était pas probable, car, un jour ou l'autre, ses travaux devaient périr avec lui dans quelque mer ignorée ! A moins qu'il ne me destinât le résultat de ses expériences. Mais c'était admettre que mon étrange voyage aurait un terme, et ce terme, je ne l'apercevais pas encore.

Quoi qu'il en soit, le capitaine Nemo me fit également connaître divers chiffres obtenus par lui et qui établissaient le rapport des densités de l'eau dans les principales mers du globe. De cette communication, je tirai un enseignement personnel qui n'avait rien de scientifique.

C'était pendant la matinée du 15 janvier. Le capitaine, avec lequel je me promenais sur la plate-forme, me demanda si je connaissais les différentes densités que présentent les eaux de la mer. Je lui répondis négativement, et j'ajoutai que la science manquait d'observations rigoureuses à ce sujet.

« Je les ai faites, ces observations, me dit-il, et je puis en affirmer la certitude.

— Bien, répondis-je, mais le *Nautilus* est un monde à part, et les secrets de ses savants n'arrivent pas jusqu'à la terre.

— Vous avez raison, monsieur le professeur, me dit-il, après quelques instants de silence. C'est un monde à part. Il est aussi étranger à la terre que les planètes qui accompagnent ce globe autour du soleil, et l'on ne connaîtra jamais les travaux des savants de Saturne ou de Jupiter. Cependant, puisque le hasard a lié nos deux existences, je puis vous communiquer le résultat de mes observations.

— Je vous écoute, capitaine.

— Vous savez, monsieur le professeur, que l'eau de mer est plus dense que l'eau douce, mais cette densité n'est pas uniforme. En effet, si je représente par un la densité de l'eau douce, je trouve un, vingt-huit millièmes pour les eaux de l'Atlantique, un, vingt-six millièmes pour les eaux du Pacifique, un, trente millièmes pour les eaux de la Méditerranée... »

« Ah ! pensai-je, il s'aventure dans la Méditerranée ? »

« Un, dix-huit millièmes pour les eaux de la mer Ionienne, et un, vingt-neuf millièmes pour les eaux de l'Adriatique. »

Décidément, le *Nautilus* ne fuyait pas les mers fréquentées de l'Europe, et j'en conclus qu'il nous ramènerait — peut-être avant peu — vers des continents plus civilisés. Je pensai que Ned Land apprendrait cette particularité avec une satisfaction très naturelle.

Pendant plusieurs jours, nos journées se passèrent en expériences de toutes sortes, qui portèrent sur les degrés de salure des eaux à différentes profondeurs, sur leur électrisation, sur leur coloration, sur leur transparence, et dans toutes ces circonstances, le capitaine Nemo déploya une ingéniosité qui ne fut égalée que par sa bonne grâce envers moi. Puis, pendant quelques jours, je ne le revis plus, et demeurai de nouveau comme isolé à son bord.

Le 16 janvier, le *Nautilus* parut s'endormir à quelques mètres seulement au-dessous de la surface des flots. Ses appareils électriques ne fonctionnaient pas, et son hélice immobile le laissait errer au gré des courants. Je supposai que l'équipage s'occupait de réparations intérieures, nécessitées par la violence des mouvements mécaniques de la machine.

Mes compagnons et moi, nous fûmes alors témoins d'un curieux spectacle. Les panneaux du salon étaient ouverts, et comme le fanal du *Nautilus* n'était pas en activité, une vague obscurité régnait au milieu des eaux. Le ciel orageux et couvert d'épais nuages ne donnait aux premières couches de l'océan qu'une insuffisante clarté.

J'observais l'état de la mer dans ces conditions, et les plus gros poissons ne m'apparaissaient plus que comme des ombres à peine figurées, quand le *Nautilus* se trouva subitement transporté en pleine lumière. Je crus d'abord que le fanal avait été rallumé, et qu'il projetait son éclat électrique dans la masse liquide. Je me trompais, et après une rapide observation, je reconnus mon erreur.

Le *Nautilus* flottait au milieu d'une couche phosphorescente, qui dans cette obscurité devenait éblouissante. Elle était produite par des myriades d'animalcules lumineux, dont l'étincellement s'accroissait en glissant sur la coque métallique de l'appareil. Je surprenais alors des éclairs au milieu de ces nappes lumineuses, comme eussent été des coulées de plomb fondu dans une fournaise ardente, ou des masses métalliques portées au rouge blanc ; de telle sorte que, par opposition, certaines portions lumineuses faisaient ombre dans ce milieu igné, dont toute ombre semblait devoir être bannie. Non ! ce n'était plus l'irradiation calme de notre éclairage habituel ! Il y avait là une vigueur et un mouvement insolites ! Cette lumière, on la sentait vivante !

En effet, c'était une agglomération infinie d'infusoires pélagiens, de noctiluques miliaires, véritables globules de gelée diaphane, pourvus d'un tentacule filiforme, et dont on a compté jusqu'à vingt-cinq mille dans trente centimètres cubes d'eau. Et leur lumière était encore doublée par ces lueurs particulières aux méduses, aux astéries, aux aurélies, aux pholades-dattes, et autres zoophytes phosphorescents, imprégnés du graissin des matières organiques décomposées par la mer, et peut-être du mucus sécrété par les poissons.

Pendant plusieurs heures, le *Nautilus* flotta dans ces ondes brillantes, et notre admiration s'accrut à voir les gros animaux marins s'y jouer comme des salamandres. Je vis là, au milieu de ce feu qui ne brûle pas, des marsouins élégants et rapides, infatigables clowns des mers, et des istiophores longs de trois mètres, intelligents précurseurs des ouragans, dont le formidable glaive heurtait parfois la vitre du salon. Puis apparurent des poissons plus petits, des balistes variés, des scombéroïdes-sauteurs, des nasons-loups, et cent autres qui zébraient dans leur course la lumineuse atmosphère.

Ce fut un enchantement que cet éblouissant spectacle !

Peut-être quelque condition atmosphérique augmentait-elle l'intensité de ce phénomène ? Peut-être quelque orage se déchaînait-il à la surface des flots ? Mais, à cette profondeur de quelques mètres, le *Nautilus* ne ressentait pas sa fureur, et il se balançait paisiblement au milieu des eaux tranquilles.

Ainsi nous marchions, incessamment charmés par quelque merveille nouvelle. Conseil observait et classait ses zoophytes, ses articulés, ses mollusques, ses poissons. Les journées s'écoulaient rapidement, et je ne les comptais plus. Ned, suivant son habitude, cherchait à varier l'ordinaire du bord. Véritables colimaçons, nous étions faits à notre coquille, et j'affirme qu'il est facile de devenir un parfait colimaçon.

Donc, cette existence nous paraissait facile, naturelle, et nous n'imaginions plus qu'il existât une vie différente à la surface du globe terrestre, quand un événement vint nous rappeler à l'étrangeté de notre situation.

Le 18 janvier, le *Nautilus* se trouvait par 105° de longitude et 15° de latitude méridionale. Le temps était menaçant, la mer dure et houleuse. Le vent soufflait de l'est en grande brise. Le baromètre, qui baissait depuis quelques jours, annonçait une prochaine lutte des éléments.

J'étais monté sur la plate-forme au moment où le second prenait ses mesures d'angles horaires. J'attendais, suivant la coutume, que la phrase quotidienne fût prononcée. Mais, ce jour-là, elle fut remplacée par une autre phrase non moins incompréhensible. Presque aussitôt, je vis apparaître le capitaine Nemo, dont les yeux, munis d'une lunette, se dirigèrent vers l'horizon.

Pendant quelques minutes, le capitaine resta immobile, sans quitter le point enfermé dans le champ de son objectif. Puis, il abaissa sa lunette, et échangea une dizaine de paroles avec son second. Celui-ci semblait être en proie à une émotion qu'il voulait vainement contenir. Le capitaine Nemo, plus maître de lui, demeurait froid. Il paraissait, d'ailleurs, faire certaines objections auxquelles le second répondait par des assurances formelles. Du moins, je le compris ainsi, à la différence de leur ton et de leurs gestes.

Quant à moi, j'avais soigneusement regardé dans la direction observée, sans rien apercevoir. Le ciel et l'eau se confondaient sur une ligne d'horizon d'une parfaite netteté.

Cependant, le capitaine Nemo se promenait d'une extrémité à l'autre de la plate-forme, sans me regarder, peut-être sans me voir. Son pas était assuré, mais moins régulier que d'habitude. Il s'arrêtait parfois, et les bras croisés sur la poitrine, il observait la mer. Que pouvait-il chercher sur cet immense espace ? Le *Nautilus* se trouvait alors à quelques centaines de milles de la côte la plus rapprochée !

Le second avait repris sa lunette et interrogeait obstinément l'horizon, allant et venant, frappant du pied, contrastant avec son chef par son agitation nerveuse.

D'ailleurs, ce mystère allait nécessairement s'éclaircir, et avant peu, car, sur un ordre du capitaine Nemo, la machine, accroissant sa puissance propulsive, imprima à l'hélice une rotation plus rapide.

En ce moment, le second attira de nouveau l'attention du capitaine. Celui-ci suspendit sa promenade et dirigea sa lunette vers le point indiqué. Il l'observa longtemps. De mon côté, très sérieusement intrigué, je descendis au salon, et j'en rapportai une excellente longue-vue dont je me servais ordinairement. Puis, l'appuyant sur la cage du fanal qui formait saillie à l'avant de la plate-forme, je me disposai à parcourir toute la ligne du ciel et de la mer.

Mais, mon œil ne s'était pas encore appliqué à l'oculaire, que l'instrument me fut vivement arraché des mains.

Je me retournai. Le capitaine Nemo était devant moi, mais je ne le reconnus pas. Sa physionomie était transfigurée. Son œil, brillant d'un feu sombre, se dérobai sous son sourcil froncé. Ses dents se découvraient à demi.

Son corps raide, ses poings fermés, sa tête retirée entre les épaules, témoignaient de la haine violente que respirait toute sa personne. Il ne bougeait pas. Ma lunette, tombée de sa main, avait roulé à ses pieds.

Venais-je donc, sans le vouloir, de provoquer cette attitude de colère ? S'imaginait-il, cet incompréhensible personnage, que j'avais surpris quelque secret interdit aux hôtes du *Nautilus ?*

Non ! cette haine, je n'en étais pas l'objet, car il ne me regardait pas, et son œil restait obstinément fixé sur l'impénétrable point de l'horizon.

Enfin, le capitaine Nemo redevint maître de lui. Sa physionomie, si profondément altérée, reprit son calme habituel. Il adressa à son second quelques mots en langue étrangère, puis il se retourna vers moi.

« Monsieur Aronnax, me dit-il d'un ton assez impérieux, je réclame de vous l'observation de l'un des engagements qui vous lient à moi.

— De quoi s'agit-il, capitaine ?

— Il faut vous laisser enfermer, vos compagnons et vous, jusqu'au moment où je jugerai convenable de vous rendre la liberté.

— Vous êtes le maître, lui répondis-je, en le regardant fixement. Mais puis-je vous adresser une question ?

— Aucune, monsieur. »

Sur ce mot, je n'avais pas à discuter, mais à obéir, puisque toute résistance eût été impossible.

Je redescendis à la cabine qu'occupaient Ned Land et Conseil, et je leur fis part de la détermination du capitaine. Je laisse à penser comment cette communication fut reçue par le Canadien. D'ailleurs, le temps manqua à toute explication. Quatre hommes de l'équipage attendaient à la porte, et ils nous conduisirent à cette cellule où nous avions passé notre première nuit à bord du *Nautilus*.

Ned Land voulut réclamer, mais la porte se ferma sur lui pour toute réponse.

« Monsieur me dira-t-il ce que cela signifie ? » me demanda Conseil.

Je racontai à mes compagnons ce qui s'était passé. Ils furent aussi étonnés que moi, mais aussi peu avancés.

Cependant, j'étais plongé dans un abîme de réflexions, et l'étrange appréhension de la physionomie du capitaine Nemo ne quittait pas ma pensée. J'étais incapable d'accoupler deux idées logiques, et je me perdais dans les plus absurdes hypothèses, quand je fus tiré de ma contention d'esprit par ces paroles de Ned Land :

« Tiens ! le déjeuner est servi ! »

En effet, la table était préparée. Il était évident que le capitaine Nemo avait donné cet ordre en même temps qu'il faisait hâter la marche du *Nautilus*.

« Monsieur me permettra-t-il de lui faire une recommandation ? me demanda Conseil.

— Oui, mon garçon, répondis-je.

— Eh bien ! que monsieur déjeune. C'est prudent, car nous ne savons ce qui peut arriver.

— Tu as raison, Conseil.

— Malheureusement, dit Ned Land, on ne nous a donné que le menu du bord.

— Ami Ned, répliqua Conseil, que diriez-vous donc, si le déjeuner avait manqué totalement ! »

Cette raison coupa net aux récriminations du harponneur.

Nous nous mîmes à table. Le repas se fit assez silencieusement. Je mangeai peu. Conseil « se força », toujours par prudence, et Ned Land, quoi qu'il en eût, ne perdit pas un coup de dent. Puis, le déjeuner terminé, chacun de nous s'accota dans son coin.

En ce moment, le globe lumineux qui éclairait la cellule s'éteignit et nous laissa dans une obscurité profonde. Ned Land ne tarda pas à s'endormir, et, ce qui m'étonna, Conseil se laissa aller aussi à un lourd assoupissement. Je me demandais ce qui avait pu provoquer chez lui cet impérieux besoin de sommeil, quand je sentis mon cerveau s'imprégner d'une épaisse torpeur.

Mes yeux, que je voulais tenir ouverts, se fermèrent malgré moi. J'étais en proie à une hallucination douloureuse. Evidemment, des substances soporifiques avaient été mêlées aux aliments que nous venions de prendre ! Ce n'était donc pas assez de la prison pour nous dérober les projets du capitaine Nemo, il fallait encore le sommeil !

J'entendis alors les panneaux se refermer. Les ondulations de la mer, qui provoquaient un léger mouvement de roulis, cessèrent. Le *Nautilus* avait-il donc quitté la surface de l'océan ? Etait-il rentré dans la couche immobile des eaux ?

Je voulus résister au sommeil. Ce fut impossible. Ma respiration s'affaiblit. Je sentis un froid mortel glacer mes membres alourdis et comme paralysés. Mes paupières, véritables calottes de plomb, tombèrent sur mes yeux. Je ne pus les soulever. Un sommeil morbide, plein d'hallucinations, s'empara de tout mon être. Puis, les visions disparurent, et me laissèrent dans un complet anéantissement.

XXIV
Le royaume du corail

Le lendemain, je me réveillai la tête singulièrement dégagée. A ma grande surprise, j'étais dans ma chambre. Mes compagnons, sans doute, avaient été réintégrés dans leur cabine, sans qu'ils s'en fussent aperçus plus que moi. Ce qui s'était passé pendant cette nuit, ils l'ignoraient comme je l'ignorais moi-même, et pour dévoiler ce mystère, je ne comptais que sur les hasards de l'avenir.

Je songeai alors à quitter ma chambre. Etais-je encore

une fois libre ou prisonnier ? Libre entièrement. J'ouvris la porte, je pris par les coursives, je montai l'escalier central. Les panneaux, fermés la veille, étaient ouverts. J'arrivai sur la plate-forme.

Ned Land et Conseil m'y attendaient. Je les interrogeai. Ils ne savaient rien. Endormis d'un sommeil pesant qui ne leur laissait aucun souvenir, ils avaient été très surpris de se retrouver dans leur cabine.

Quant au *Nautilus,* il nous parut tranquille et mystérieux comme toujours. Il flottait à la surface des flots sous une allure modérée. Rien ne semblait changé à bord.

Ned Land, de ses yeux pénétrants, observa la mer. Elle était déserte. Le Canadien ne signala rien de nouveau à l'horizon, ni voile, ni terre. Une brise d'ouest soufflait bruyamment, et de longues lames, échevelées par le vent, imprimaient à l'appareil un très sensible roulis.

Le *Nautilus,* après avoir renouvelé son air, se maintint à une profondeur moyenne de quinze mètres, de manière à pouvoir revenir promptement à la surface des flots. Opération qui, contre l'habitude, fut pratiquée plusieurs fois, pendant cette journée du 19 janvier. Le second montait alors sur la plate-forme, et la phrase accoutumée retentissait à l'intérieur du navire.

Quant au capitaine Nemo, il ne parut pas. Des gens du bord, je ne vis que l'impassible steward, qui me servit avec son exactitude et son mutisme ordinaires.

Vers deux heures, j'étais au salon, occupé à classer mes notes, lorsque le capitaine ouvrit la porte et parut. Je le saluai. Il me rendit un salut presque imperceptible, sans m'adresser la parole. Je me remis à mon travail, espérant qu'il me donnerait peut-être des explications sur les événements qui avaient marqué la nuit précédente. Il n'en fit rien. Je le regardai. Sa figure me parut fatiguée ; ses yeux rougis n'avaient pas été rafraîchis par le sommeil ; sa physionomie exprimait une tristesse profonde, un réel chagrin. Il allait et venait, s'asseyait et se relevait, prenait un livre au hasard, l'abandonnait aussitôt, consultait ses instruments sans prendre ses notes habituelles, et semblait ne pouvoir tenir un instant en place.

Enfin, il vint vers moi et me dit :

« Etes-vous médecin, monsieur Aronnax ? »

Je m'attendais si peu à cette demande, que je le regardai quelque temps sans répondre.

« Etes-vous médecin ? répéta-t-il. Plusieurs de vos collègues ont fait leurs études de médecine, Gratiolet, Moquin-Tandon et autres.

— En effet, dis-je, je suis docteur et interne des hôpitaux. J'ai pratiqué pendant plusieurs années avant d'entrer au Muséum.

— Bien, monsieur. »

Ma réponse avait évidemment satisfait le capitaine Nemo. Mais ne sachant où il en voulait venir, j'attendis de nouvelles questions, me réservant de répondre suivant les circonstances.

« Monsieur Aronnax, me dit le capitaine, consentiriez-vous à donner vos soins à l'un de mes hommes ?

— Vous avez un malade ?

— Oui.

— Je suis prêt à vous suivre.

— Venez. »

J'avouerai que mon cœur battait. Je ne sais pourquoi je voyais une certaine connexité entre cette maladie d'un homme de l'équipage et les événements de la veille, et ce mystère me préoccupait au moins autant que le malade.

Le capitaine Nemo me conduisit à l'arrière du *Nautilus,* et me fit entrer dans une cabine située près du poste des matelots.

Là, sur un lit, reposait un homme d'une quarantaine d'années, à la figure énergique, vrai type de l'Anglo-Saxon.

Je me penchai sur lui. Ce n'était pas seulement un malade, c'était un blessé. Sa tête, emmaillotée de linges sanglants, reposait sur un double oreiller. Je détachai ces linges, et le blessé, regardant de ses grands yeux fixes, me laissa faire, sans proférer une seule plainte.

La blessure était horrible. Le crâne, fracassé par un instrument contondant, montrait la cervelle à nu, et la substance cérébrale avait subi une attrition profonde. Des caillots sanguins s'étaient formés dans la masse diffluente, qui affectait une couleur lie-de-vin. Il y avait eu à la fois contusion et commotion du cerveau. La respiration du malade était lente, et quelques mouvements spasmodiques des muscles agitaient sa face. La phlegmasie cérébrale était complète et entraînait la paralysie du sentiment et du mouvement.

Je pris le pouls du blessé. Il était intermittent. Les extrémités du corps se refroidissaient déjà, et je vis que la mort s'approchait, sans qu'il me parût possible de l'enrayer. Après avoir pansé ce malheureux, je rajustai les linges de sa tête, et je me retournai vers le capitaine Nemo.

« D'où vient cette blessure ? lui demandai-je.

— Qu'importe ! répondit évasivement le capitaine. Un choc du *Nautilus* a brisé un des leviers de la machine, qui a frappé cet homme. Mais votre avis sur son état ? »

J'hésitais à me prononcer.

« Vous pouvez parler, me dit le capitaine. Cet homme n'entend pas le français. »

Je regardai une dernière fois le blessé, puis je répondis :

« Cet homme sera mort dans deux heures.

— Rien ne peut le sauver ?

— Rien. »

La main du capitaine Nemo se crispa, et quelques larmes glissèrent de ses yeux, que je ne croyais pas faits pour pleurer.

Pendant quelques instants, j'observai encore ce mourant dont la vie se retirait peu à peu. Sa pâleur s'accroissait encore sous l'éclat électrique qui baignait son lit de mort. Je regardais sa tête intelligente, sillonnée de

rides prématurées, que le malheur, la misère peut-être, avaient creusées depuis longtemps. Je cherchais à surprendre le secret de sa vie dans les dernières paroles échappées à ses lèvres !

« Vous pouvez vous retirer, monsieur Aronnax », me dit le capitaine Nemo.

Je laissai le capitaine dans la cabine du mourant, et je regagnai ma chambre, très ému de cette scène. Pendant toute la journée, je fus agité de sinistres pressentiments. La nuit, je dormis mal, et, entre mes songes fréquemment interrompus, je crus entendre des soupirs lointains et comme une psalmodie funèbre. Etait-ce la prière des morts, murmurée dans cette langue que je ne savais comprendre ?

Le lendemain matin, je montai sur le pont. Le capitaine Nemo m'y avait précédé. Dès qu'il m'aperçut, il vint à moi.

« Monsieur le professeur, me dit-il, vous conviendrait-il de faire aujourd'hui une excursion sous-marine ?

— Avec mes compagnons ? demandai-je.

— Si cela leur plaît.

— Nous sommes à vos ordres, capitaine.

— Veuillez donc aller revêtir vos scaphandres. »

Du mourant ou du mort il ne fut pas question. Je rejoignis Ned Land et Conseil. Je leur fis connaître la proposition du capitaine Nemo. Conseil s'empressa d'accepter, et, cette fois, le Canadien se montra très disposé à nous suivre.

Il était huit heures du matin. A huit heures et demie, nous étions vêtus pour cette nouvelle promenade, et munis des deux appareils d'éclairage et de respiration. La double porte fut ouverte, et, accompagnés du capitaine Nemo que suivaient une douzaine d'hommes de l'équipage, nous prenions pied à une profondeur de dix mètres sur le sol ferme où reposait le *Nautilus*.

Une légère pente aboutissait à un fond accidenté, par quinze brasses de profondeur environ. Ce fond différait complètement de celui que j'avais visité pendant ma première excursion sous les eaux de l'océan Pacifique. Ici, point de sable fin, point de prairies sous-marines, nulle forêt pélagienne. Je reconnus immédiatement cette région merveilleuse dont, ce jour-là, le capitaine Nemo nous faisait les honneurs. C'était le royaume du corail.

Dans l'embranchement des zoophytes et dans la classe des alcyonaires, on remarque l'ordre des gorgonaires qui renferme les trois groupes des gorgoniens, des isidiens et des coralliens. C'est à ce dernier qu'appartient le corail, curieuse substance qui fut tour à tour classée dans les règnes minéral, végétal et animal. Remède chez les anciens, bijou chez les modernes, ce fut seulement en 1694 que le Marseillais Peysonnel le rangea définitivement dans le règne animal.

Le corail est un ensemble d'animalcules, réunis sur un polypier de nature cassante et pierreuse. Ces polypes ont un générateur unique qui les a produits par bourgeonnement, et ils possèdent une existence propre, tout en participant à la vie commune. C'est donc une sorte de socialisme naturel. Je connaissais les derniers travaux faits sur ce bizarre zoophyte, qui se minéralise tout en s'arborisant, suivant la très juste observation des naturalistes, et rien ne pouvait être plus intéressant pour moi que de visiter l'une de ces forêts pétrifiées que la nature a plantées au fond des mers.

Les appareils Ruhmkorff furent mis en activité, et nous suivîmes un banc de corail en voie de formation, qui, le temps aidant, fermera un jour cette portion de l'océan Indien. La route était bordée d'inextricables buissons formés par l'enchevêtrement d'arbrisseaux que couvraient de petites fleurs étoilées à rayons blancs. Seulement, à l'inverse des plantes de la terre, ces arborisations, fixées aux rochers du sol, se dirigeaient toutes de haut en bas.

La lumière produisait mille effets charmants en se jouant au milieu de ces ramures si vivement colorées. Il me semblait voir ces tubes membraneux et cylindriques trembler sous l'ondulation des eaux. J'étais tenté de cueillir leurs fraîches corolles ornées de délicats tentacules, les unes nouvellement épanouies, les autres naissant à peine, pendant que de légers poissons, aux rapides nageoires, les effleuraient en passant comme des volées d'oiseaux. Mais, si ma main s'approchait de ces fleurs vivantes, de ces sensitives animées, aussitôt l'alerte se mettait dans la colonie. Les corolles blanches rentraient dans leurs étuis rouges, les fleurs s'évanouissaient sous mes regards, et le buisson se changeait en un bloc de mamelons pierreux.

Le hasard m'avait mis là en présence des plus précieux échantillons de ce zoophyte. Ce corail valait celui qui se pêche dans la Méditerranée, sur les côtes de France, d'Italie et de Barbarie. Il justifiait par ses tons vifs ces noms poétiques de *fleur de sang* et d'*écume de sang* que le commerce donne à ses plus beaux produits. Le corail se vend jusqu'à cinq cents francs le kilogramme, et en cet endroit, les couches liquides recouvraient la fortune de tout un monde de corailleurs. Cette précieuse matière, souvent mélangée avec d'autres polypiers, formait alors des ensembles compacts et inextricables appelés « macciota », et sur lesquels je remarquai d'admirables spécimens de corail rose.

Mais bientôt les buissons se resserrèrent, les arborisations grandirent. De véritables taillis pétrifiés et de longues travées d'une architecture fantaisiste s'ouvrirent devant nos pas. Le capitaine Nemo s'engagea sous une obscure galerie dont la pente douce nous conduisit à une profondeur de cent mètres. La lumière de nos serpentins produisait parfois des effets magiques, en s'accrochant aux rugueuses aspérités de ces arceaux naturels et aux pendentifs disposés comme des lustres, qu'elle piquait de pointes de feu. Entre les arbrisseaux coralliens, j'observai d'autres polypes non moins curieux, des mélites, des iris aux ramifications articulées, puis quelques touffes de corallines, les unes vertes, les autres rouges, véritables algues encroûtées dans leurs sels calcaires, que les naturalistes, après longues discussions, ont définitivement rangées dans le règne végétal. Mais, suivant la remarque d'un penseur, « c'est peut-être là le point réel où la vie obscurément se soulève du sommeil de pierre, sans se détacher encore de ce rude point de départ ».

Enfin, après deux heures de marche, nous avions atteint une profondeur de trois cents mètres environ, c'est-à-dire la limite extrême sur laquelle le corail commence à se former. Mais là, ce n'était plus le buisson isolé, ni le modeste taillis de basse futaie. C'était la forêt immense, les grandes végétations minérales, les énormes arbres pétrifiés, réunis par des guirlandes d'élégantes plumarias, ces lianes de la mer, toutes parées de nuances et de reflets. Nous passions librement sous leur haute ramure perdue dans l'ombre des flots, tandis qu'à nos pieds, les tubipores, les méandrines, les astrées, les fongies, les caryophylles, formaient un tapis de fleurs, semé de gemmes éblouissantes.

Quel indescriptible spectacle ! Ah ! que ne pouvions-nous communiquer nos sensations ! Pourquoi étions-nous emprisonnés sous ce masque de métal et de verre ! Pourquoi les paroles nous étaient-elles interdites de l'un à l'autre ! Que ne vivions-nous, du moins, de la vie de ces poissons qui peuplent le liquide élément, ou plutôt encore de celle de ces amphibies qui, pendant de longues heures, peuvent parcourir, au gré de leur caprice, le double domaine de la terre et des eaux !

Cependant, le capitaine Nemo s'était arrêté. Mes compagnons et moi, nous suspendîmes notre marche, et, me retournant, je vis que ses hommes formaient un demi-cercle autour de leur chef. En regardant avec plus d'attention, j'observai que quatre d'entre eux portaient sur leurs épaules un objet de forme oblongue.

Nous occupions, en cet endroit, le centre d'une vaste clairière, entourée par les hautes arborisations de la forêt sous-marine. Nos lampes projetaient sur cet espace une sorte de clarté crépusculaire qui allongeait démesurément les ombres sur le sol. A la limite de la clairière, l'obscurité redevenait profonde, et ne recueillait que de petites étincelles retenues par les vives arêtes du corail.

Ned Land et Conseil étaient près de moi. Nous regardions, et il me vint à la pensée que j'allais assister à une scène étrange. En observant le sol, je vis qu'il était gonflé, en de certains points, par de légères extumescences encroûtées de dépôts calcaires, et disposées avec une régularité qui trahissait la main de l'homme.

Au milieu de la clairière, sur un piédestal de rocs grossièrement entassés, se dressait une croix de corail, qui étendait ses longs bras qu'on eût dit faits d'un sang pétrifié.

Sur un signe du capitaine Nemo, un de ses hommes s'avança, et à quelques pieds de la croix, il commença à creuser un trou avec une pioche qu'il détacha de sa ceinture.

Je compris tout ! Cette clairière était un cimetière, ce trou, une tombe, cet objet oblong, le corps de l'homme mort dans la nuit ! Le capitaine Nemo et les siens venaient enterrer leur compagnon dans cette demeure commune, au fond de cet inaccessible océan !

Non ! jamais mon esprit ne fut surexcité à ce point ! Jamais idées plus impressionnantes n'envahirent mon cerveau ! Je ne voulais pas voir ce que voyaient mes yeux !

Cependant, la tombe se creusait lentement. Les poissons fuyaient çà et là leur retraite troublée. J'entendais résonner, sur le sol calcaire, le fer du pic qui étincelait parfois en heurtant quelque silex perdu au fond des eaux. Le trou s'allongeait, s'élargissait, et bientôt il fut assez profond pour recevoir le corps.

Alors, les porteurs s'approchèrent. Le corps, enveloppé dans un tissu de byssus blanc, descendit dans son humide tombe. Le capitaine Nemo, les bras croisés sur la poitrine, et tous les amis de celui qui les avait aimés s'agenouillèrent dans l'attitude de la prière... Mes deux compagnons et moi, nous nous étions religieusement inclinés.

La tombe fut alors recouverte des débris arrachés au sol, qui formèrent un léger renflement.

Quand ce fut fait, le capitaine Nemo et ses hommes se redressèrent ; puis, se rapprochant de la tombe, tous fléchirent encore le genou, et tous étendirent leur main en signe de suprême adieu...

Alors, la funèbre troupe reprit le chemin du *Nautilus,* repassant sous les arceaux de la forêt, au milieu des taillis, le long des buissons de corail, et toujours montant.

Enfin, les feux du bord apparurent. Leur traînée lumineuse nous guida jusqu'au *Nautilus.* A une heure, nous étions de retour.

Dès que mes vêtements furent changés, je remontai sur la plate-forme, et, en proie à une terrible obsession d'idées, j'allai m'asseoir près du fanal.

Le capitaine Nemo me rejoignit. Je me levai et lui dis :

« Ainsi, suivant mes prévisions, cet homme est mort dans la nuit ?

— Oui, monsieur Aronnax, répondit le capitaine Nemo.

— Et il repose maintenant près de ses compagnons, dans ce cimetière de corail ?

— Oui, oubliés de tous, mais non de nous ! Nous creusons la tombe, et les polypes se chargent d'y sceller nos morts pour l'éternité ! »

Et, cachant d'un geste brusque son visage dans ses mains crispées, le capitaine essaya vainement de comprimer un sanglot. Puis il ajouta :

« C'est là notre paisible cimetière, à quelques centaines de pieds au-dessous de la surface des flots !

— Vos morts y dorment, du moins, tranquilles, capitaine, hors de l'atteinte des requins !

— Oui, monsieur, répondit gravement le capitaine Nemo, des requins et des hommes ! »

FIN DE LA PREMIÈRE PARTIE

Table

PREMIÈRE PARTIE

FOLIO JUNIOR ÉDITION SPÉCIALE

Jules Verne

Vingt mille lieues sous les mers

Première partie

Supplément réalisé par
Christian Grenier

Illustrations de Jean-Philippe Chabot

SOMMAIRE

ÊTES-VOUS CRÉDULE ?

ÊTES-VOUS CRÉDULE ?

Que peut bien être ce « phénomène inexpliqué », cette « chose énorme » qui suscite des rumeurs et surexcite « l'esprit public » en 1866 ? Certes, il est aisé au lecteur de deviner dès les premières pages qu'il s'agit d'un extraordinaire sous-marin, le *Nautilus*. Mais la crédulité générale, au XIXe siècle, fait admettre au plus grand nombre (y compris au narrateur, qui est professeur et savant !) l'existence d'un monstre fabuleux.
Et vous ? Êtes-vous crédule – c'est-à-dire prêt à accorder foi aux rumeurs les plus extravagantes ? Pour le savoir, répondez honnêtement aux douze questions qui suivent et reportez-vous à la page des solutions.

1. *On annonce à la radio que vient d'éclater la Troisième Guerre mondiale :*
A. Vous vous réfugiez à la cave ❍
B. Vous allumez la télévision pour vérifier l'information ❐
C. Vous songez que ce genre de canular devrait être réservé pour le 1er avril Δ

2. *A la foire, un stand montre « la femme à deux têtes » :*
A. Vous haussez les épaules et allez aux autos tamponneuses Δ
B. Vous savez qu'existent de telles anomalies de la nature ❐
C. Vous vous doutez qu'« il y a un truc » – mais vous voulez la voir ! ❍

3. *Le père Noël :*
A. Vous y avez cru jusqu'à l'âge de six ans ❐
B. Vous n'y avez jamais cru Δ
C. Mais voyons… il existe ! ❍

4. *Vous voyez une étoile filante. Vous faites un vœu parce que :*
A. C'est la coutume Δ
B. Vous songez : « Après tout, on ne sait jamais... » ❐
C. Vous êtes persuadé qu'il se réalisera ❍

5. *Une soirée télévision. Vous choisissez la chaîne qui diffuse :*
A. L'émission « Mystères » ❍
B. Un épisode de « Columbo » Δ
C. « Les brûlures de l'Histoire » ❑

6. *Votre meilleur ami vous affirme qu'il a vu un ovni :*
A. Vous ricanez et vous vous moquez de lui Δ
B. Rien d'étonnant : vous l'avez observé hier, à la même heure ❍
C. Vous lui demandez des détails, quitte à le contredire ❑

7. *Après avoir lu un roman de science-fiction, vous songez habituellement :*
A. Qu'il s'agit d'une sorte de conte de fées moderne Δ
B. Que l'auteur a utilisé des faits réels, puis joué avec son imagination ❑
C. Que cette fiction deviendra sans doute réalité plus tard ❍

8. *Dans le salon d'attente du dentiste, vous prenez un magazine et vous l'ouvrez à la page :*
A. De l'horoscope ❍
B. Des mots croisés Δ
C. Des faits divers ❑

9. *La télé annonce que vient d'être capturé le fameux monstre du Loch Ness. Vous pensez qu'il s'agit :*
A. D'une première scientifique ❍
B. D'un canular Δ
C. D'une erreur ❑

10. *Le 1er janvier, un astrologue prédit pour l'été une grande catastrophe en Californie. Vous songez que :*
A. Cette perspective est vraisemblable ❑
B. L'astrologue est un petit malin Δ
C. Vous éviterez d'y aller en juillet comme prévu ❍

11. *Mettra-t-on au point un jour lointain une « machine à explorer le temps » ?*
A. Non, jamais Δ
B. Oui, sûrement ❍
C. Ma foi… qui sait ? ❑

12. *Parmi ces trois formules, la plus juste vous semble être :*
A. « L'homme est naturellement bon » ❍
B. « L'homme est un animal social » ❑
C. « L'homme est un loup pour l'homme » Δ

Solutions page 312

1
AU FIL DU TEXTE

PREMIÈRE PARTIE (p. 13 à 77)

Quinze questions pour commencer

Pour rendre encore plus vraisemblables les incroyables aventures qui attendent les héros de son récit, Jules Verne situe très précisément les lieux, l'époque, les technologies – et il décrit avec minutie le caractère et l'aspect physique de ses personnages. Êtes-vous sûr que rien ne vous a échappé ?

1. *L'action du récit est censée se dérouler vers :*
A. 1866
B. 1933
C. 1966

2. *Sur le* Scotia, *on constate qu'un choc d'origine inconnue a provoqué un trou large de :*
A. Vingt centimètres
B. Deux mètres
C. Vingt mètres

3. *Après l'incident, le* Scotia *:*
A. Coule à pic
B. Rentre avec trois jours de retard
C. Disparaît corps et biens

4. *Le narrateur s'appelle :*
A. Pierre Aronnax
B. Jean Oyonnax
C. Paul Furax

5. *Quelle est sa profession ?*
A. Harponneur
B. Explorateur
C. Professeur

6. *Sommé de s'expliquer au sujet des événements, il admet dans un article l'existence :*
A. D'un narval géant
B. D'un engin sous-marin
C. D'un îlot errant

7. *Son fidèle Conseil est un :*
A. Domestique flamand
B. Valet de pied anglais
C. Cuisinier chinois

8. *Le défaut de Conseil est de s'adresser à son maître :*
A. En bégayant sans cesse
B. A la troisième personne
C. Sans jamais donner son avis

9. *Le navire sur lequel tous deux s'embarquent s'appelle :*
A. Le *France*
B. Le *Franklin Roosevelt*
C. L'*Abraham Lincoln*

13. *Avant de rencontrer le monstre, le navire sillonne le Pacifique pendant :*
A. Trois semaines
B. Trois mois
C. Trois ans

10. *Ned Land, le harponneur, est un :*
A. Canadien
B. Américain
C. Norvégien

11. *Le premier à signaler l'animal doit recevoir une récompense de :*
A. Deux mille dollars
B. Dix mille francs
C. Cent mille livres

12. *Huit heures sur douze, Ned Land :*
A. Scrute l'océan
B. Lit ou dort dans sa cabine
C. Affûte son harpon

14. *Ils aperçoivent le monstre parce que la mer semble soudain :*
A. Traversée par un aileron géant
B. Soulevée comme par un geyser
C. Illuminée par-dessous

15. *Le navire ne vient pas en aide aux naufragés parce que :*
A. L'hélice et le gouvernail sont brisés
B. Une voie d'eau s'est déclarée dans la cale
C. Le capitaine a ordonné de fuir

Solutions page 312

Un mystère sous les mers !

1. Un événement bizarre, un phénomène inexpliqué et inexplicable... des rumeurs... (p. 13 à 21) Le lecteur comprend-il de quoi il est question ? Pourquoi Jules Verne ne le renseigne-t-il pas plus précisément ?

2. De nombreuses hypothèses peuvent expliquer la nature de ces incidents. Essayez de relever, page 13, trois mots ou expressions définissant ce « mystère ».

3. On dit souvent que Jules Verne est l'ancêtre de la science-fiction moderne. Mais ce premier chapitre évoque aussi deux autres genres littéraires où il est question :
– de phénomènes inexpliqués ;
– d'une enquête pour découvrir le responsable de faits criminels.

A. Quels sont ces deux genres littéraires, qui commençaient à s'épanouir à la même époque ?

B. Pourriez-vous citer, pour illustrer le premier, un texte de Mary Shelley et un autre de Maupassant ?
Et, pour illustrer le second, un texte d'Edgar Poe et un autre de Gaston Leroux ?

4. Cette « chose énorme », cet « objet long, fusiforme, parfois phosphorescent, infiniment plus vaste et plus rapide qu'une baleine », est baptisé de nombreux noms et expressions tout au long du premier chapitre. Pourriez-vous en trouver une dizaine dans la seule page 14 ?

5. Quels sont les « deux continents » particulièrement concernés (p. 13) ? Pourquoi ? Quels pays sont plus précisément cités par Jules Verne deux pages plus loin ?

Solutions page 313

Les animaux ont bon dos !

Après avoir évoqué le monstre, Jules Verne parle... des *canards* ! (p. 15)

1. Quel mot se dissimule derrière ce terme un peu péjoratif ?

2. Comment traduiriez-vous en langage clair cette métaphore filée de Jules Verne : « Les canards eurent là une belle occasion de pondre des œufs de toute couleur » ?

3. Savez-vous quel nom d'animal désigne :

- un mauvais élève ?
- quelqu'un de bourru, de peu aimable ?
- une femme niaise, facile à berner ?
- un élève qui prend des cours particuliers ?

Solutions page 313

Le journal des événements

Une succession d'incidents marque les années 1866 et 1867. En vous servant des indications du texte (p. 14 à 18), pourriez-vous :

1. Retrouver les dates précises des six rencontres de navires avec le « monstre » ?

2. Choisir l'une des six dates et rédiger brièvement et le plus objectivement possible les faits, comme le ferait un capitaine dans son journal de bord ?

Solutions page 313

Le mystère se déplace !

Voici une carte de l'Amérique et de l'océan Pacifique. Essayez de reconstituer au crayon rouge, en pointillés, le trajet de l'*Abraham-Lincoln* depuis son départ de New York (p. 21) jusqu'à la fatale rencontre (p. 52).

Notez aussi, à l'aide d'une croix, la position du navire aux dates suivantes :

– 3 juin 1867 – 30 juin – 3 juillet – 6 juillet – 20 juillet – 27 juillet

Map of America

DEUXIÈME PARTIE (p. 77 à 166)

Quinze questions pour continuer

Nos trois compagnons sont à présent prisonniers du mystérieux monstre de métal et de son énigmatique capitaine. Soucieux de vraisemblance scientifique, Jules Verne soumet son lecteur à une avalanche de théories et de connaissances du monde sous-marin ! Passionnants et complexes labyrinthes que ceux du *Nautilus* et de l'univers qu'il parcourt ! Saurez-vous vous y repérer ?

1. *Le professeur croit d'abord avoir affaire à :*
A. Des pirates
B. Des cannibales
C. Des monstres

2. *Ned Land, pour se défendre, compte sur son :*
A. Harpon
B. Revolver
C. Couteau

3. *Leur prison est faite de :*
A. Cloisons de bois dur
B. Tôles boulonnées
C. Parois de cristal

4. *Ce qui frappe le narrateur chez le plus grand de leurs geôliers, c'est :*
A. Son accent étranger
B. Son regard
C. Sa timidité

5. *Les langues utilisées par Aronnax pour relater leurs aventures sont :*
A. Le français et le latin
B. L'anglais et l'allemand
C. Le basque et l'espagnol

6. *Ned Land pense que leurs geôliers viennent du pays :*
A. Des fourrures
B. Des Indiens
C. Des coquins

7. *La seule nourriture qui manque à table, c'est :*
A. Le pain et le vin
B. Le sel et le poivre
C. La poire et le fromage

8. *La devise latine de Nemo est :*
A. « Fluctuat nec mergitur »
B. « Moriture te salutant »
C. « Mobilis in mobile »

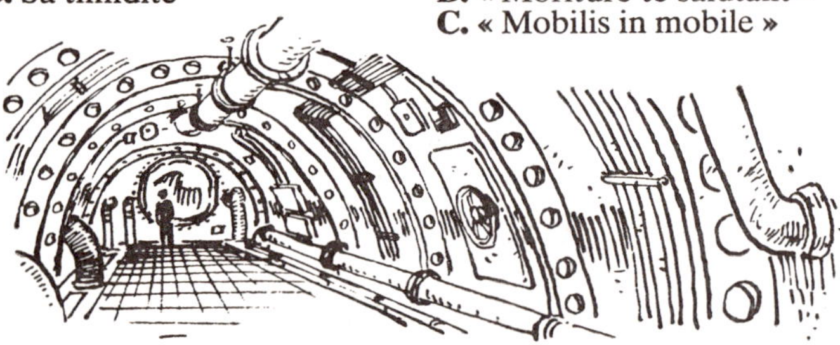

9. *Après le repas et une nuit de sommeil, le narrateur constate que :*
A. La pression augmente
B. L'air devient irrespirable
C. Le silence s'épaissit

10. *Pour fuir, Ned Land préconise de :*
A. Tuer leurs geôliers
B. Creuser une issue
C. S'emparer du bâtiment

11. *Le capitaine du sous-marin se présente comme un homme qui :*
A. A rompu avec l'humanité
B. Est poursuivi par la justice
C. Est rejeté par la société

12. *Il déclare à ses hôtes qu'il s'apprête à faire :*
A. Une promenade jusqu'au pôle Nord
B. Un nouveau tour du monde sous-marin
C. Une plongée dans les abysses

13. *Il affirme produire l'électricité en extrayant de la mer :*
A. Du sodium
B. De l'uranium
C. Du potassium

14. *Le timonier du* Nautilus *est placé dans une cage vitrée faite de :*
A. Verre armé
B. Cristal
C. Diamant

15. *Après les révélations de Nemo, Aronnax attend son hôte en vain et passe sa soirée à :*
A. Boire et manger
B. Somnoler et rêver
C. Lire, écrire, penser

Solutions page 314

Dialogues de sourds

Les geôliers de nos trois héros sont bien peu loquaces ! Le plus petit – juge le narrateur – doit, dans son langage, « prodiguer les prosopopées, les métonymies et les hypallages » ! (p. 79)
Voilà trois mots bien compliqués pour expliquer au lecteur que ce personnage emploie – quand il parle – des raccourcis de langage ! En vous aidant d'un dictionnaire, essayez de retrouver de laquelle de ces trois figures de style il s'agit pour :

A. L'expression « boire un verre ».
B. L'expression « rendre quelqu'un à la vie ».
C. « Faire parler » un absent, un mort, un objet.

Solutions page 314

De l'air !

Il ne suffit pas de se déplacer sous les mers... Encore faut-il respirer, dans un sous-marin !

1. Combien de moyens existe-t-il pour renouveler cet air, selon le professeur Aronnax ?

2. Quels mots techniques permettraient de résumer ces trois procédés ?

3. Lequel des trois moyens, de toute évidence, est employé ici ?

4. Lequel des trois moyens est couramment utilisé dans les sous-marins actuels ?

Solutions page 314

L'énigmatique Nemo

Bien étrange personnage que ce capitaine Nemo ! « J'ai rompu avec la société tout entière pour des raisons que moi seul j'ai le droit d'apprécier », déclare-t-il. (p. 100)

1. Essayez d'imaginer quelles sont ces raisons qu'il ne souhaite pas révéler.

2. Une phrase, page 111, pourrait bien livrer au lecteur une indication précieuse, sinon sur les raisons de la misanthropie du capitaine Nemo, du moins sur les motifs de sa fuite. Quelle est cette phrase ?

3. Quelles autres indications précises sont données page 137 ? Que peut-on en déduire sur la personnalité de Nemo ?

4. Nemo n'est pas seulement un génial inventeur : il est aussi poète – mais un poète doublé d'un esprit scientifique. Pour vous en convaincre, relisez, page 108, le long monologue du capitaine, véritable hymne d'amour à la mer. Sur une feuille que vous diviserez en deux colonnes, inscrivez à droite tout ce qui, dans ce monologue, est pure information scientifique. Et essayez de recopier le reste du texte sous la forme d'une poésie libre, en créant selon votre humeur des retours à la ligne.

5. *Homme libre, toujours tu chériras la mer !*
La mer est ton miroir. Tu contemples ton âme
Dans le déroulement infini de sa lame
Et ton esprit n'est pas un gouffre moins amer...

Quel est le titre de ce poème, publié quelques années (1852) avant *20 000 Lieues sous les mers*, et que Nemo a dû lire ? Et qui est son auteur ?

6. Quel autre grand poète, à la même époque, célèbre la mer dans des poésies (comme *Les Pauvres Gens*) et dans un roman, où figure le mot « mer » ?

Solutions page 315

La bibliothèque du *Nautilus*

1. Quels sont les six auteurs de poésie ou de romans cités par le narrateur, et dont les ouvrages figurent dans la bibliothèque de Nemo ?
Essayez de les classer par ordre chronologique, en commençant par l'auteur le plus ancien !
Parmi eux, quels sont les écrivains encore vivants au moment de la parution de *20 000 Lieues sous les mers* (1870) ?

2. Parmi les auteurs scientifiques cités p. 111, y en a-t-il beaucoup que vous connaissez ? Essayez de comprendre pourquoi !

3. Imaginez que Nemo a survécu et que vous avez l'occasion de le suivre aujourd'hui dans son *Nautilus* ! Quels ouvrages contemporains lui apporteriez-vous pour compléter sa bibliothèque ?

Solutions page 315

Une collection particulière

Nemo n'est pas seulement un fin lettré : c'est aussi un amateur d'art éclairé... et un collectionneur exigeant !

1. Entre 1874 et 1886 naît en France un grand mouvement pictural, auquel Jules Verne ne peut faire allusion... car il ne sera baptisé qu'en 1874 ! Connaissez-vous son nom ?

2. Imaginez à présent que vous avez, comme Nemo, les moyens de vous offrir une « collection particulière ». De quelles œuvres aimeriez-vous être entouré ?

Solutions page 315

Des partitions éparses

Nemo est aussi mélomane ! Le professeur Aronnax découvre « des partitions de Weber, de Rossini, de Mozart, de Beethoven, de Haydn, de Meyerbeer, d'Hérold, de Wagner, d'Auber, de Gounod, et nombre d'autres, éparses sur un piano-orgue... » (p. 000)

Les voici, ces partitions éparses ! Elles sont dissimulées ici dans une seule – et bien étrange – phrase... Sauriez-vous retrouver le titre de chaque œuvre et l'associer à chacun des dix compositeurs cités plus haut ?

La création d'une flûte enchantée occupait fort Guillaume Tell, sur ce vaisseau fantôme où le bandit Fra Diavolo entonnait un hymne à la joie ; mais tout se gâta lorsque Zampa aperçut Mireille, l'Africaine, et lui lança une invitation à la valse...

Solutions page 315

Un herbier de mots

Jules Verne noie le lecteur sous une véritable avalanche de mots inconnus ! On peut être certes effrayé par l'abondance de ces termes barbares... mais on peut aussi être séduit par l'exotisme, la sonorité, la couleur de ces plantes et animaux marins « que la science a baptisés de ses noms les plus charmants. » (p. 117)

Pourquoi ne constitueriez-vous pas un herbier de mots ? Prenez un cahier sur lequel vous noterez, en haut de chaque page, les noms d'animaux marins les plus séduisants. Ensuite, à l'aide de dictionnaires et d'encyclopédies, essayez de retrouver une photo ou un dessin correspondant au nom choisi.

Pour commencer votre herbier, voici trois dessins. Ils représentent :

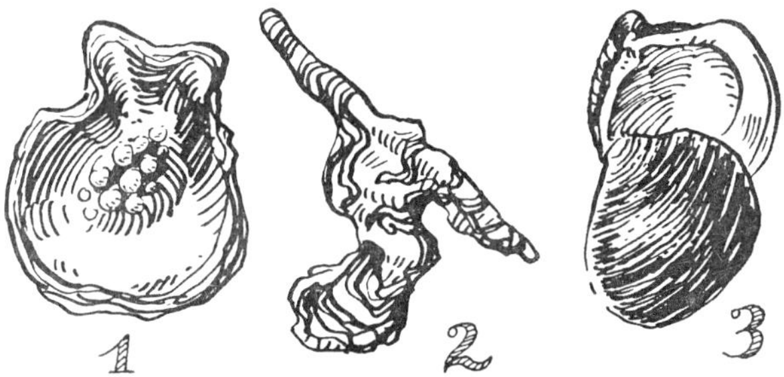

A. Un marteau commun - B. Une vénus - C. Une huître perlière

A vous de retrouver quel nom doit être associé à chaque dessin !

Solutions page 315

Jules Verne, prophète scientifique ?

Si Jules Verne, comme on l'a vu, n'a pas inventé le sous-marin, du moins a-t-il pressenti son grand avenir et ses nombreuses possibilités. Au fil du texte, il nous livre de multiples applications de la science de son époque – applications qui ne sont pas encore au point en 1866, mais dont le XXe siècle a fait un usage courant.
Essayez de trouver le nom de l'objet usuel et contemporain dont Jules Verne pressent la future mise au point en le décrivant dans les pages 124, 146, 164, 165 et 166.

Solutions page 316

TROISIÈME PARTIE (p. 167 à 275)

Quinze questions pour conclure

Les trois héros involontaires de ce fabuleux tour du monde sous-marin ont commencé leur voyage ! Que de merveilles sous les mers, mais que de périls ! Avez-vous bien suivi le parcours du *Nautilus* et de ses passagers ? Pour le savoir, répondez aux quinze questions qui suivent en vous aidant de votre mémoire... et d'un peu de logique ou d'astuce.

1. *Pendant la promenade à l'île Crespo, celui qui marche en tête est :*
A. Le narrateur
B. Nemo
C. Conseil

2. *Grâce au soleil, ils distinguent les objets à une distance de :*
A. Dix mètres
B. Soixante mètres
C. Cent mètres

3. *Toutes les herbes de la forêt sous-marine :*
A. Rampent à l'horizontale
B. Montent vers la surface
C. Ondulent obliquement

4. *Les héros somnolent et sont surpris à leur réveil par :*
A. Une monstrueuse araignée de mer
B. Un énorme poulpe
C. Un crabe gigantesque

5. *Nemo finit par tuer sous l'eau, avec son fusil :*
A. Un requin
B. Un castor
C. Une loutre

6. *De retour au* Nautilus, *Aronnax comprend que Nemo veut aller :*
A. Jusqu'au pôle
B. A l'Équateur
C. En Angleterre

7. *Le navire coulé sur lequel ils aperçoivent des cadavres est :*
A. Le *Titanic*
B. Le *Miami*
C. Le *Florida*

8. *Le 27 décembre, le* Nautilus *arrive en vue des îles de :*
A. Manitoba
B. Karateka
C. Vanikoro

9. *Le grand navigateur qui s'y échoua et y périt en 1788 était :*
A. Christophe Colomb
B. La Pérouse
C. Magellan

10. *Le 1er janvier, Aronnax donne à Conseil, pour ses étrennes :*
A. Deux mille francs
B. Sa bible en cuir
C. Une poignée de main

11. *Nemo affirme que le* Nautilus, *échoué, repartira grâce :*
A. A ses moteurs
B. A la marée
C. Aux courants

12. *A terre, Conseil capture aisément un paradisier car l'oiseau est :*
A. Ivre
B. Blessé
C. Apprivoisé

13. *Nemo empêche les indigènes d'aborder le* Nautilus *au moyen :*
A. D'un canon à eau
B. D'un réseau électrique
C. De bouches à feu

14. *Face à un mystérieux péril, Nemo demande à ses prisonniers :*
A. De l'aider à combattre
B. De quitter le navire
C. De se laisser enfermer

15. *Aronnax est appelé par Nemo au chevet d'un homme qui est :*
A. Blessé à la tête
B. Atteint d'une maladie incurable
C. En proie au délire

Solutions page 316

Du rêve à la réalité

Nemo entraîne Aronnax et Conseil dans une promenade qui pouvait sembler bien nouvelle à un lecteur de 1870 ! Aujourd'hui, les progrès scientifiques ont fait de la plongée sous-marine un sport à peu près accessible à tous.
Mais au fait, cette partie du récit ne comporte-t-elle pas (pour un lecteur averti des progrès scientifiques du XXe siècle) quelques invraisemblances ?

1. Voici dix affirmations. A vous de démêler le vrai du faux !

A. Le modèle des scaphandres utilisés par les héros page 167 existait en 1870.

B. Certains auteurs de l'Antiquité avaient déjà imaginé des promenades sous-marines.

C. Léonard de Vinci a dessiné, vers 1500, le plan d'un scaphandre.

D. En 1930, des scaphandriers américains atteignirent la profondeur de 1 000 mètres.

E. « Nous atteignîmes une profondeur de cent mètres », affirme Aronnax page 175. C'est tout à fait vraisemblable avec les moyens qu'utilisent les héros.

F. En plongée profonde, il est nécessaire de diluer l'oxygène avec de l'azote ou de l'hélium.

G. La voix du plongeur est modifiée dans l'air comprimé.

H. Il est possible d'atteindre la profondeur de 100 mètres en apnée (sans appareil).

I. En plongée simulée (dans un caisson), il est possible d'approcher théoriquement 700 mètres de profondeur.

J. Aucun appareil sous-marin habité n'a jamais pu dépasser 10 000 mètres de profondeur.

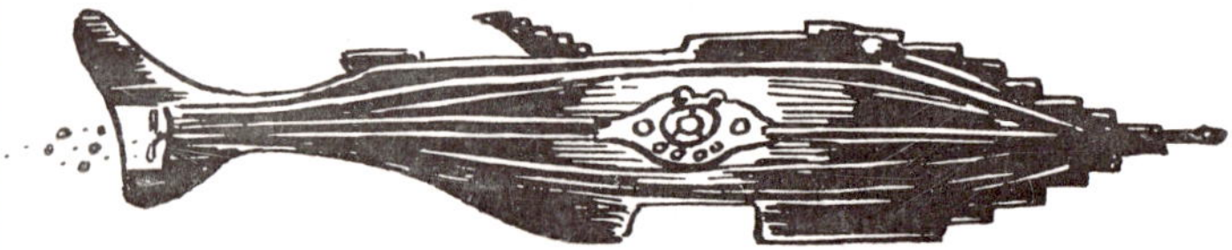

2. Jules Verne, soucieux de vraisemblance scientifique, fait utiliser à ses héros certains équipements « d'époque » : par exemple le scaphandre Rouquayrol-Denayrouze (p. 164) ou la pile de Bunzen (p. 165).

A. Quel appareil utilisent les héros pour s'éclairer sous l'océan ?

B. Quel autre appareil l'Allemand Bunsen (et non Bunzen) a-t-il mis au point, qui porte aussi son nom ?

3. Aronnax (p. 169-170) évoque la « loi physique reconnue par Archimède », à laquelle sont soumis tous les corps plongés dans l'eau, et dont il formule le début. Sauriez-vous retrouver cette loi dans sa totalité ?

Solutions page 317

Un visionnaire

1. Étrange et lyrique personnage, décidément, que le capitaine Nemo ! Le voici lancé dans un magnifique monologue.

A. Retrouverez-vous le sujet central de son discours dont voici quelques extraits ?

« N'est-il pas doté d'une vie réelle ? N'a-t-il pas ses colères et ses tendresses ? Hier, il s'est endormi comme nous, et le voilà qui se réveille après une nuit paisible ! (...) Il s'éveille sous les caresses du soleil ! Il va revivre de son existence diurne ! (...) Il possède un pouls, des artères, il a ses spasmes... » (p. 188-189)

B. Vous-même, ne cultivez-vous pas un intérêt ou un amour pour un lieu, une activité, ou un phénomène naturel ? Sur le modèle du monologue de Nemo, essayez de rédiger le panégyrique :

– du soleil; de la montagne; de l'arbre; de la pluie; du vent; de la musique.

2. Prophétique, Nemo évoque la future exploitation des richesses de l'océan.

« Je concevrais la fondation de villes nautiques, d'agglomérations, de maisons sous-marines, qui, comme le *Nautilus*, reviendraient respirer chaque matin à la surface des mers, villes libres, s'il en fut, cités indépendantes ! » déclare Nemo. (p. 191)

Ces « villes nautiques », ces « maisons sous-marines », pourquoi n'essaieriez-vous pas d'en dresser le plan ou d'en esquisser le dessin ?

3. Le 11 décembre, Ned Land montre à Aronnax un bâtiment qui a coulé à pic où quelques cadavres, amarrés par des cordes, gisent encore ! Quelques années plus tard, le 14 avril 1912, eut lieu un vrai et terrible naufrage. Connaissez-vous le nom de ce luxueux paquebot ? La cause de son naufrage ? Le nombre des victimes ?

4. Abordant des îles coralligènes, Aronnax développe une étrange théorie visant à démontrer que les terres, comme les hommes, sont le fruit d'une lente évolution.

A. Quel est le nom du savant, auteur de cette théorie ? Ce savant est plus connu pour être l'inventeur d'une autre théorie, développée dans un ouvrage devenu célèbre. Quelle est cette théorie ? Comment s'appelle cet ouvrage ?

B. Un autre savant, mort en 1930, utilisa les travaux de ses prédécesseurs pour développer une théorie visant à démontrer que les blocs continentaux se déplacent à la surface du globe. Élaborée en 1912, cette théorie fut vérifiée en 1965. Connaissez-vous son nom et celui de son inventeur ?

C. Sauriez-vous retrouver les deux mots manquants dans cette exclamation de Nemo (p. 197) : « Ce ne sont pas de nouveaux ...... qu'il faut à la terre, mais de nouveaux ...... ! » En quoi ce cri du cœur nous renseigne-t-il sur les idées de l'étrange Nemo ?

Solutions page 317

Une nature exotique

Ces « quelques jours à terre » sont, pour Jules Verne, le prétexte à présenter au jeune lecteur des produits peu ou pas du tout connus dans cette France de la fin du XIXe siècle. En relisant ces pages, vous essaierez de retrouver :

1. Des arbres ou des plantes qui ne poussent que dans les pays chauds. (p. 221-222)

2. Des fruits ou des légumes qui ne pouvaient pas être consommés en France à cette époque. (p. 224-228)

3. Des animaux dont on ne possédait alors que quelques dessins. (p. 232-236)

Solutions page 317

Définition du sauvage

La découverte de « mangeurs d'hommes », en Afrique et en Océanie, au cours du XVIIIe et du XIXe siècle, a longtemps contribué à entretenir certains préjugés vis-à-vis des peuples n'ayant pas accédé à la « civilisation ».

Cette dernière notion est diversement appréciée par les protagonistes du récit.

1. Retrouvez, pages 224 et 238, deux répliques dans lesquelles Conseil fait preuve d'humour à propos des « sauvages ». Cette dernière réplique peut-elle passer pour un propos raciste ? Comment l'expliquez-vous ? Quelle troisième réplique de Conseil (p. 242) tempère ce premier jugement ?

2. Quelle est l'opinion de Nemo vis-à-vis des « sauvages » ? En quoi sa colère nous renseigne-t-elle mieux encore sur l'énigmatique personnage ?

3. Quelle semble être, sur le même sujet, la position du professeur Aronnax ? Par quel mot apparemment neutre et scientifique les désigne-t-il d'abord ? Quelle réplique, p. 245, montre cependant son respect de la vie humaine, après la perte de la fameuse coquille sénestre ?

4. Imaginez (oralement ou par écrit) que le professeur Aronnax et Nemo poursuivent un échange animé et contradictoire à propos des prétendus sauvages.

5. Le terme de « sauvage » désigne quelqu'un qui vit en dehors des sociétés civilisées.
Sauriez-vous retrouver quatre mots synonymes dont la définition commune est : « Personne qui est originaire du pays où elle vit » ?

Solutions page 317

Le chapitre manquant

Après avoir assisté à l'attaque manquée du *Nautilus* par les indigènes, le lecteur se voit tout à coup frustré d'un épisode sans doute important.

1. A quel moment précis le professeur Aronnax et le lecteur comprennent-ils qu'un événement grave se prépare ?

2. Relevez tous les éléments qui, dans l'attitude de Nemo, trahissent son inquiétude.

3. Quel geste précis du professeur provoque la colère de Nemo ?

4. Quel événement, dans le chapitre XXIV, nous laisse deviner que s'est produit un grave incident pendant le sommeil des trois héros ? L'explication de l'« accident » vous semble-t-elle vraisemblable ?

5. Aucun doute : il manque un chapitre qui pourrait se situer entre le chapitre XXIII et le chapitre XXIV ! Rédigez donc ce… chapitre XXIII bis à l'aide de tous les éléments dont vous disposez dans les chapitres qui le précèdent et lui succèdent.
Vous pouvez par exemple imaginer que :

– Le professeur Aronnax récupère sa lunette en cachette et observe l'horizon. Il comprend quel péril attend le *Nautilus*.

– Le professeur, méfiant, préfère ne pas dîner… et quitte sa cellule tandis que ses compagnons dorment.

– Nemo accepte l'aide d'Aronnax pour le combat probable qui va opposer l'équipage du *Nautilus* à ses mystérieux assaillants.

2
JEUX ET APPLICATIONS

On n'arrête pas le progrès

1. La seconde moitié du XIXe siècle voit l'essor des nouvelles technologies. Mais certaines n'existent que dans l'imaginaire des utopistes... ou des écrivains comme Jules Verne ! Sauriez-vous :
– Identifier chacune de ces inventions ?
– Dire si elles existaient déjà en 1866 ?
– Situer, même approximativement, la date de leur mise au point ?

2. D'après vous, existait-il des sous-marins en 1866 ? Savez-vous à quelle époque le premier sous-marin fut mis au point ? Par qui ?

Solutions page 318

Des livres, encore des livres...

Les faits relatifs à l'apparition du monstre sont relatés par les capitaines des navires dans les livres de bord, « registres de bord où sont consignés quotidiennement les faits et incidents survenus au cours du voyage ».
Saurez-vous retrouver l'expression comportant le mot « livre » grâce à ces définitions ? Comment s'appelle un livre :

1. Que l'on affectionne au point d'en lire souvent un passage avant de s'endormir ?
2. Dans lequel les clients d'un hôtel ou les hôtes prestigieux d'un établissement public écrivent quelques mots pour y noter leurs compliments ou confier leurs appréciations ?
3. Dans lequel on note la comptabilité, les achats et les ventes ?
4. Où sont rassemblés, afin que le lecteur se fasse une opinion, des documents officiels relatifs à un conflit ou à un problème économique ?
5. Qui permet d'apprendre à lire ?
6. Que l'on emprunte dans un établissement spécialisé ?
7. Qui contient certaines prières, à réciter à des moments précis ?

Solutions page 318

Navigateurs et terres nouvelles

Chacun sait que Christophe Colomb découvrit les Antilles, puis le continent américain à partir de 1492. Moins connues sont les expéditions qui explorèrent (bien difficilement) les îles du Pacifique au cours des siècles suivants.

1. Jules Verne nous propose, pages 201 et 202, un bref résumé d'un certain nombre d'événements maritimes importants. Voici ce rappel, présenté sous la forme d'une chronologie simplifiée. Essayez, en vous servant du texte, de retrouver le nom du navigateur concerné.

A. 1606 : ...... découvre les Nouvelles-Hébrides.

B. 1643 : ...... découvre l'archipel Viti.

C. 1768 : le célèbre ...... explore les Nouvelles-Hébrides.

D. 1773 : un autre grand navigateur, ..., les baptise.

E. 1785 : Louis XVI envoie en mission ...... qui part et disparaît corps et biens.

F. 1793 : ...... part à sa recherche, visite l'archipel Viti (et périt en mer).

G. 1827 : un dernier navigateur, ..., visite lui aussi l'archipel et y découvre les restes du naufrage de ....

2. Sur le modèle qui précède, essayez de dresser la chronologie précise des voyages de La Pérouse, et de ceux qui partirent à la recherche des épaves de ses navires (p. 203 à 216).

Solutions page 318

Les monstres

Les monstres sont à la mode : c'est l'époque où les explorateurs achèvent de conquérir des terres et des océans encore mal connus : qui sait s'ils n'abritent pas des êtres géants ou dangereux ? Prenant le relais des scientifiques, de nombreux écrivains mettent en scène de hardis aventuriers (ou d'audacieux savants) aux prises avec des créatures monstrueuses.

1. Deux passages du texte évoquent des romans célèbres parus à la même époque :

A. « Ou le commandant Farragut tuerait le narval, ou le narval tuerait le commandant Farragut. » (p. 38)

B. « L'existence de monstres antédiluviens qui peuplent l'intérieur du globe. » (p.42)

Sauriez-vous identifier ces romans et leurs auteurs ?

2. De nombreux romans du XIXe et du XXe siècle ont pour sujet les monstres. Par exemple :

1. *L' Ile du docteur Moreau* d'H. G. Wells
2. *Le Monde perdu* de Conan Doyle
3. *La Guerre des mouches* de Jacques Spitz
4. *La Terre de Sannikov* de Vladimir Obroutchev
5. *L'Ile aux fossiles vivants* d'André Massepain
6. *Pellucidar* d'E. R. Burroughs
7. *Révolte des Triffides* de John Wyndham
8. *Cordillère interdite* de Michel Peyramaure
9. *Le Péril bleu* de Maurice Renard
10. *Les Plus qu'humains* de Théodore Sturgeon

Chacun de ces romans a été résumé en une phrase :

A. Six humains découvrent qu'ils possèdent des superpouvoirs.
B. De dangereuses plantes carnivores (et mobiles) menacent l'espèce humaine.
C. Des mouches mutantes s'attaquent à l'humanité…
D. Une expédition scientifique soviétique découvre des monstres antédiluviens au cœur d'un cratère de volcan, en Sibérie.
E. Dans les Andes survivent d'étranges géants qui ressemblent aux mythiques yétis du Tibet.
F. Des humains découvrent que la Terre est creuse, et qu'y vivent d'autres êtres, souterrains !
G. Une expédition rencontre sur une île les derniers monstres de la préhistoire.
H. Relégués au fond des océans, les hommes sont « pêchés » par des araignées géantes.
I. Un docteur, sur une île, tente de fabriquer des animaux aussi intelligents que les hommes.
J. Le professeur Challenger découvre des animaux préhistoriques sur un haut plateau d'Amérique du Sud.

Sauriez-vous associer le titre à la phrase qui résume le récit ? Essayez ensuite de classer chronologiquement ces textes, parus successivement en :

1896, 1910, 1912, 1915, 1926, 1938, 1951, 1953, 1970, 1972.

Solutions page 318

Pour faire bonne mesure

A la fin du XIXe siècle apparaissent et se perfectionnent de nombreux instruments de mesure. Voici le dessin de plusieurs d'entre eux, couramment utilisés aujourd'hui, mais dont le capitaine Nemo connaissait déjà l'usage puisqu'ils sont tous cités page 121 !
Associez chaque dessin au nom correct (en vous servant au besoin du texte de la page 121) et retrouvez la phrase qui en définit l'usage.

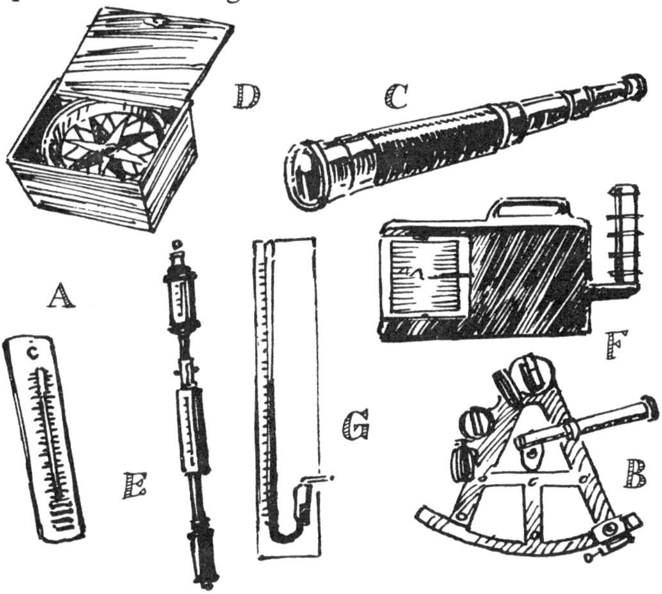

1. Boussole - 2. Sextant - 3. Thermomètre - 4. Lunette (longue-vue) - 5. Hygromètre - 6. Manomètre - 7. Baromètre

A. Mesure la température - B. Permet de faire le point en mer - C. Grossit les images - D. Indique le nord - E. Prédit les changements de temps - F. Marque le degré de sécheresse de l'atmosphère - G. Mesure la pression (donc l'altitude ou la profondeur)

Solutions page 318

3
LES INVENTIONS EXTRAORDINAIRES DANS LA LITTÉRATURE

Le véritable héros de *20 000 Lieues sous les mers…* c'est le *Nautilus*, fabuleux sous-marin conçu par Nemo, son génial inventeur ! Grâce aux progrès des sciences et des techniques, la littérature des XIXe et XXe siècles fait un grand usage de ces inventions extraordinaires, qui permettent – du moins en imagination – de faire reculer sans cesse la frontière des connaissances humaines, et d'explorer des domaines inconnus, réels ou imaginaires !

De la Terre à la Lune

Quelques années avant d'écrire 20 000 Lieues sous les mers, *Jules Verne avait déjà proposé à ses lecteurs un fantastique voyage vers la Lune au moyen… d'un obus perfectionné !*

« Michel Ardan, Barbicane et Nicholl attendaient avec la plus vive impatience ce "wagon-projectile" dans lequel ils devaient prendre passage pour voler à la découverte d'un nouveau monde.

Il faut en convenir, c'était une magnifique pièce de métal, un produit métallurgique qui faisait le plus grand honneur au génie industriel des Américains. On venait d'obtenir pour la première fois l'aluminium en masse aussi considérable, ce qui pouvait être justement regardé comme un résultat prodigieux. Ce précieux projectile étincelait aux rayons du Soleil. A le voir avec ses formes imposantes et coiffé de son chapeau conique, on l'eût pris volontiers pour une de ces épaisses tourelles en façon de poivrières, que les architectes du Moyen Age suspendaient à l'angle des châteaux forts. Il ne lui manquait que des meurtrières et une girouette.

– Je m'attends, s'écriait Michel Ardan, à ce qu'il en sorte un homme d'armes portant la haquebutte et le corselet d'acier. Nous serons là-dedans comme des seigneurs féodaux, et, avec un peu d'artillerie, on y tiendrait tête à toutes les armées sélénites, si toutefois il y en a dans la Lune ! »

Jules Verne,
De la Terre à la Lune,

Robur le conquérant

Dans un autre de ses grands romans, Robur le conquérant *(et sa suite :* Le Maître du monde*), Jules Verne nous présente un savant et l'étrange appareil qu'il a mis au point : l'*Albatros, *à la fois aéroplane, automobile et sous-marin !*

« D'autre part, que les aéroplanes eussent donné quelques bons résultats, ce n'était pas douteux. Les hélices opposant un plan oblique à la couche d'air, c'était le moyen de produire un travail d'ascension, et les petits appareils expérimentés prouvaient que le poids disponible, c'est-à-dire, celui dont on peut disposer en dehors de celui de l'appareil, augmente avec le carré de la vitesse. Il y avait là de grands avantages – supérieurs même à ceux des aérostats soumis à un mouvement de translation.

Néanmoins, Robur avait pensé que ce qu'il y avait de meilleur, c'était encore ce qu'il y aurait de plus simple. Aussi, les hélices – ces "saintes hélices" qu'on lui avait jetées à la tête au Weldon-Institute – avaient-elles suffi à tous les besoins de sa machine volante. Les unes tenaient l'appareil suspendu dans l'air, les autres le remorquaient dans des conditions merveilleuses de vitesse et de sécurité.

En effet, théoriquement, au moyen d'une hélice d'un pas suffisamment court mais d'une surface considérable, ainsi que l'avait dit M. Victor Tatin, on pourrait, "en poussant les choses à l'extrême, soulever un poids indéfini avec la force la plus minime".

Si l'orthoptère – battement d'ailes des oiseaux – s'élève en s'appuyant normalement sur l'air, l'hélicoptère s'élève en le frappant obliquement avec les branches de son hélice, comme s'il montait sur un plan incliné. En réalité, ce sont des ailes en hélice au lieu d'être des ailes en aube. L'hélice marche nécessairement dans la direction de son axe. Cet axe est-il vertical? elle se déplace verticalement. Est-il horizontal? elle se déplace horizontalement.

Tout l'appareil volant de l'ingénieur Robur était dans ces deux fonctionnements. »

Jules Verne,
Robur le conquérant,
© Hachette

La Machine à explorer le temps

Quelques années plus tard (en 1895), un écrivain anglais, Herbert George Wells, propose pour la première fois au lecteur une machine... à explorer le temps! Avant de l'emprunter lui-même, son inventeur convoque quelques amis et, pour vaincre leur scepticisme, il expérimente devant eux un prototype.

« L'objet que l'Explorateur du Temps tenait à la main était une espèce de mécanique en métal brillant, à peine plus grand qu'une petite horloge, et très délicatement fait. Certaines parties étaient en ivoire, d'autres en une substance cristalline et transparente. (...)

– Ce petit objet n'est qu'une maquette, dit l'Explorateur du Temps en posant ses coudes sur la table et en joignant ses mains au-dessus de l'appareil. C'est le projet que j'ai fait d'une machine pour voyager à travers le Temps. Vous remarquerez qu'elle a l'air singulièrement louche, et que cette barre scintillante a un aspect bizarre, en quelque sorte irréel – il indiqua la barre avec son doigt. Voici encore ici un petit levier blanc, et là en voilà un autre.

Le Docteur se leva et examina curieusement la chose.

– C'est admirablement construit, dit-il.

– J'ai mis deux ans à la faire, répondit l'Explorateur du Temps.

Puis, lorsque nous eûmes tous imité le Docteur, il continua :

– Il vous faut maintenant comprendre nettement que ce levier, si on appuie dessus, envoie la machine glisser dans le futur, et que cet autre renverse le mouvement. Cette selle représente le siège de l'Explorateur du Temps. Tout à l'heure je presserai le levier, et la machine partira. Elle s'évanouira, passera dans les temps futurs et ne reparaîtra plus. Regardez-la bien. Examinez aussi la table et rendez-vous compte qu'il n'y a ici aucune supercherie. Je n'ai pas envie de perdre ce modèle pour m'entendre ensuite traiter de charlatan.

Il y eut un silence d'une minute peut-être. Le Psychologue fut sur le point de me parler, mais il se ravisa. Alors l'Explorateur du Temps avança son doigt vers le levier.

– Non, dit-il tout à coup. Donnez-moi votre main.

Et se tournant vers le Psychologue, il lui prit la main et lui dit d'étendre l'index. De sorte que ce fut le Psychologue qui, lui-même, mit en route pour son interminable voyage le modèle de la Machine du Temps. Nous vîmes tous le levier s'abaisser. Je suis absolument sûr qu'il n'y eut aucune supercherie. On entendit un petit sifflement et la flamme de la lampe fila. Une des bougies de la cheminée s'éteignit et la petite machine tout à coup oscilla, tourna sur elle-même, devint indistincte, apparut comme un fantôme pendant une seconde peut-être, comme un tourbillon de cuivre scintillant faiblement, puis elle disparut... Sur la table il ne restait plus que la lampe. »

H. G. Wells,
La Machine à explorer le temps,
traduit de l'anglais par Henry D. Davray

L'Homme illustré

Au XXe siècle, les inventions extraordinaires rejoignent parfois l'imaginaire contemporain. Ray Bradbury nous entraîne dans un futur très proche et très vraisemblable dans lequel une maison, entièrement robotisée, possède une chambre donnant accès à des mondes virtuels. Le problème est que les enfants ont pu s'y risquer... à moins qu'ils n'aient voulu jouer un tour à leurs parents.

« Ils se tenaient sur le sol couvert de paille de la nursery. Elle avait quarante pieds sur quarante, et trente pieds de haut. Elle avait coûté une fois et demie le prix de la maison. "Mais rien n'est trop beau pour nos enfants", avait dit George.

La pièce était silencieuse. Elle était vide comme une éclaircie dans la jungle, à midi. Les murs étaient nus, à deux dimensions. Or, pendant qu'ils se tenaient là, au centre, les murs se mirent à ronfler doucement et à s'éloigner dans une distance cristalline; la brousse africaine apparut, en trois dimensions, de toutes parts, en couleurs, dans ses moindres détails, jusqu'au plus petit caillou. Le plafond, au-dessus de leur tête, devint un ciel intense avec un soleil jaune, brûlant.

George Hadley sentit la sueur perler à son front.

– Allons nous mettre à l'ombre, dit-il. C'est un peu trop réel. Mais je ne vois rien qui cloche.

– Attends un instant, dit sa femme, tu vas voir.

Les odorophones dissimulés commençaient à souffler sur ces deux personnes qui se tenaient au milieu de la brousse écrasée de chaleur. La chaude odeur de l'herbe à foins, la fraîche et verte odeur de la mare cachée, la grande senteur fauve des bêtes, l'odeur de la poussière comme du paprika dans l'air tropical. Puis les bruits : le piétinement éloigné d'une antilope sur l'herbe, le froissement sec des ailes de vautours. Une ombre passa dans le ciel. Elle battit au-dessus du visage levé de George Hadley, qui transpirait.

– Quelles bêtes dégoûtantes ! entendit-il dire à sa femme.

– Des vautours !

– Tu vois, les lions sont là-bas, loin, de ce côté-ci. Maintenant ils s'acheminent vers l'abreuvoir. Ils viennent de manger quelque chose, dit Lydia. Je ne sais pas ce que c'était.

– Quelque animal !

George leva la main pour se protéger contre la lumière qui blessait ses yeux aux paupières plissées.

– Un zèbre, ou le petit d'une girafe, peut-être.

– Tu crois vraiment ?

La voix de sa femme était particulièrement tendue.

– Non, il est un peu trop tard pour le *savoir*, dit-il avec un sourire. Je ne vois plus rien là-bas que des os blancs, et les vautours descendent sur ce qui pourrait rester de chair.

– As-tu entendu ce cri ? demanda-t-elle. »

Ray Bradbury,
L'Homme illustré,
traduit de l'américain par C. Anronikof

L'Invention du professeur Costigan

Qu'a inventé le professeur Costigan ? Lui-même ne le sait pas très bien : tous les objets vivants qu'il glisse par le chas de son « aiguille »... disparaissent !

« Allongeant les bras avec précaution, le professeur Costigan extirpa du fond du coffre une sorte de long obus métallique qu'il tenait à pleines mains. L'engin ressemblait à une fusée de métal argenté. Son diamètre était d'environ 50 cm. A sa base arrondie, une ouverture ovale le traversait de part en part, en faisant pour ainsi dire un tube.

En portant l'appareil dans ses bras, le professeur, malgré sa haute taille, eut du mal à traverser la pièce. Les autres hommes s'écartèrent pour le laisser passer. Posant l'objet sur l'établi avec un bruit sourd, il le saisit par une de ses extrémités et le mit debout. Amusé, Devan se disait que l'engin ressemblait effectivement à un modèle de vaisseau spatial. Miss Treat ne s'était pas tellement trompée, après tout. La fusée avait à peu près un mètre de haut et les lampes fluorescentes allumaient des reflets brillants sur sa surface polie. (...)

Devan approcha à nouveau son doigt de l'orifice. L'ouverture était assez grande et il eût pu y passer toute la main. Il n'introduisit toutefois qu'un doigt, attentif à ce qui allait se passer. Il se pencha sur l'autre ouverture du tube.

Le doigt avait disparu.

Stupéfait, il le retira avec vivacité et le regarda. Son doigt avait réapparu. Le cœur battant un peu plus fort, Devan remit le doigt dans le trou et le vit disparaître à nouveau. Puis il eut une sensation de froid dans ce même doigt. Il le retira de l'orifice et le palpa de l'autre main.

Le doigt était glacé.

Devan se dit que c'était là un attrape-nigaud. "Dans un instant, je vais retrouver mes trois compères en train de se tordre de rire à mes dépens", songea-t-il.

Il se retourna pour les dévisager. Une lueur moqueuse étincelait dans les yeux du professeur. Sam Otto avait un sourire mi-figue mi-raisin; quant à Orcutt, il était rouge d'excitation et ses yeux luisaient. Devan s'accroupit et jeta un coup d'œil à travers l'ouverture, mais rien n'y était visible, sinon les parois lisses de l'engin.

Ses doigts palpèrent les bords de l'orifice. Ils étaient très finement polis et c'était tout.

Devan ferma le poing droit. Reculant le corps instinctivement, il approcha le poing de l'ouverture et le plongea dedans. Il avança le bras jusqu'à l'épaule. Avec son bras gauche, il fit le tour de l'engin à l'extérieur pour attraper sa main droite, qui devait sortir de l'autre côté de l'orifice.

De l'autre côté, il n'y avait plus de main !

Il n'y avait que la manche vide de son veston qui pendait. Fiévreusement, il plia le bras qui était dans l'appareil, cherchant la sortie de l'orifice. Là où sa main aurait dû rencontrer l'autre bord de l'ouverture ogivale, il ne rencontrait rien d'autre que le vide. Puis il éprouva une sensation de froid dans le bras, exactement comme s'il avait sorti ce bras, nu, par une fenêtre, dans le froid extérieur.

Rapidement, il retira son bras. Celui-ci était intact, mais absolument glacé. »

Jerry Sohl,
L'Invention du professeur Costigan,
traduit de l'américain par Frances Grove

La Machination

Lionel vient de commettre un crime de haute trahison. Mais il a agi en rêve... Un rêve provoqué par une machine, et dont le déroulement va maintenant permettre à un jury de le juger... et sans doute de le condamner !

« Il se trouvait allongé et attaché sur une sorte de table d'opération. Un casque métallique hérissé d'électrodes lui recouvrait entièrement le haut du crâne. Il commença à ressentir un picotement insupportable au niveau externe du cortex car les médecins de l'onirium avaient cessé l'envoi des impulsions nerveuses : certaines avaient pour charge d'anesthésier partiellement l'hippocampe et les quelques milliers de cellules névralgiques très localisées qui étaient le siège des souvenirs dont Lio ne devait plus avoir conscience durant quelques heures; d'autres excitaient de façon extrêmement précise l'épiphyse et l'hypothalamus pour maintenir le corps dans son état de sommeil artificiel. Le lobe occipital, sans cesse suggestionné par l'onirium, reconstituait une réalité la plus convaincante possible pour le dormeur.

Lio tenta de se soulever, mais des sangles aux jambes et aux bras le maintenaient fermement dans la position couchée. Quelques fils reliaient divers endroits de son corps à plusieurs appareils témoins.

La pièce où il se trouvait, une vaste salle carrelée de vert clair, ressemblait à un bloc opératoire. Une invraisemblable animation y régnait : des hommes en blouse blanche s'affairaient auprès de plusieurs individus assis dans des fauteuils métalliques et dont la tête était recouverte d'un casque semblable à celui de Lio.

“Toute la journée que je viens de vivre n'a été qu'un rêve ! Un rêve artificiellement créé par les techniciens de l'onirium, un rêve dont j'étais le personnage principal. Mais pourquoi... ?

Instantanément, tout son passé lui revint en mémoire, et il comprit pourquoi on l'avait soumis à l'onirium. »

Christian Grenier,
La Machination

4
SOLUTIONS DES JEUX

Êtes-vous crédule ?
(p. 279)

Si vous obtenez une majorité de ○ : Aucun doute, vous êtes crédule ! Prenez garde : votre tendance à croire tout et n'importe quoi, à faire confiance aux informations les plus douteuses et aux affirmations les plus hasardeuses fait de vous un individu bien facile à berner !

Si vous obtenez une majorité de ❐ : Vous avez un esprit critique judicieusement développé. Non, vous n'êtes pas crédule : vous êtes prêt à passer le monde, les faits et les hommes au crible de votre bon sens et de votre raison. Peut-être vous approchez-vous de la définition de l'être idéal qu'on appelait il y a trois siècles « l'honnête homme ».

Si vous obtenez une majorité de Δ : Non, vous n'êtes pas crédule... Et votre esprit critique, particulièrement acéré, frise même le dédain – voire le mépris. Peut-être pourriez-vous vous montrer moins arrogant, moins sûr de vous, et prêter parfois une oreille plus attentive à ce qui se dit autour de vous. Un peu de fantaisie et d'indulgence vous rendraient peut-être plus sociable !

Quinze questions pour commencer
(p. 281)

1: A (p. 13) - 2 : B (p. 19) - 3 : B (p. 19) - 4 : A (p. 23) - 5 : C (p. 23) - 6 : C (p. 24) - 7 : A (p. 30) - 8 : B (p. 31) - 9 : C (p. 33) - 10 : A (p. 39) - 11 : A (p. 38) - 12 : B (p. 49) - 13 : B (p. 50) - 14 : C (p. 55) - 15 : A (p. 68)

Si vous obtenez plus de douze bonnes réponses : Bravo ! Vous avez de remarquables qualités de mémoire et d'attention; et Jules Verne serait sans doute lui-même flatté de constater combien vous avez à présent en tête la situation, les faits et les différents protagonistes du récit.

Si vous obtenez de sept à onze bonnes réponses : Bien ! Mais quelques détails importants vous ont échappé. C'est dommage, car si vous maîtrisiez mieux tous les éléments du récit, la suite ne vous en paraîtrait que plus passionnante !

Si vous obtenez moins de sept bonnes réponses : Seriez-vous si pressé de découvrir ce qui se cache à l'intérieur de ce mystérieux engin sous-marin ? Vous avez tort de considérer ce roman d'aventures comme un résumé à parcourir ou à feuilleter !

Un mystère sous les mers !

(p. 283)

2. « Un phénomène inexpliqué et inexplicable » ; « ce fait » ; « cette apparition ».

3.
A : Le récit fantastique et le roman policier.
B : *Frankenstein* (de Mary Shelley) et *Le Horla* (de Maupassant) pour le récit fantastique.
Double Assassinat dans la rue Morgue (d'Edgar Poe) et *Le Mystère de la chambre jaune* (de Gaston Leroux) pour le roman policier.

5. L'Amérique et l'Europe : ce sont les deux seuls continents à disposer d'une flotte.
Jules Verne cite plus précisément l'Angleterre, l'Amérique, l'Allemagne (p. 15).

Les animaux ont bon dos !

(p. 283)

1. Les journaux.

2. « Les journaux eurent là une belle occasion de publier des articles de toute sorte. »

3. Un âne ; un ours ; une oie ; un tapir.

Le journal des événements

(p. 284)

1. Pour 1866 : 20/07 ; 23/07 ; 7/08.
Pour 1867 : 5/03 ; 26/03 ; 13/04.

Quinze questions pour continuer

(p. 286)

1 : A (p. 77) - 2 : C (p. 78) - 3 : B (p. 78) - 4 : B (p. 81) - 5 : A (p. 82-84) - 6 : C (p. 85) - 7 : A (p. 86) - 8 : C (p. 87) - 9 : B (p. 88) - 10 : C (p. 94) - 11 : A (p. 99) - 12 : B (p. 103) - 13 : A (p. 123) - 14 : B (p. 135) - 15 : C (p. 155)

Si vous obtenez plus de douze bonnes réponses : Aucun doute, vous êtes un authentique lecteur, et un amateur éclairé des « voyages extraordinaires » ! Vous avez, comme Aronnax, le sens du détail et le goût aigu de l'observation !

Si vous obtenez de sept à onze bonnes réponses : Sans doute êtes-vous parfois impatient d'aller plus vite et plus loin sous les mers. Vous avez dû survoler certaines descriptions sous-marines… et du même coup, quelques épisodes et maints faits importants vous ont échappé.

Si vous obtenez moins de sept bonnes réponses : Attendez ! Vous avez cru que Jules Verne utilisait ce voyage comme prétexte à vous asséner une leçon de sciences naturelles, et vous avez sûrement sauté quelques pages ou lu de façon bien distraite… Si vous voulez goûter les vrais plaisirs de cette expédition, revenez quelque peu en arrière.

Dialogues de sourds

(p. 287)

A : métonymie.
B : hypallage.
C : prosopopée.

De l'air !

(p. 288)

1. Trois.

2. La chimie ; la compression ; le renouvellement mécanique.

3. Le troisième.

4. Le deuxième (mélange d'air liquide, comprimé).

L'énigmatique Nemo
(p. 288)

2. « Mais je ne vis pas un seul ouvrage d'économie politique ; ils semblaient être sévèrement proscrits du bord. »

5. *L'Homme et la mer*, de Charles Baudelaire.

6. Victor Hugo (*Les Travailleurs de la mer*, 1866).

La bibliothèque du *Nautilus*
(p. 289)

1. Homère(IXe siècle av. J.-C.) - Xénophon (430-355) - Rabelais (1494-1553) - Michelet (1798-1874) - Victor Hugo (1802-1885) - George Sand (1804-1876)

Michelet, Victor Hugo et George Sand sont encore vivants au moment de la publication du roman de Jules Verne.

Une collection particulière
(p. 290)

1. L'impressionnisme

Des partitions éparses
(p. 290)

La Création (Haydn)
La Flûte enchantée (Mozart)
Guillaume Tell (Rossini)
Le Vaisseau fantôme (Wagner)
Fra Diavolo (Auber)
L'Hymne à la joie (Beethoven)
Zampa (Hérold)
Mireille (Gounod)
L'Africaine (Meyerbeer)
L'Invitation à la valse (Weber)

Un herbier de mots
(p. 290)

A : 2 - B : 3 - C : 1

Jules Verne, prophète scientifique ?
(p. 291)

p. 124 : L'horloge électrique - p. 146 : La robotisation - p. 164 : Le scaphandre autonome - p. 165 : Le tube luminescent - p. 166 : La carabine à air comprimé

Quinze questions pour conclure
(p. 292)

1 : B (p. 168) - 2 : C (p. 171) - 3 : B (p. 176) - 4 : A (p. 178) - 5 : C (p. 182) - 6 : A (p. 189)- 7 : C (p. 196)- 8 : C (p. 202)- 9 : B (p. 209)- 10 : C (p. 212) - 11 : B (p. 218)- 12 : A (p. 232) - 13 : B (p. 252) - 14 : C (p. 261) - 15 : A (p. 268)

Si vous obtenez plus de douze bonnes réponses : Félicitations. On sent en vous le lecteur passionné, rigoureux, inconditionnel ! Sans doute n'est-ce pas là votre premier voyage extraordinaire…

Si vous obtenez de sept à onze bonnes réponses : Vous êtes partagé entre le désir de connaître la suite le plus vite possible, et celui de vous plonger tout entier au cœur de cette aventure. Un roman de Jules Verne, c'est une fantastique promenade… Un jour, vous la referez en goûtant sûrement mieux tous les mots.

Si vous obtenez moins de sept bonnes réponses : Vous confondez les romans de Jules Verne avec les clips vidéo. Voulez-vous parcourir vingt mille lieues sous les mers en battant un record du monde de vitesse ? Allons, un peu de patience…

Du rêve à la réalité
(p. 293)

1. A. Vrai. C'est le scaphandre mis au point par Rouquayrol et Denayrouze en 1865 que l'auteur mentionne d'ailleurs p. 164.
B. Vrai. Notamment Hérodote, Pline et Aristote.
C. Vrai.
D. Faux : cent mètres !
E. Faux. Le gaz carbonique devient toxique à partir de sept mètres !

F. Vrai.
G. Vrai. C'est l'effet « Donald Duck » (voix nasillarde).
H. Vrai. Exploit réalisé par Jacques Mayol, popularisé par le film *Le Grand Bleu*.
I. Vrai.
J. Faux. Le bathyscaphe *Trieste* et son inventeur, le professeur Piccard, ont atteint 10 917 mètres en 1960.

2. A. La lampe Ruhmkorff (p. 169).
B. Un brûleur à gaz toujours utilisé, le bec Bunsen.

3. « Tout corps plongé dans un liquide subit de la part de ce liquide une pression verticale dirigée de bas en haut et égale au poids du volume d'eau déplacé. »

Un visionnaire
(p. 295)

1. A : L'océan.

3. Le *Titanic* heurta un iceberg. Il y eut 1500 victimes.

4. A : Darwin (p. 199). Le transformisme, théorie développée dans son ouvrage *De l'origine des espèces au moyen de la sélection naturelle* (1859).
B : La théorie de la dérive des continents, de Wegener.

Une nature exotique
(p. 296)

1. Casuarinas, teks, hibiscus, pendanus.

2. Fruits de l'arbre à pain, bananes, mangues, ananas, ignames, sagous (du sagoutier).

3. Paradisiers, kangourous.

Définition du sauvage
(p. 296)

5. Indigène, autochtone, aborigène, naturel.

On n'arrête pas le progrès
(p. 299)

1. 1. Aéroplane ou avion : NON (1890) - 2. Aérostat ou

montgolfière : OUI (1783) - 3. Ballon dirigeable : OUI (1852) - 4. Char d'assaut ou autochenille : NON (1908) - 5. Fusée (à propulsion liquide) : NON (1942) - 6. Locomotive : OUI (après 1803) - 7. Bicyclette (à pédalier) : OUI (1855) - 8. Automobile : NON (vers 1900) - 9. Catamaran : NON (1878) - 10.Téléphone : NON (1892)

2. Oui ! La Tortue de Bushnell date de 1776. L'Américain Fulton construisit le vrai premier sous-marin au Havre en 1798. Il s'appelait… *Nautilus* !

Des livres, encore des livres…

(p. 300)

C'est un livre : 1. de chevet - 2. d'or - 3. de comptes - 4. blanc - 5. de lecture - 6. de bibliothèque - 7. d'heures

Navigateurs et terres nouvelles

(p. 300)

1. A : Quiros - B : Tasman - C : Bougainville - D : Cook - E : La Pérouse - F : d'Entrecastaux - G : Dumont d'Urville, La Pérouse.

Les monstres

(p. 301)

1. A : *Moby Dick* d'Herman Melville (1851) - B : *Voyage au centre de la Terre* de Jules Verne (1864).

2. 1896 (1 : I) - 1910 (9 : H) - 1912 (2 : J) - 1915 (6 : F) - 1926 (4 : D) - 1938 (3 : C) - 1951 (7 : B) - 1953 (10 : A) - 1970 (8 : E) - 1972 (5 : G)

Pour faire bonne mesure

(p. 303)

1 : D - 2 : B - 3 : A - 4 : C - 5 : F - 6 : G - 7 : E

Si vous avez le goût de l'aventure
Ouvrez la caverne aux merveilles
et découvrez
des classiques de tous les temps
et de tous les pays

---

dans la collection FOLIO **JUNIOR**

Les « classiques »... de vieux bouquins poussiéreux, dont le nom seul évoque des dictées hérissées de pièges grammaticaux perfides et des rédactions rébarbatives ? Pas du tout ! Avec les classiques, tout est possible : les animaux parlent, une grotte mystérieuse s'ouvre sur un mot ma-gique, un chat ne laisse dans l'obscurité des feuillages que la lumière ironique de son sourire ; on s'y préoccupe de trouver un remède contre la prolifération des baobabs et la mélancolie des roses ; les sous-préfets y font l'école buissonnière, les chevaliers ne sont pas toujours sans peur et sans reproche ; on s'y promène autour du monde et vingt mille lieues sous les mers...

AVENTURES PRODIGIEUSES DE TARTARIN DE TARASCON

Alphonse **DAUDET**
n° 454

ROBINSON CRUSOÉ

Daniel **Defoe**
n° 626

LE ROMAN DE LA MOMIE

Théophile **Gautier**
n° 465

LE VIEIL HOMME ET LA MER

Ernest **Hemingway**
n° 435

POIL DE CAROTTE

Jules **Renard**
n° 466

LE PETIT PRINCE

Antoine de **Saint-Exupéry**
n° 100

PAUL ET VIRGINIE

Bernardin de **Saint-Pierre**
n° 760

PREMIER VOYAGE DE GULLIVER

Jonathan **SWIFT**
n° 568

DEUXIÈME VOYAGE DE GULLIVER

Jonathan **SWIFT**
n° 667

LE TOUR DU MONDE EN QUATRE-VINGTS JOURS

Jules **VERNE**
n° 521

VOYAGE AU CENTRE DE LA TERRE

Jules **VERNE**
n° 605

DE LA TERRE À LA LUNE

Jules **VERNE**
n° 651

AUTOUR DE LA LUNE

Jules **VERNE**
n° 666